"And the heavens shall praise thy wonders, O Lord..." Psalm 89:5

AUGUST 25, 2005

Secreto de Estado

Eugenio Yáñez
Juan F. Benemelis

AVISO MUY IMPORTANTE

Este es un material de ficción, escenario novelado o como usted prefiera llamarlo.

Escenario posible... aunque no necesariamente el más probable, menos aún el deseable...

Cualquier parecido a hechos o personajes reales NO ES PURA COINCIDENCIA.

Le presentamos el escenario, pero no somos responsables de las conclusiones a las que usted pueda llegar.

¿Qué sería de nosotros si intentáramos pensar por usted?

Los Autores

Secreto de Estado

Benya Publishers
BP

Segunda Edición 2005
Copyright by Eugenio Yáñez & Juan F. Benemelis
ISBN 1-890-829-29-3

Impresión:
Rodes Printing
Miami, Florida

BENYA PUBLISHERS, INC.
P. O. Box 831383, Miami, FL 33283

Agradecimientos

A la infinita capacidad humana de lograr resultados, experiencia y satisfacciones personales cuando somos capaces de trabajar en equipo y los egos se quedan guardados en las gavetas.

A los que les interesan más las preguntas que las respuestas

A los que saben que la realidad es mucho más rica y más sorprendente que la mayor fantasía que el ser humano pueda imaginar.

A los que saben que los sueños no pueden convertirse en realidades, porque todo sueño recrea realidades posibles de alguna forma ya vividas por alguien anteriormente.

A los que, aunque no estén de acuerdo, respetan el derecho de los demás a tener y expresar libremente una opinión.

PROLOGO

Cuando Juan Benemelis me envió el manuscrito de la novela que había terminado con Eugenio Yáñez, me encontraba en medio de una agenda bastante ocupada y decidí llevarla conmigo en el avión para ir leyéndola poco a poco. Desde que despegamos de Europa, para un largo y tedioso vuelo de más de 10 horas hasta Miami, se me ocurrió comenzar a hojearla y no pude parar hasta el final.

Benemelis y Yáñez, con un perfecto dominio de como actúan los militares cubanos y los círculos de poder en nuestro país, nos muestran en esta novela un escenario totalmente factible. Ambos han traspasado la imaginación de la trama para llevar al lector a las interioridades de un laberinto que siempre ha sido muy difícil de comprender por académicos que se proclaman "cubanólogos", ya sean norteamericanos o de origen cubano.

A quienes no hayan experimentado las piruetas que hay que hacer para sobrevivir en el estamento militar cubano o, como dirían nuestros abuelos, a quienes no hayan sido astilla de ese palo, les resultará muy difícil entender un mundillo tan complejo. Benemelis y Yáñez se han encargado, con una gran imaginación, de hacernos vivir una variante de las muchas que se pueden presentar al momento de la desaparición o de la incapacidad física del dictador Fidel Castro.

Siempre he creído que la transición hacia la democracia en Cuba se producirá por hombres que hoy forman parte de ese régimen y que están fundamentalmente en la cúpula militar. Voy a tratar de explicar por que lo considero así: La historia me ha demostrado que cuando se cierran todos los caminos que puedan resolver el futuro y la prosperidad de los pueblos, siempre aparece alguien que se decide a encabezar la difícil y compleja tarea de cambiar el rumbo.

Por supuesto que existe un elemento determinante que podría lograr encender el motor propulsor de los cambios y ese factor determinante es el pueblo cubano. Sólo la presión decisiva por parte de nuestros ciudadanos podrá echar a andar la maquinaria de la transición. Mientras esto no suceda, mientras las masas oprimidas y hambrientas no encuentren el catalizador que las una, sera muy difícil ver la añorada libertad. Hagamos una pequeña visita a la historia de los últimos 30 años, recorriendo todo el espectro de dictaduras, ya sean de corte fascista, autoritario o totalitario.

Portugal, abril de 1974, dictadura fascista de Marcelo Caetano: ¿Quién inicia y encabeza el cambio hacia la democracia en ese país? Nada menos que el segundo jefe del Estado Mayor General de las Fuerzas Armadas, General Antonio Sebastiaõ de Spínola. El General Spínola no era o, mejor dicho, nunca pareció ser un oficial progresista. Participó activamente en la contrainsurgencia en las colonias africanas y fue Comandante en Jefe y Gobernador de la Guinea llamada Portuguesa. En febrero de 1974, Spínola rompe el hielo y publica un libro titulado *Portugal y el futuro*, en el cual esencialmente aseguraba que Portugal no podía obtener una victoria militar en sus colonias africanas. Inmediatamente la dictadura lo separa de las fuerzas armadas y después de varias semanas de tensiones, Spínola encabeza una sublevación militar que da al traste con la tiranía e inicia el proceso de transición.

Polonia, abril 18 de 1989, dictadura comunista totalitaria: El General Wojciech Jaruzelski recibe al líder del sindicato Solidaridad, Lech Walesa, para comunicarle el reconocimiento al sindicato Solidaridad y el inicio del diálogo para llevar a cabo la transición hacia la democracia.

Chile, 1988. Dictadura autoritaria: El General Augusto Pinochet convoca a un plebiscito sobre su permanencia en el poder; lo pierde y convoca a elecciones libres en 1989. Es electo nuevo presidente de Chile Patricio Aylwin, al cual Pinochet transfiere el poder en 1990.

Perú, 1975. Dictadura militar de izquierda: El General Velasco Alvarado queda incapacitado para gobernar al sufrir una grave enfermedad. Asume las riendas del país su segundo al mando, el General Francisco Morales Bermúdez quien, de inmediato, inicia la transición a la democracia.

Paraguay, 2 de febrero de 1989: El Jefe del 1er Cuerpo de Ejército, Mayor General Andrés Rodríguez, encabeza una rebelión que da al traste con la dictadura de Alfredo Strossner e inicia la transición hacia la democracia.

Creo que estos ejemplos son suficientes para darnos cuenta de que el camino de la transición no se produce por generación espontánea y que necesariamente comienza dentro de los mismos círculos que han fracasado en su gestión de gobierno y logran reconocer que es necesario anteponer los intereses de la nación antes que continuar en un terco inmovilismo. Es cierto que existen factores subjetivos y objetivos que pueden adelantar o atrasar el desenlace, pero no cabe la menor duda que ese momenta llegará.

El actual financiamiento del régimen autoritario de Hugo Chávez a Fidel Castro puede proporcionar un poco de oxígeno al manicomio castrista y prolongar los sufrimientos de los cubanos, pero me resulta muy difícil pensar que entre personas tan inteligentes como muchas que existen dentro del aparato estatal cubano haya alguien que quiera chocar con la misma piedra, repitiendo los errores pasados del Estado Mendigo o subsistiendo a cuenta de las migajas de otros. No creo que estas personas cambien el verdadero desarrollo por una infusión de petrodólares que puede terminar con la misma celeridad con que terminaron las transfusiones soviéticas. Hay que tener en cuenta algo fundamental antes de pensar que los cuadros militares que hoy dirigen las principales unidades de las Fuerzas Armadas sólo tratarán de preservar el *status quo* del régimen imperante en Cuba. A partir de mi ruptura con la tiranía de Castro en 1987 y el subsiguiente escándalo de la Causa Número Uno, que culminó con el fusilamiento del General Arnaldo Ochoa, uno de los más prestigiosos generales cubanos, y de otros militares, Fidel Castro se percata que no puede confiar en oficiales que se destacaron en la lucha contra Batista y que llegaron a sus posiciones absolutamente por méritos propios. Esto originó una purga sin precedentes que prácticamente saca de la escena a dos generaciones de oficiales que sucedían a la generación que había llevado la lucha contra Batista.

De esta forma, ascienden vertiginosamente oficiales que habían nacido con la Revolución y aparecen los primeros generales cuya trayectoria se inicia en las escuelas de Camilitos, creadas por el régimen. Con esta jugada Fidel Castro pretendió matar dos pájaros de un tiro: primero, eliminar el peligro potencial de los "libreteros", "los bocones y criticones" y, en segundo lugar, pasarle el mando a oficiales cuya lealtad está sustentada en el agradecimiento, en lugar de los ideales por los cuales los purgados lucharon voluntariamente por iniciativa propia, la inmensa mayoría participando en importantes episodios de la Revolución como la Sierra Maestra, la clandestinidad, Bahía de Cochinos, la lucha en el Escambray, la Crisis de los Misiles y otras campañas militares reconocidas mundialmente.

Esta maniobra de Fidel Castro, si bien lo favorece al colocar al frente de unidades claves a oficiales que le agradecerán el ascenso meteórico, sin necesidad de esperar que sus predecesores llegaran a las edades de retiro, es también una espada de dos filos y muy peligrosa, por cierto, para cuando tenga que salir de la escena por muerte o incapacidad.

Estamos hablando de oficiales que desconocen esa idea romántica que llevó a muchos a lanzarse contra el Palacio Presidencial el 13 de marzo de 1957, o marchar a la Sierra Maestra, al Escambray o la Cordillera de los Órganos, sin más armamento que un revólver o un machete. Estamos hablando de jóvenes que han crecido en lo que la mayoría de ellos en su vida diaria describían como el "teque". Jóvenes inteligentes, probablemente mejor entrenados en el arte militar que los otros, pero que se dan cuenta que el experimento revolucionario ha sido un rotundo fracaso.

En la misma medida que estos hombres están agradecidos por las posiciones a que han sido promovidos, ven al primer nivel de dirección como un vejestorio encartonado aferrado a una idea fracasada. No tengo dudas de que los más decididos apoyarán el cambio.

Los Spínola, los Jaruzelski, los Morales Bermúdez, los Andrés Rodríguez existen hoy en las fuerzas armadas cubanas. Incluso Raúl Castro, en el ocaso de su vida como se encuentra ahora, desaparecido su hermano, puede acometer esos cambios. Él sabe que el modelo y la vía escogida han sido un fracaso y quizás la consideración por la familia, por la descendencia numerosa que no es en nada responsable de los errores propios, pueda mover la conciencia de un individuo y hacer que no arrastre consigo al abismo a familiares verdaderamente inocentes. Quizás sea de mi parte, como dicen los norteamericanos, *"wishful thinking"* (ilusiones), pero prefiero siempre pensar que la racionalidad se impone. Es uno de los tantos mecanismos para la conservación de la especie. Ojalá Raúl haya aprendido las lecciones de la historia y no se autoengañe, como le pasó a Ceaucescu.

Al final, sea quien sea el que encabece la transición hacia la democracia en Cuba, estará obligado a actuar por la acción decidida y firme del pueblo cubano.

Nuevamente los invito a que disfruten este magnífico trabajo. Estoy seguro que una vez leída la primera página de esta novela no podrán soltarla.

A Benemelis y Yáñez, que no guarden la pólvora, todavía queda mucho por escribir.

General Rafael del Pino

INDICE

CAPITULO UNO

Amanecer de un martes

Oficinas del Comandante en Jefe Fidel Castro
Palacio de la Revolución, La Habana, Cuba
Una y catorce minutos de la madrugada

Fidel Castro llevaba más de once horas en la oficina, con los movimientos físicos limitados por las fracturas provocadas por su caída en público en Octubre.

-Coño, es que todo el mundo se cree que esta gaveta está llena de millones de dólares esperando a que me los vengan a pedir, que a mi me sobran y que yo tengo dinero para hacer lo que me da la gana... no hay manera de que entiendan que tenemos una situación muy difícil, que estamos en crisis, que yo no estoy para regalar dinero, que a mí me tienen que traer dinero ustedes, que para eso son Ministros, dirigentes, cuadros, para eso los nombro... si no es así, ¿para que van a servir tantos ministerios, tantos cargos y tanta mierda...? ¿De donde voy a sacar yo esos catorce millones de dólares ahora...? Ya esta tarde tuve que autorizar tres millones para poder pagar propaganda a favor de esos tipos del Congreso americano, a ver si acabamos de resolver este asunto del bloqueo... que si lo pudiéramos resolver de una vez entonces sí que iban a cambiar muchas cosas...

El Comandante en Jefe Fidel Castro despachaba en su oficina del Palacio de la Revolución con Carlos Lage, miembro del Buró Político del Partido Comunista de Cuba y Secretario de los Consejos de Estado y de Ministros. Durante los años 90 Lage, mágicamente promovido a las más altas cúpulas del poder por la expresa y omnipotente voluntad de Fidel Castro, se encargaba de asuntos vinculados con la economía y las inversiones exteriores, entre otras actividades.

-Comandante, si lográramos que se eliminara el bloqueo estos problemas no necesitarían catorce millones, porque podríamos...

-No, no, no es así, no tiene nada que ver... la parte económica del bloqueo es secundaria, nos la hemos arreglado todos estos años a pesar de eso, primero con los soviéticos y el campo socialista, ahora con Chávez y los españoles y mañana con el Papa si hace falta... lo de levantar el bloqueo es otra cosa, eso sería una victoria política de la Revolución, eso es lo importante... diez presidentes yankis han mantenido el bloqueo contra nuestro país y no han logrado destruirnos… siguen insistiendo en eso y nosotros hemos resistido y podemos seguir resistiendo… Utilizado también como representante del Gobierno cubano en eventos internacionales, Carlos Lage había ido siendo desplazado poco a poco de su vasto poder y los rumores de las altas esferas señalaban que su estrella estaba declinando. 'Nadie está tan alto que no se pueda caer', señalaban los iconoclastas.

-Ya llevamos más de cuarenta años resistiendo, Comandante…

-Pero no podemos esperar cuarenta más… ¿te acuerdas de la guerra de Vietnam…? Tú eras más pequeño, pero tienes que saberlo…los vietnamitas no hubieran podido ganarla nunca, a pesar del apoyo y la ayuda de los rusos, de los chinos, de nosotros y de no se cuanta gente más… nunca hubieran podido ganarla… pero ¿qué fue lo que pasó…? Ah, la implosión, el frente interno, los americanos en la calle protestando contra la guerra, toda aquella cosa, sesiones del Congreso, Jane Fonda, las protestas… nosotros ayudamos en eso también… y bastante dinero que pusimos… ahora es lo mismo… la cosa de Cuba no levanta las pasiones como la guerra de Vietnam, pero la vamos a ganar en el frente interno también, en el congreso, con los lobbys, aprovechando que hay un grupo de gente desesperada por vendernos y estamos pagando en efectivo, en 'cash', como dicen ellos.

Como Saturno, un grupo de personas relativamente jóvenes y sin demasiados vuelos intelectuales formaba un anillo que giraba alrededor de Fidel Castro, promovidos a la cercanía del poder, además de por la obligada fidelidad, por la forma en que sabían entender exactamente lo que el Comandante en Jefe deseaba o quería decir cuando hablaba. Eso era lo que se entendía como 'entrenar a cuadros jóvenes', esa era la cantera del Grupo de Coordinación y Apoyo al Comandante en Jefe. En el caso de Fidel Castro, el concepto de 'fidelidad' estaba específicamente ligado a su persona: no fidelidad a una idea, una causa, una ideología: fidelidad a Fidel Castro. Cualquier otra cosa es traición.

-El efectivo, ese 'cash' los anima, Comandante…

-Los vuelve locos… por eso ese efectivo, ese 'cash' me hace tanta falta para otras cosas, por eso no puedo estar repartiendo millones como si sobraran… y no me sigas hablando de historia, chico y concéntrate en lo que estamos… no te salgas del tema… ¿no se puede resolver con menos de catorce millones…?

-Hacen falta muchas cosas, Comandante… tenemos que comprarlo de todas maneras… no sale caro, lo compramos en Jamaica y las Bahamas… pero hace falta dinero…

-¿Qué es lo que estamos comprando exactamente a esta gente…?

-Lo de siempre, lo que hace falta en los hoteles, para el turismo, Comandante… vegetales, frutas frescas, algunas viandas, agua mineral, más los gastos de la ropa de cama y todo eso…

Como Saturno, Castro devoraba a sus hijos cuando por alguna razón u otra dejaban de gozar de sus favores. Ya 'Robertico' Robaina, el flamante canciller cubano, había sido 'tronado' y marcado públicamente como desechable, en una bronca pública desarrollada en una sesión de la llamada Asamblea Nacional del Poder Popular, al comenzar a salir a la luz pública extraños manejos del Gobernador mexicano de Quintana Roo con el negocio de la droga. Su cargo lo ocupaba ahora Felipe Pérez Roque, antiguo secretario del Comandante en Jefe, de fidelidad comprobada y coeficiente de inteligencia discutible, lo cual no es importante: el hecho de que, ante cámaras de televisión y decenas de periodistas, expresara su disgusto llevándose las manos a sus genitales (muchos dicen que se estaba tocando el cerebro), no fue ningún problema: los elegidos cuando están en alza se pueden dar ciertos lujos, porque, cuando están en baja, no importa lo que logren, serán 'liberados' de su cargo y pasarán a 'otras funciones', lo que en Cuba se conoce como *Plan Payama* (Pijama).

-¿Qué gastos de la ropa de cama, Lage…?

-Comandante, los del lavado de la ropa de cama, las sábanas, las fundas, las toallas, las cortinas de los cuartos…

-Coño, ni que fuera lavado de dinero para que salga tan caro… ¿Y tenemos que seguir mandando a lavar eso a las Bahamas, encaramado en una chalana…?

-Comandante, es que aunque parezca increíble, nos sale más barato…

-Y si quisiéramos hacerlo nosotros, ¿Qué es lo que nos hace falta…?

-Inversiones, equipos, tecnología…

-¿Lage, chico, tu me vas a decir a mí que los negros en las Bahamas y Jamaica tienen más tecnología que nosotros…?

-Tienen los equipos y las piezas de repuesto, que nosotros no tenemos, Comandante…

-Coño, pero que trabajo me cuesta entender eso… es increíble que no podamos resolver esa mierda…

-Pero además los detergentes, Comandante, los productos…

-Poco a poco, Lage, no vamos a volvernos locos… Valenciaga, llámame al Ministro del SIME ahora mismo…

Carlos Valenciaga era el ayudante personal del Comandante en Jefe, cargo que anteriormente ocupaba el hoy canciller Pérez Roque.

Carlos Lage, en un momento con poder indiscutido e indiscutible, fue falsamente identificado por los 'expertos' en asuntos cubanos como 'el arquitecto de las reformas económicas' o un pensamiento alternativo para Fidel Castro, pero en realidad nunca en todos estos años había disentido con el Comandante en Jefe ni una sola vez. Ya no era la 'sombra' que aparecía junto al Comandante en Jefe en todas partes, pero mantenía su cuota de poder y llevaba a cabo su trabajo, aunque ya muchos jodedores generalmente bien informados comentaban que sería saludable que fuera preparando su payama.

Valenciaga ya había localizado al Ministro de la Industria Sidero-Mecánica y lo tenía al teléfono para el Comandante en Jefe:

-Oye, ven acá, estoy viendo aquí otra cosa con Lage y me dice que es una complicación tecnológica eso de los equipos de tintorería que nos hacen falta para lavar la ropa de los cuartos de los hoteles... ¿es verdad eso...?

Del otro lado de la línea el Ministro, acabado de despertar intempestivamente cerca de las dos de la madrugada, trataba de organizar sus ideas y explicar. Sabía perfectamente que si lo que decía no era bien recibido, ahí mismo se le podían complicar las cosas.

-Pero no jodas, chico, estamos hablando de una cosa que los chinos en La Habana hacían en el tren de lavado. Yo me acuerdo cuando era estudiante, había un tren de lavado de esos cerca de donde yo vivía y unos chinos que ni hablaban español resolvían eso de hoy para mañana, sin computadoras ni un carajo... con un papelito escrito en chino...

Ven acá, chico, ahora que mencionas lo de las computadoras, las computadoras que nos pidió el canciller de Lesotho cuando vino, el día que estábamos en el Instituto ese de ustedes de las investigaciones, ¿ya se resolvieron...? ¿por qué? eso es importante, chico, quiero quedar bien con esta gente, no nos resuelven nada ni un carajo, pero con ellos podemos resolver un conjunto de cosas que nos salen más caras en Sudáfrica... tú sabes que ellos no tienen tantos controles de aduana ni mucho menos... bueno, encárgate de eso...

Colgó el teléfono y se dirigió a Valenciaga:

-El Grupo de Apoyo tiene que seguir esto de las computadoras para Lesotho... quiero que eso quede resuelto esta semana... y de paso que le digan al Ministro que me presente un estudio de lo de los equipos estos de lavandería... cuando eso llegue se lo das a Lage para que lo revise primero, a ver si acabamos de resolver esto y no tenemos que estar sacando dinero de donde no hay... Lage, chico, vas a tener que esperar un poco...

El 'Grupo de Coordinación y Apoyo del Comandante en Jefe' era una metástasis de Fidel Castro más que una extensión. Integrado por decenas de funcionarios generalmente jóvenes y con títulos universitarios, pero sin experiencia laboral o de ejecutivos, visitaban continuamente en nombre del

Comandante en Jefe a ministros, funcionarios, a quien quisieran, con una invariable libreta de apuntes, preguntaban lo que se les ocurriera sin orden ni agenda, anotaban, ofrecían transmitir determinada información al Comandante en Jefe en dependencia de la solicitud del Ministro o funcionario visitado y se retiraban.

Interrumpían reuniones y planes de trabajo de los Ministros y estaban en el lugar visitado el tiempo que desearan.

Era temido no por su poder, no tenían ninguno, sino por su transmisión con el Comandante en Jefe: una queja que un funcionario del Grupo de Apoyo diera 'al Jefe' podía representar el fin de la carrera de un Ministro.

Los integrantes del Grupo de Apoyo se caracterizaban por 'entender' lo que el Comandante quería decir y por saber decirle a éste lo que él deseaba escuchar, cosa que los miembros del Grupo de Apoyo aprendían rápidamente, so pena de ser enviados a cualquier cargo sin importancia. Muchas veces, al contrario, miembros del Grupo de Apoyo eran designados para cualquier cargo que Fidel Castro entendiera conveniente, desde Ministros a Vicerrectores de Universidades o funcionarios del Partido.

-No hay dinero de verdad, Comandante, no tengo de donde sacar...

-¿Y de dónde tu quieres que yo lo saque...?

Las cosas se le estaban poniendo difíciles a Carlos Lage. Se aventuró a decir:

-Estaba pensando si con el Banco Financiero Intern...

-No, no, no, mi dinero no, no quieras administrarme mi dinero... eso es mío... eso es una reserva estratégica... el dinero del Banco Financiero Internacional es para otras cosas... yo nunca he querido ese dinero controlado por más nadie... ni lo tengo en el presupuesto, ni el Banco Nacional se puede meter en eso, ni lleva contabilidad, ni nada...

Ahora es muy fácil decirme que coja de ahí, pero después cuando hace falta comprar un somatón, o hay un corre-corre con las medicinas como pasó cuando el dengue, o hay que ponerle tres millones de dólares en la mano a un ministro extranjero para que nos ayude con algo su gobierno, entonces no tengo dinero para operar...

¿Tú te imaginas si tengo que llamar a Soberón al Banco Nacional y decirle que necesito tres millones en efectivo ya, porque tengo que mandar a alguien con un maletín a Panamá ahora mismo, que los saque de la bóveda y me los mande para el aeropuerto para ponerlo en una valija diplomática...? ¿o para Ginebra para conseguir un voto a favor nuestro en la jodienda esa de los derechos humanos? ¿Tú entiendes por que ese dinero no se puede coger para cualquier cosa...?

-¿Hasta cuando tendría que esperar...?

-Unos días, unos días...

Carlos Lage parecía un empleado solicitando un préstamo personal. -¿No puede adelantar una parte ahora, Comandante...? Es que se puede parar algún hotel... -Se nos puede parar un hotel... ¿tu crees que todos los hoteles en el mundo tienen catorce millones de dólares en las manos pará operar...? Dicen que el Hilton cuando lo hicieron en La Habana costó veinticinco millones de pesos... el hotel completo... y que clase de hotel... yo paré allí por unos días al principio de la Revolución, eso si era un hotel... muy bien construido, muy cómodo... no lo que hacen los gallegos ahora... Ese Hilton era demasiado lujo, innecesario, tu sabes como es la burguesía para eso... quiero decir la burguesía que iba al hotel... en ese tiempo ningún cubano humilde podía ir a ese hotel... ni a ninguno... ningún cubano trabajador podía entrar a un hotel de ricos, no podían... ¿te acuerdas del poema de Guillén...? te tienes que acordar...

A esa hora ya Carlos Lage no se acordaba de casi nada, aunque no le pasaba por alto delante de quien estaba sentado. Valenciaga vino en su ayuda:

-Juan sin Nada, Juan con Todo, algo de eso...

-¿Como era que decía la parte esa del hotel, Valenciaga...?

-No me acuerdo ahora, Comandante, algo decía de que si una pieza mínima, una habitación no se que... era esa de 'tengo lo que tenía que tener'.

-Una pieza colosal, algo de eso, decía... mándame a buscar la poesía esa, Valenciaga... deja ver exactamente como era...

-Creo que decía una mínima pieza, no una pieza colosal...

-Ah, así, es como dice Lage... deja, no traigas... bueno sí, manda a buscarla de todas maneras, así estamos seguros... creo que falta algo todavía en lo que dijo Lage...

Le molestó la rodilla, con la múltiple fractura de rótula. Hizo un gesto casi imperceptible y regresó a la normalidad en un instante... no quería demostrar dolor, le parecía humillante que le vieran un gesto de dolor en el rostro...

-Bueno, coño, ahora me voy a quedar yo sintiéndome culpable si no te resuelvo esos millones... déjame pensar como puedo ayudarte con ese dinero... Valenciaga, cuanto dinero queda en el maletín rojo...

-¿En el maletín donde está el dinero que vino de...?

-Ese mismo... no importa de donde vino... ¿Cuánto queda...?

-¿Usted no ha sacado nada desde ayer...?

-No, no yo no puedo estar botando el dinero de esa manera... no he sacado nada...

-Entonces tiene que quedar...

Se acercó más al Comandante en Jefe y muy bajito le dijo la cifra al oído, imperceptiblemente, para que ni Lage ni los oficiales de la escolta pudieran escuchar.

-Hum... no, no resuelve... Lage, chico, está difícil esto...
-Habrá que esperar entonces, Comandante...
-Mira, Lage, vamos a hacer una cosa... vete a ver a Furry mañana...
-¿A Furry...?
-Sí, a Furry... hay un dinerito que él tiene, le dices que yo te lo dije, del que mandan los árabes cuando les pasamos información... no del de Khadafi, estoy hablando del de la Base de Lourdes, del que mandó el Sultán... que te de los diez millones... yo te voy a dar dos millones... tienes que resolver con doce, no hay más...
-Bueno, Comandante, con eso se puede comenzar a resolver...
-Pero fíjate, Furry lo tiene en efectivo, en una caja fuerte... ese dinero no se pone en el banco... así que dile que te lo deposite... Valenciaga te deposita los dos millones mañana... no vas a andar por ahí con doce millones de dólares en efectivo, esto es un país serio...
-No es ningún problema, Comandante...
Carlos Lage estaba feliz, porque había conseguido buena parte del dinero que necesitaba para los hoteles.
-Oye, Lage, ¿todo ese dinero se gasta en Bahamas...?
-Y en Jamaica y algún otro en Panamá y Curazao...
-Estaba pensando... no se si nos puede convenir en vez de hacerlo así, no esta vez, esta vez ya no, pero en el futuro, con alguna de las cuentas que tenemos en Nassau o en Kingston... tal vez es mejor, o las de Panamá o el mismo Curazao y así no tengo que quitarle ese dinero a Furry... ya veremos... ¿tu tienes algo más...?
-Eso era todo, Comandante...
-¿Valenciaga, que queda ahí si ya terminamos con Lage...?
-Comandante, hay que ver la propuesta para el cambio de la ley 2433 de las cooperativas, algunos detalles de la llegada de Lula mañana y lo de los iraníes...
-Lo de la ley no vale la pena verlo ahora... eso no es un problema... ¿Qué pasa con eso...?
-Es que la forma en que se aprobó no nos resuelve el problema con los campesinos...
-Pues hay que cambiarla... ¿por que no la han cambiado...?
-La Asamblea tiene una propuesta, Comandante...
-No, no, no vamos a perder tiempo con Asamblea ni con propuestas, que tenemos muchas cosas que hacer... vamos a hacerlo como dije la semana pasada...

-Entonces…

-No, no, nada… acaben de resolver eso… Lage, escribe un Decreto-Ley del Consejo de Estado para que se haga lo de los campesinos en la forma que yo dije el otro día y tráemelo para firmarlo… hacemos un Decreto-Ley y yo lo firmo… y después la Asamblea lo tiene que aprobar en la próxima sesión y al carajo… no vamos a estar perdiendo tiempo ahora con discusiones de leyes… no estamos en Atenas, ni en el Parlamento inglés… ¿Qué más tenemos…?

Valenciaga volvió a sus papeles.

-La llegada de Lula…

-Lula ya está jodiendo un poco… pide y pide apoyo para eso que se le ha metido en la cabeza de colar a Brasil en el Consejo de Seguridad y además quiere vendernos hasta medicinas. Yo siempre le digo lo mismo, que no, que es Brasil quien tiene que comprarnos medicinas… lo de la vacuna de la hepatitis podía haber dado mucho más si no se hubiera enredado, pero tenemos también los antibióticos sintéticos, las vitaminas, los programas de computadora para neurocirugía… hemos colado algo de la biotecnología, pero menos de lo que yo esperaba… hay muchas cosas...

-Comandante, si usted terminó conmigo permítame retirarme…

Lage estaba agotado a las dos y media de la madrugada.

-Sí, sí… oye, Lage, espérate, dime una cosa, chico… ¿qué tú tienes mañana?

-¿Mañana? Hum, tengo un par de reuniones en la oficina y después voy a visitar la construcción del hotel con los españoles…

-Hum…mira… espérate, Lage…. Valenciaga, ¿a que hora llega Lula…?

-A mediodía, a las doce…

-Lage, deja a los españoles con su hotel… manda alguna gente tuya con ellos… me interesa más que vayas a recibir a Lula con Alarcón… en la delegación con Lula viene Pinto da Costa Canto, que es una persona que está muy bien relacionada con el gobierno actual y puede influir mucho para ver si los brasileños nos compran algo…

Atiéndelo tu personalmente, a Pinto da Costa… invítalo a comer por la noche, llévatelo a pasear, a Tropicana, donde sea… háblale duro, duro, sin miedo… lo puedes apretar, porque él nos debe muchos favores… muchos favores que le hemos hecho… desde que estaba con las guerrillas urbanas en Sao Paolo… apriétalo…

-¿Tropicana sería mejor que Varadero…?

-No quieras tú saber las cosas que hemos logrado con varios jefes de estado después de llevarlos a Tropicana… está bien, retírate ya, haz lo que vayas a hacer por la mañana y después te vas a esperar a Lula…

-Buenas noches, Comandante…

-Valenciaga, ¿Qué hora es…?
-Dos y cuarenta y cinco…
-Bueno, tenemos tiempo, lo de Lula déjalo para después… vamos a ver ahora lo de Irán… quiero leer lo de los iraníes antes de preparar los documentos que le vamos a mandar con Lazo… tráeme el informe de la DGI sobre los iraníes y dame unos quince minutos para leerlo…
-Aquí está…
-Hum, está larguito… dame veinte minutos…
-Si me lo permite, Comandante, voy a aprovechar para pedir café…
-Para ti, no pidas nada para mí… tengo que cuidarme…
-Enseguida…
-Oye, ¿qué se sabe del Gabo…?
-Tengo que actualizarme…
-Averigua en lo que yo me leo esto, a ver si lo llamo cuando termine con todo lo que tenemos hoy aquí… ha sido un día largo…
-Larguísimo…
Comenzó a repasar mentalmente las actividades de la tarde.
-El embajador español por la tarde, el despacho con la Juventud Comunista y la Federación de Mujeres, la Mesa Redonda, aunque no estuve allí, pero la vi completa… hay algunos tipos ahí que ya no me están gustando mucho…
-Y además tuvo que revisar el informe de balance de Villaclara, el de Cienfuegos y el de Sancti Spiritus…
-Y también tuve todas esas las conversaciones por teléfono, a ver, con Chávez, la llamada de Tabare Vázquez, la llamada a Burkina Faso, la llamada a los mauritanos con el enredo de Sudán, la que me hizo el Presidente de Guatemala, el apretón de huevos que tuvimos que dar en Gambia, Pérez Roque jodiendo cada media hora a pedir instrucciones, la llamada que yo hice a Argentina y que nos costó doscientos mil dólares, el asunto este de petróleo por dinero de la ONU, que parece que todavía están muy lejos de la cosa con nosotros, demasiado…
-Y la llamada del Congresista, Comandante…
-Esa me llevó mucho tiempo, pero bueno, había que oírlo…
-Voy a pedir el café y buscar lo de Guillén…
-Sí y ahora que dije lo del español, vamos a mandarle unos tabacos a Zapatero…
-Ah yo no sabía que él fumaba…
-Franco tampoco fumaba, pero esos Cohiba son mejores que algunos embajadores que tenemos…
El Comandante en Jefe Fidel Castro comenzó a leer el informe de la Dirección General de Inteligencia sobre Irán, donde explicaba la situación

política, los proyectos nucleares iraníes y la colaboración técnica que se estaba proponiendo por la parte cubana a cambio de financiamiento para Cuba.

El informe reflejaba, también, un perfil psicológico resumido de los principales dirigentes iraníes y el estado actual de reclutamiento y comprometimiento de las personas consideradas objetivos de la DGI a partir de los contactos realizados en el viaje del Comandante en Jefe a Irán el año 2001.

En la esquina de la oficina, discretamente a cada lado de Fidel Castro, de completo uniforme y arma reglamentaria, el Primer Teniente Valentín Hurtado y el Teniente Serafín Huang, del sistema de escolta y protección personal, cuidaban dentro de la oficina al Comandante en Jefe durante su turno de guardia.

Formaban parte del dispositivo de protección del Comandante en Jefe, integrado en total por más de tres mil oficiales y funcionarios de una u otra forma ligados a su protección. A las tres y cinco de la madrugada, 278 integrantes del servicio de protección estaban activos cuidando al Comandante en Jefe Fidel Castro, contando escoltas directos, postas, postas exteriores, protección del edificio, seguridad para el trayecto de regreso al Punto Cero y el sistema de protección de Punto Cero.

Fidel Castro se desplomó sobre la mesa, golpeando duramente con la cabeza sobre el informe que en ese momento leía.

-Comandante, Comandante, ¿que pasa…? Comandante…

-Avísale al médico, chino, urgente, da la alarma… avísale al médico… Comandante, Comandante…

CAPITULO DOS

Domicilio personal del General de Ejército Raúl Castro, Ciudad Habana
Tres y veintitrés minutos de la madrugada

El Ministro de las Fuerzas Armadas Revolucionarias, General de Ejército Raúl Castro Ruz, habló directamente desde su casa con el hospital de campaña soterrado bajo las instalaciones del Palacio de la Revolución, sede del Partido Comunista y del Gobierno de Cuba.

Conocido entre los pocos elegidos que sabían exactamente de su existencia como "el hospitalito", sus instalaciones médicas y de comunicaciones no tenían nada que envidiar a los centros médicos de emergencia de ningún lugar del mundo. Supuestamente creado para una situación de emergencia provocada por un "Golpe Aéreo Masivo Sorpresivo del Imperialismo Yanki", en realidad "el hospitalito" era una unidad de cuidados intensivos diseñada para las necesidades del Comandante en Jefe.

Al teléfono estaba el Dr. Eligio Salazar, Coronel Médico, cardiólogo, jefe del equipo médico del Comandante en Jefe. El Dr. Salazar dirigía un equipo médico dedicado exclusivamente al Comandante en Jefe donde aparecían, además de cardiólogos, traumatólogos, cirujanos, neurocirujanos, ortopédicos, anestesistas... de la más alta calificación y experiencia. En su momento, integrantes del equipo médico de Fidel Castro habían desempeñado funciones similares de médicos permanentes junto a Salvador Allende, Haouri Boumedienne, Agostino Neto, Marien Nguabi, Mengistu Haile Marian, Samora Machel, Saddam Hussein, Nelson Mandela, Daniel Ortega y otros jefes de gobierno.

-Doctor, dígame la situación exacta en este momento...

-Ministro, es una situación de coma prácticamente irreversible... una trombosis muy aguda que se complicó producto de todas las lesiones anteriores...

-¿A que hora sucedió...?

-A las tres y cinco... actuamos enseguida... lo trajimos para acá en el elevador privado, inmediatamente... usted sabe que desde la fatiga del 2002 hacíamos un seguimiento más estrecho y desde la caída de la tarima en público teníamos cinco médicos permanentemente a su lado... los médicos que viven más cerca vinieron en cuanto se les avisó, en este momento estamos aquí 12 de los 18 miembros del equipo y los otros están en camino...

-Doctor, explíqueme que significa exactamente coma irreversible…
-Que no hay posibilidades de recuperación…
-¿Ni la más mínima posibilidad, Doctor…?
-Prácticamente ninguna, Ministro… clínicamente está vivo, pero a los efectos prácticos, no lo está… digo "prácticamente irreversible" para no ser absoluto, pero si no se produce un deceso podrá mantenerse así por algunas horas, o varios días, pero nunca más lo veremos levantarse, hablar o moverse…
-Esa opinión la habrá consultado con los otros médicos, supongo…
-Naturalmente, Ministro, con todos los otros miembros del team. Estamos todos de acuerdo… y lamentablemente no es solo una opinión, es un diagnóstico…
-¿En que puede cambiar la situación si se agregaran otros médicos que no forman parte del equipo…? aunque haya que traerlos urgentemente de otro país…
-En nada, Ministro, esta situación es clínicamente irreversible… usted sabe que nuestros médicos…
-Doctor, no estoy poniendo en duda la capacidad de ustedes… preguntaba si tal vez otras técnicas o equipos…
-Aquí tenemos lo más avanzado del mundo hoy por hoy, no existe nada nuevo que nosotros no tengamos aquí o bajo control… lamentablemente…
-Entonces no hay nada que hacer…
-Solamente esperar, Ministro…
-¿Esperar que, Doctor…? ¿un milagro…?
-Un desenlace…
-¿Es posible tener una idea aproximada de cuando…?
-Como le dije, Ministro, no es posible saberlo: una hora o cuatro meses…
-Gracias doctor… usted entiende que esta situación es extremadamente especial y que debe manejarse como secreto de Estado hasta nueva orden… por ninguna circunstancia esa información que me ha dado, ni ninguna, puede salir de ese lugar hasta que tengamos claro como vamos a manejar la información… le dejaremos saber…
Raúl Castro no se detuvo.
Por el momento, quiero que le pase a mi ayudante en el MINFAR, el Coronel Azcuy, un parte cada quince minutos sobre la situación: si no hay cambios, quiero un parte diciendo "no hay cambios", pero quiero saber lo que está pasando cada quince minutos, aunque esto dure un año entero… ¿es posible…?
Sí, claro…
-Ahora páseme a Pedroso, por favor…
Raúl Castro quería hablar con el Jefe de la Escolta del Comandante en Jefe.

El Coronel Mario Pedroso, Jefe de la Escolta del Comandante en Jefe, obedecía órdenes directas del Jefe de la Dirección General de Seguridad Personal del MININT y del Ministro del Interior. No se subordinaba al Ministro de las FAR, pero en la situación actual las cosas estaban cambiando muy rápidamente.

-Coronel, estamos en una situación muy especial. Nadie debe salir ni entrar al hospitalito hasta nueva orden y todas las comunicaciones hacia el exterior deben prohibirse si no las autoriza usted expresamente...

-Aquí está el Jefe del Grupo de Apoyo...

-Pero es usted quien está al mando total del hospitalito desde este mismo instante, Coronel... lamentablemente el Grupo de Apoyo no tiene nadie a quien apoyar en este momento... cumpla las órdenes que le doy, yo asumo esa responsabilidad...

-Controle estrictamente las comunicaciones, todas, todas, Coronel, estrictamente... asegúrese que el Dr. Salazar me pueda pasar un parte cada quince minutos, como le solicité... cada quince minutos, aunque no haya novedades... no quiero situaciones de pánico ni rumores innecesarios en este momento...

Coronel, usted cuidó al Comandante en Jefe durante muchos años de manera ejemplar... ahora necesito que lo cuide más todavía, que lo proteja, para proteger la Revolución... ¿me ha comprendido exactamente?

-Absolutamente...

-Correcto... proceda...

Más de cuarenta y cinco años en el poder habían entrenado al Ministro para dar órdenes y para pensar en la posibilidad de esta situación. Colgó el teléfono y comenzó a vestirse de prisa.

Llamó al Oficial de Guardia Superior del MINFAR por la línea directa de seguridad:

-General, tenemos una emergencia. Utilice los sobres verdes inmediatamente para levantar las unidades. Los verdes, ¿está claro?

-Los verdes, Ministro, comprendí perfectamente

-Adelante, no se demore...

Desde los inicios de la Revolución en 1959 Raúl Castro era el sustituto designado de Fidel Castro. Sin demasiado protocolo, en una intervención pública, Fidel había dicho: "Y si falto yo... ahí está Raúl...". Había sido la designación oficial. Poco a poco, Raúl fue designado como segundo al mando en todas las instituciones donde Fidel Castro aparecía como máximo dirigente. Raúl era el Segundo Secretario del Partido Comunista de Cuba, Vicepresidente Primero de los Consejos de Estado y de Ministros y Ministro de las Fuerzas Armadas Revolucionarias. Ostentaba el grado militar de

General de Ejército, único en el país, subordinado al Comandante en Jefe. Los sobres lacrados para movilizar las unidades se dividían por colores. Los colores rojos eran para situaciones reales: alerta, alerta incrementada, alarma de combate. Los de entrenamiento eran de color amarillo: alerta, alerta incrementada, alarma de combate. Los sobres verdes estaban concebidos para ser utilizados únicamente si se activaba el Plan 'Corazón': Raúl Castro había ordenado alerta incrementada real para todas las unidades militares del país de acuerdo a los requerimientos del Plan "Corazón".

Ordenó a su ayudante:

-El carro listo para salir en cinco minutos… llama a Furry, a Julio Casas y a Machadito y ordénales que salgan para mi oficina del MINFAR ahora mismo… urgente, coño, urgente…

Habitualmente hubiera dicho "diles que…" en vez de "ordénales que…". El ayudante del Ministro captó la diferencia, pero su cara no lo demostró.

En menos de diez minutos los Mercedes Benz entraron al interior del MINFAR. Casi saliendo Raúl Castro del elevador privado en el cuarto piso vio al General Julio Casas y llegaba el General de Cuerpo de Ejército Abelardo Colomé Ibarra, 'Furry', Ministro del Interior.

-¿Qué pasó?

-Se jodió la cosa… entren, tenemos que hablar…

Se viró para el oficial de guardia de la secretaría:

-Tráeme de la oficina secreta los tres sobres verdes que tienen marcado un corazón en todo el frente, ahora mismo…

Residencia del Jefe de Tropas Especiales, Reparto Fontanar, Ciudad Habana
Tres y cuarenta y dos minutos de la madrugada

El teléfono de seguridad sonó varias veces.

-Ordene.

-General, soy el Coronel Quiñones, del…

-Sí, Coronel, ¿Qué pasa, que hora es…?

-Tres y cuarenta y dos. Por orden del Ministro los Regimientos de Tropas Especiales están siendo levantados en alarma de combate... el Ministro le ordena salir inmediatamente para el Puesto de Mando de Tiempo de Guerra de Tropas Especiales y esperar las órdenes allí…

-Comprendido… ¿Qué fue lo que pasó…?

-No se, General, no se.,, me acaban de dar la orden de llamarlo a usted… no se nada…

Residencia del Jefe de la Dirección General de Contrainteligencia del
Ministerio del Interior, Nuevo Vedado, Ciudad Habana
Tres y cuarenta y cuatro minutos de la madrugada

El teléfono de seguridad sonó varias veces. El Jefe de la Dirección General de Contrainteligencia (DGCI) del Ministerio del Interior, General Ramón Menéndez, 'Ramoncito' respondió entre dormido y desenfadado la llamada, sin saber que la hacía personalmente el Viceministro Primero encargado de los órganos de seguridad, General de División Alberto Rodríguez Gómez...
-¿Sí...?
-*Ramoncito, despiértate... te habla Gómez...*
-Ordene, General...
Se incorporó en la cama de inmediato.
-*¿Estás bien despierto, verdad...? Estamos en alarma... arranca inmediatamente para el Punto Zeta, para allá va también Borges, el Jefe de la Contrainteligencia del MINFAR... nos vemos allí lo más rápidamente posible... son casi las cuatro de la mañana... a más tardar a las cinco tiene que estar activado el Plan "Corazón" en todo el territorio nacional...*
-¿El Plan Corazón...?
-*No estás soñando, no, escuchaste bien... el Plan Corazón, no tengo que decirte más nada... tu sabes lo que eso significa...a las cinco tiene que estar activado y funcionando en todo el país, ¿está claro...? no pierdas tiempo... arranca... nos vemos allí...*
-A la orden...

Residencia personal del Jefe del Ejército Oriental, Holguín
Tres y cincuenta y siete minutos de la madrugada

El teléfono de la línea de seguridad sonó intensamente varias veces en la casa del Jefe del Ejército Oriental...
-Oigo...
-*General, le habla el Coronel Jiménez, Oficial de Guardia Superior...*
-¿Qué hora es, Coronel?
-*Las tres y cincuenta y siete de la madrugada, General...*
-Bueno, dígame lo que tiene que decirme...
-*Dos cosas, urgentes y serias...*
-Comience, Coronel...
Se había incorporado de la cama y estaba sentado.
-*General, lo primero, se recibió la orden de poner todas las unidades del*

Ejército en estado de alerta incrementada inmediatamente... no es una maniobra, es una situación real...
-¿Cuándo se recibió la orden...?
-*Ahora mismo, General, mandé a descifrarla y le estoy llamando...*
-¿Cómo que a descifrarla... no fue con los sobres sellados...?
-*No, vino por las vías seguras, en clave... primera vez que veo eso...*
Ya se había levantado de la cama.
-Bien, ¿alguna actividad enemiga detectada?
-*Ninguna, compañero General...*
-¿Donde está el Jefe de Estado Mayor?
-*En su casa, durmiendo, supongo... ya el oficial de guardia lo está localizando...*
-Bien, Coronel localícelo a él y al Jefe de Inteligencia Militar y que me llamen por la línea de seguridad... y usted comience a actuar como está establecido...
-*Comprendido...*
Comenzó a caminar con pasos cortos, dando vueltas.
-Coronel, no es alarma de combate, sino alerta incrementada...
-*Correcto...*
-Entonces todavía no hay que dislocar todas las unidades en las zonas de situaciones reales... solo las antiaéreas y los tanques... insista en esto con las unidades subordinadas cuando las levanten, es alerta incrementada, no alarma, alerta incrementada... envíeme el chofer inmediatamente...
-*Ya lo están despertando, General*
-Déle un poco de café antes de salir... no quiero a ese muchacho manejando dormido en esta situación...me dijo que había dos cosas, ¿cuál es la otra...?
El General Dagoberto Carmenate era un oficial experimentado. Las tensiones de esta situación no le hicieron olvidar que, al despertarlo, el Coronel Jiménez le había mencionado que se trataba de dos cosas importantes.
-*Un telefonema cifrado urgente que se recibió para usted... debe estar listo casi ya... el clavista estaba trabajando en los códigos...*
-Bueno, Coronel, mientras tanto, tengamos claro esto: avísele a los Jefes de la División 50, del Regimiento de Tanques, de la Brigada Fronteriza y de los Cuerpos de Camagüey y Santiago, que estén listos para presentarme un informe a las 0600 horas... los demás jefes de unidades a las 0620 horas... los comunicadores deben estar todos en condiciones operativas inmediatamente, los exploradores listos para desplegarnos a las dislocaciones de guerra cuando se ordene, el grupo de choque completo y listo para partir en cinco minutos hacia donde se le ordene... ¿llegó algún

mensaje de otro lugar...?

-No, General, ninguno... *aquí está ya el telefonema descifrado...* ¿se lo leo...?

-Adelante...

-Dice: *"MUY SECRETO - MUY URGENTE"*
Del 756 Delta, al 343 Caimán:
Preséntese 1600 horas de hoy en oficinas 756 Delta. Utilizar cualquier medio transporte para asegurar puntualidad.
Patria o Muerte, Venceremos.
Firmado: 756 Delta".
Hasta aquí el mensaje, General...
-¿A que hora entró ese...?
-*Inmediatamente después de la orden de levantar el Ejército, uno detrás del otro...*
-Léamelo de nuevo...
El Coronel volvió a leer el telefonema descifrado.
-Hum, alerta incrementada y a la vez que vaya para la oficina del Ministro... coño, que raro...
-*Perdón, General...*
-No, Coronel, no se preocupe, hablando solo, estoy acabado de despertar, recuerde...
Aún dormido el General Carmenate hubiera notado esa incongruencia.
-*Sí, claro... ya está saliendo el chofer a buscarlo General...*
Algo comenzó a dar vueltas en la cabeza del General.
-Bien, Coronel, gracias... continúe cumpliendo sus órdenes... usted las conoce perfectamente...
-*Si, General... cualquier novedad antes que usted llegue aquí le avisaré...*
-Perfecto... nos vemos después...
La esposa del General se levantó inmediatamente: casada con él desde hacía más de treinta años, estaba acostumbrada a estas situaciones.
-Voy a prepararte el café...
Fueron para la cocina.
-¿Qué pasa ahora, Dago...?
Desde que Dagoberto Carmenate era Primer Teniente Jefe de Batallón la respuesta a esa pregunta de su esposa había sido invariable: "Lo de siempre... problemas..."
Esta vez fue diferente:
-No se, algo muy raro, no se... mi instinto... pero no me gusta, algo raro, no se lo que está pasando... no tiene sentido poner todo el Ejército en alerta real y a la vez mandarme a buscar al Ministerio... cuando más tiene que estar el

Jefe de Ejército con las unidades es cuando se movilizan… todo el ejército en alerta incrementada y yo reunido en el Ministerio… es raro… ¿Por qué hacen una cosa como esta…?

La esposa del General nunca le hacía preguntas directas que pudieran ir contra la necesaria discreción que exigía el cargo de su esposo.

-¿Te imaginas lo que puede estar pasando…?

-Tengo un presentimiento, pero tengo que hacer algunas llamadas primero… voy a ver si averiguo con otro Jefe de Ejército, y ver si resulta que esto es solo para mí y entonces es una cosa… pero si los tres Jefes de Ejército estamos iguales, o hasta dos de tres, es otra… no se…

-No puedo entenderte muy bien, Dagoberto, pero tú sabes… ¿Qué quieres hacer…?

-Pensar un poco en lo que tomo café y me visto… y llamar desde aquí, no quiero llamar desde el Puesto de Mando… no vayas a salir de la casa hasta que yo te llame, quiero saber bien lo que está pasando y te necesito aquí como enlace… cuando llegue el chofer que me espere… quiero estar claro antes de arrancar…

Patricia sabía que su esposo estaba preocupado.

-¿Por qué no me explicas un poco mejor qué es lo que te preocupa?

-Mira, tu sabes que Raúl no me soporta, hubiera querido botarme hace rato, no me ha podido quitar el mando por el apoyo que he tenido… que yo haya trabajado mejor o peor no cambia eso, si hubiera podido me hubiera sacado hace rato, desde que no le admití el Jefe de Estado Mayor que quiso imponerme… pero no puede quitarme al mando… o no podía, no se… no se lo que puede estar pasando hoy… con el Ejército en la mano yo puedo ayudar a salvar al país, a provocar un cambio para mejorar las cosas, a enderezar este bote que se está hundiendo, pero si me quitan el mando se jode todo… se jode todo… estos cabrones no van a cambiar nada…

-¿Quiénes son los cabrones esos que tu dices, Dago…?

-Los de siempre, Raúl y su gente… no se lo que tienen en mente ahora…

El General no acostumbraba a darle tantos detalles a su esposa.

-¿En medio de una alarma…?

-Eso es lo raro, eso mismo… me hace falta un tiempito, tengo que pensar que cosa sería más peligrosa ahora, porque si me debo ir para el Ministerio y no me voy, es un problema… si voy y no debía haber ido, es peor… o no se ahora mismo si me conviene más desobedecer la orden y quedarme en el puesto de mando…

Patricia no lograba entender.

-¿Cómo puede ser peligroso ir al Ministerio, ir al MINFAR? Ese es tu Ministerio de toda la vida… ¿Y por qué estás pensando en desobedecer una

orden, pensando en insubordinación...? ¿Qué está pasando, Dago..., que está pasando? Nunca en todos estos años te había oído hablar de esa manera...
-Es que nunca en todos estos años tuve que tomar una decisión pensando en las variantes que se presentarían en caso de que Fidel estuviera muerto...

Residencia del Jefe de la DAAFAR (Defensa Anti Aérea y Fuerza Aérea Revolucionaria), Miramar, Ciudad Habana
Tres y cincuenta y siete minutos de la madrugada

El teléfono de seguridad sonó varias veces en la casa de Francisco Soler. Jefe de la DAAFAR
-Oigo...
-*General, lamento despertarlo. Soy el Oficial de Guardia Superior, Teniente Coronel Martínez López...*
-¿Qué pasa, Coronel?
-*Se recibió la orden de poner todas las unidades de la Fuerza Aérea en máxima disposición combativa... es una situación real...*
-Alarma de combate para toda la DAAFAR...
-*No, General, es lo raro... solo la Fuerza Aérea en alarma... los aviones tienen que estar artillados y los pilotos listos para despegar... la defensa antiaérea sólo tiene estado de alerta incrementada...*
-Que raro... hasta anoche no había información de actividad enemiga... ¿Qué hora es?
-*Tres y cincuenta y siete...*
Ya estaba de pie cuando volvió a preguntar.
-¿Cuándo se recibió la orden...?
-*Hace unos minutos, General, demoré sólo el tiempo para que la descifraran...*
-Bueno, el Comandante en Jefe sabrá... comience a cumplir las órdenes, salgo para allá... no mande el chofer, voy en mi carro...
-*Entendido... pero, oiga General, la orden no la firma el Comandante en Jefe...*
-¿Cómo que no...?
-*No, viene firmada por el Ministro...*
No era lo habitual, pero el General Soler no estaba ahora para analizar esos detalles.
-Ahora mismo voy para allá... vaya localizando al Jefe de Estado Mayor... ¿quién está de jefe en el grupo de choque hoy? De los pilotos quiero decir...

-El Coronel Lara...
-Avísele que en cuanto llegue al puesto de mando quiero un informe actualizado del estado operativo de los Mig-29 y los demás medios, pero ya... en cuanto llegue...
-Comprendido...
-¿Alguna otra novedad, otra urgencia...?
-Ninguna, compañero General...
-Salgo para allá...

Puesto de Mando de la División Blindada, Sur de La Habana
Tres y cincuenta y ocho minutos de la madrugada

El General Antonio Molina, Jefe de la División Blindada, unidad estratégica de reserva del Alto Mando, directamente subordinado al Comandante en Jefe, estaba en su dormitorio junto a la oficina del estado mayor de la unidad ubicada al sur-sureste de La Habana: no era raro en él hacerlo varias veces al mes y hoy era una de esas noches. Su localización durante las 24 horas del día debía ser conocida en el Estado Mayor General.

La División Blindada, o División de Tanques, la formaban casi veinte mil hombres, organizados en tres Regimientos de tanques reforzados con un batallón de infantería mecanizada cada uno (transportadores blindados, BTR), un Regimiento de infantería motomecanizada reforzado con un batallón de tanques, un Regimiento de artillería reactiva (lanzacohetes múltiples), un Regimiento de artillería pesada, un batallón de cañones antitanque y uno de cohetes ligeros antitanque, una brigada de defensa antiaérea y múltiples unidades de logística y apoyo.

Era la unidad élite de las Fuerzas Armadas cubanas bajo su mando, apoyado por dos generales, siete coroneles, 16 tenientes coroneles y centenares de mayores, capitanes y primeros tenientes, todos con experiencia combativa como guerrilleros o tanquistas en Angola, Etiopía, Yemen, Siria, Argelia, Cabinda, Guinea, Congo, Congo-Brazaville, Mozambique, Nicaragua, Guatemala, Venezuela, Perú o Brasil, algunos de ellos con varias misiones.

Como militar de experiencia no necesitó demasiadas explicaciones cuando respondió a la llamada del Jefe del Estado Mayor General:

-General Molina, usted sabe quien le habla: se le ordena poner la División Blindada en alarma de combate total inmediatamente... esto no es un ejercicio, es una situación real, los tanques deben estar artillados, los lanzacohetes, las BTR listas...

Movilización general real de la División Blindada significaba algo grande.

-General, verifíqueme esa orden, es cosa seria...
-*Cosa seria, General, abra el sobre lacrado "Aguacate" que tiene en su caja fuerte o en la oficina secreta...*
-Enseguida... enseguida... deje ver...si, aquí está... lo abro... un momento... bueno, si, aquí está... mi respuesta de contraseña es "Cocodrilo"... la suya de verificación es...
-*Correcto y la mía de verificación es "Samurai"... ¿está verificada...?*
-Verificada, compañero Viceministro Primero...
-*Bueno, cúmplala... usted sabe lo que debe hacer...*

Oficinas del MINFAR y MININT
Entre las cuatro y cuatro y quince minutos de la madrugada

Desde las oficinas del Ministro de las FAR (Fuerzas Armadas Revolucionarias) y del Ministro del Interior, entre cuatro y cuatro y quince de la madrugada, fueron citados urgentemente al MINFAR el Secretario del Comité Ejecutivo del Consejo de Ministros, Carlos Lage; el Secretario Ideológico del Comité Central del Partido, Esteban Lazo; el Presidente de la Asamblea Nacional del Poder Popular, Ricardo Alarcón; el Vice-Ministro Primero de Relaciones Exteriores, pues el Canciller se encontraba en África; la Secretaria de la Unión de Jóvenes Comunistas (UJC), el Coordinador de los Comités de Defensa de la Revolución (CDR), la Secretaria General de la Federación de Mujeres Cubanas (FMC), el Secretario de la Central de Trabajadores de Cuba (CTC), el encargado de la Radiodifusión estatal (ICRT) y el Director del Periódico Granma.

Frente a ambos Ministerios, en los locales del Palacio de la Revolución, las oficinas del Grupo de Coordinación y Apoyo del Comandante en Jefe no habían apagado las luces en toda la noche y se desplegaba una febril actividad, completamente sellada a ojos extraños: el piso completo estaba tomado por la Seguridad Personal, las comunicaciones controladas y se requería autorización expresa del Jefe de la Escolta del Comandante en Jefe para entrar o salir.

A poca distancia, agotados aspirantes a viajeros en la Terminal de Omnibus, que pasaban la noche durmiendo en el piso, eran despertados por otros aspirantes madrugadores que comenzaban a llegar con la esperanza de poderse embarcar a su destino en pocas horas. Algunas parejas salían agotadas de posadas habaneras tras sesiones amatorias sin previa cena y disciplinados empleados se comenzaban a agrupar en las paradas, tal vez sin haber tomado ni café, a la espera de un "camello" o de quien sabe que medio de transporte para llegar al trabajo.

Amanecía un día más en La Habana.

El día en que el Primer Secretario del Comité Central del Partido Comunista de Cuba y Presidente de los Consejos de Estado y de Ministros, el compañero Comandante en Jefe Fidel Castro Ruz, se estaba muriendo, tras haber caído en estado de coma irreversible.

CAPITULO TRES

Oficinas del Ministro de las Fuerzas Armadas Revolucionarias, General de Ejército Raúl Castro Ruz. Edificio del MINFAR, Cuarto Piso
Tres y cincuenta y nueve minutos de la madrugada

En la oficina del Ministro se encontraban Raúl Castro, Furry, el jefe del despacho de Raúl, Coronel Azcuy, el General de Cuerpo de Ejército Julio Casas Regueiro, Vice Ministro Primero de las FAR, el General de División Alfredo Valdivieso, Viceministro Primero Jefe del Estado Mayor General de las FAR, el miembro del Buró Político del Partido José Ramón Machado Ventura, el Jefe del Ejército Occidental, General de Cuerpo de Ejército José Pérez Márquez y el General de División Cecilio "el Moro" Zamora, Jefe de la Guarnición de La Habana.

El General de Cuerpo de Ejército Abelardo Colomé Ibarra, "Furry", estuvo en las filas de la lucha clandestina en Santiago de Cuba hasta su incorporación al Ejército Rebelde, junto a Fidel y Raúl Castro, bajando con grados de Capitán. Desde 1959 estuvo en actividades de Inteligencia Militar y Policía Nacional y participó en la organización y apoyo de actividades guerrilleras en América Latina. Curso estudios de Inteligencia y Contrainteligencia en la URSS, fue Jefe de Cuerpo y Jefe del Ejército de Oriente.

Participó en el contingente cubano enviado a Argelia en 1963 cuando el conflicto con Marruecos y en 1975 fue jefe de la misión en Angola, con destacada participación en la dirección de los combates y el despliegue del contingente cubano en ese país africano. Desde 1979 Viceministro del MINFAR a cargo de los servicios de Inteligencia y Contrainteligencia y Vice Ministro Primero, fue designado Ministro del Interior en 1989, para sustituir al caído en desgracia General José Abrahantes y reorganizar el MININT luego del caso Ochoa. Miembro del Buró Político del Partido Comunista de Cuba.

Raúl Castro no perdió tiempo con introducciones protocolares: abrió los sobres marcados con el corazón y entregó dos hojas al jefe de despacho:

-Coronel Azcuy: estos compañeros deben ser citados inmediatamente a mi despacho para las seis de la mañana. Usted responde personalmente por que sean citados y que vengan. Cuando estén aquí, recuerde que todos ellos son cuadros de importancia fundamental, les leerá este comunicado. Sin comentarios, aclaraciones, explicaciones o preguntas. Y todo el mundo debe dirigirse a sus lugares de trabajo y esperar las órdenes. Tiene que publicarlo Granma hoy, pero más tarde, a las ocho de la mañana. Que detengan la edición actual si es necesario. ¿Comprendido…?

-Comprendido

Este es el comunicado que debe leer… vamos a escucharlo todos:

"Cubanos, Revolucionarios, Patriotas, compañeros todos: Tenemos una situación de emergencia: el Comandante en Jefe ha tenido demasiadas actividades en estos días y en este momento tiene problemas de salud, pues ha sufrido una crisis de agotamiento prolongado. Como su salud estaba debilitada por la lamentable caída que todos sabemos, los médicos consideran que debe reposar alejado de todas las actividades por varios días.

Es algo transitorio y nada grave, en pocos días regresará a sus actividades normales, pero debemos estar preparados, porque los enemigos de la Revolución podrían querer utilizar esta situación para destruirnos y acabar con la obra de la Revolución y los logros de nuestro pueblo.

Las unidades militares han sido movilizadas preventivamente para desalentar al imperialismo de querer aprovechar la situación para lanzar un zarpazo más contra nuestro país. Los enemigos internos están bajo control. El resto de las actividades debe continuar funcionando normalmente hasta que se reciban nuevas órdenes.

No debemos perder la calma ni permitir la propagación de falsos rumores contrarrevolucionarios. El Gobierno y el Partido se mantienen firmes y unidos, ahora más que nunca, conduciendo a nuestro pueblo hacia la victoria. Diríjanse todos a sus respectivos puestos de trabajo y estén listos para la defensa de la Revolución y sus logros ante cualquier agresión que los enemigos pretendan llevar a cabo.

La Revolución, fiel a sus principios de decir solamente la verdad a nuestro pueblo, irá informando progresivamente a la población sobre el estado de salud y la recuperación de nuestro máximo líder.

Viva nuestro Comandante en Jefe

Patria o Muerte, Venceremos."

-Hasta aquí el comunicado que debe leerles. ¿Alguna pregunta, Coronel?

-No hay preguntas que hacer ni preguntas que permitir, compañero Ministro…

-Comience a proceder, Coronel, no pierda tiempo… puede retirarse…

Quedaron solo los generales y "Machadito". Raúl Castro continuó:
-Bien la situación es un poco más complicada, las cosas están mucho peor.
No voy a demorarme con historias. Vamos a leer textualmente el Plan
Corazón, aprobado por el Comandante en Jefe, de aplicación inmediata...
todos vamos a comprender mejor después de leerlo...
-¿De cuando es el Plan...?
-Lo concebimos hace mucho tiempo, pero se ha ido actualizando... la última
actualización fue el 15 de Noviembre...
Atiendan lo que voy a leer...

*Puesto de Mando Secreto de Contrainteligencia, El Vedado, La
Habana
Cuatro y dieciocho minutos de la madrugada*

El Punto Zeta es un puesto de mando secreto para situaciones especiales,
convenientemente enmascarado dentro de un edificio de apartamentos del
Vedado, dotado de plantas eléctricas de emergencia, teléfonos de seguridad,
computadoras modernísimas y un personal altamente especializado, la
tercera parte de los cuales estaba permanentemente movilizado en turnos de
24 horas.
No era el edificio de la DGI (Dirección General de Inteligencia): tenía una
entrada pública por una calle, donde entraban y salían los residentes,
casualmente todos oficiales de la Contrainteligencia, pero los elevadores
comenzaban a marcar en el piso seis. No había escaleras de emergencia. Por
la parte trasera, después de entrar a un garage donde siempre estaban
parqueados los mismos autos y dos militares montaban guardia
discretamente las 24 horas, se entraba por una puerta disimulada a los cinco
pisos del Punto Zeta, Puesto de Mando de Situaciones Especiales.
El General 'Ramoncito', Jefe de la Contrainteligencia en el MININT
manejaba irresponsablemente hacia el Punto Zeta, sin respetar regulaciones
de tráfico: él era personalmente responsable de garantizar su operatividad,
de que las computadoras funcionaran sin dificultades, de que los oficiales de
guardia tuvieran todo a punto, de que las comunicaciones no fallaran. Era
uno de los pocos del Parnaso que conocía muchos detalles del Plan Corazón,
casi todos.
El Plan Completo lo conocían tres personas solamente: el Comandante en
Jefe Fidel Castro Ruz; el General de Ejército Raúl Castro Ruz, Ministro de
las Fuerzas Armadas Revolucionarias (MINFAR), Segundo Secretario del
Partido Comunista de Cuba y Vicepresidente de los Consejos de Estado y de

Ministros; y el General de Cuerpo de Ejército Abelardo Colomé Ibarra, "Furry", Ministro del Interior.

Otros elegidos, como el Vice Ministro Primero de las FAR, General de Cuerpo de Ejército Julio Casas Regueiro, el Vice Ministro Primero del Interior encargado de la Seguridad del Estado, el Viceministro Primero del MINFAR Jefe del EMG, el Secretario de Organización del Partido Comunista de Cuba José Ramón Machado Ventura y el Jefe del Ejército Occidental, General de Cuerpo de Ejército José Pérez Márquez, conocían algunas partes, las que más directamente les implicaban.

Se había manejado tan secretamente que ni mecanógrafas se utilizaron: sus hojas estaban manuscritas y firmadas por los dos coautores, aunque, naturalmente, Fidel Castro había sentado las pautas principales.

El General Menéndez volaba más que manejaba hacia el Punto Zeta.

-Pal' carajo, si es el Plan Corazón entonces esto se jodió completo… vamos a tener jaleo por unos cuantos días… por tu madre y yo que no he tomado ni café… cuando llegue tomo…

En el Punto Zeta el General Gómez, Viceministro Primero del Interior, el recién llegado a la carrera General 'Ramoncito' Menéndez, Jefe de la Dirección General de Contrainteligencia del MININT y el General José Manuel Borges, Jefe de la Dirección de Contrainteligencia del MINFAR, tomaban un café recién colado mientras el Viceministro abría el sobre con la copia del Plan Corazón.

-Todos sabemos lo que significa el Plan Corazón. Voy a leerlo para estar claros en lo que tenemos que hacer… hum, es un documento manuscrito… nunca lo había visto antes…

<u>SECRETO DE ESTADO</u>

Copia # 1 Ministro FAR
Copia # 2 Vice Ministro Primero Interior (DSE)

APROBADO: COMANDANTE EN JEFE

PLAN "CORAZON"

APLICACIÓN: INMEDIATA

En caso de incapacidad temporal, permanente o fallecimiento del Comandante en Jefe Fidel Castro los enemigos Internos y externos de Cuba utilizarían la circunstancia para intentar destruir la Revolución y arrebatar los logros de nuestro pueblo en todos estos años.

Es imprescindible que en estas circunstancias la Revolución actúe ofensivamente, adelantándose a las posibles acciones enemigas y arrebatándole la iniciativa que sin duda intentarán tomar los enemigos.

Para lograr estos objetivos, se ordena con ejecución inmediata:

PRELIMINAR: Las noticias referentes a la situación antes mencionada sólo podrán hacerse públicas, en la forma y momento que se considere adecuado, una vez que se hayan cumplido todas las disposiciones siguientes:

1.- El General de Ejército Raúl Castro Ruz asume las funciones de Comandante en Jefe de las Fuerzas Armadas Revolucionarias, Primer Secretario del Partido Comunista de Cuba y Presidente de los Consejos de Estado y de Ministros.

2.- El General de Cuerpo de Ejército Abelardo Colomé Ibarra asume las funciones de Sustituto del General de Ejército Raúl Castro Ruz en todas las responsabilidades anteriormente mencionadas.

3.- El miembro del Buró Político del Partido, José Ramón Machado Ventura, asumirá las funciones operativas de dirección y funcionamiento del Partido Comunista de Cuba en condición de Segundo Secretario interino.

4.- Cualquier intento o actividad encaminada a desconocer o poner en duda la autoridad de los tres compañeros anteriormente mencionados será considerada, dada la situación excepcional del momento, como traición a la Patria y se procederá en consecuencia.

5.- Las Fuerzas Armadas Revolucionarias serán puestas en Estado de Alerta Incrementada en una variante especial para esta situación, de acuerdo a los planes movilizativos establecidos.

6.- Las Unidades de Tropas Especiales y Guardafronteras de las FAR y el MININT serán puestas en Estado de Alarma de Combate.

7.- Cualquier actividad armada o violenta contra los poderes establecidos, dadas las circunstancias excepcionales del momento, será considerada como un atentado contra la seguridad del estado y se procederá de inmediato a su neutralización o aniquilamiento, incluida la ejecución física de los culpables en el lugar de los hechos si fuera necesario.

8.- Los órganos de Contrainteligencia del MININT y el MINFAR actuarán conjuntamente subordinados al Viceministro Primero del Interior encargado de la Seguridad del Estado en la neutralización, detención preventiva y/o aniquilamiento de todos y cada uno de los grupúsculos contrarrevolucionarios al servicio del enemigo imperialista conocidos como "organizaciones disidentes".

9.- La Policía Nacional Revolucionará actuará con la máxima energía, en coordinación con las Brigadas de Respuesta Rápida y los Comités de

Defensa de la Revolución, frente a las turbas de delincuentes y saqueadores que bajo el pretexto de marchas o concentraciones pongan en peligro la tranquilidad de los ciudadanos.

10.- Todos los aeropuertos y aeronaves en territorio nacional, militares y civiles, serán tomados militarmente por la Fuerza Aérea Revolucionaria.

11.- Todos los puertos marítimos y fluviales y las embarcaciones de todo tipo y tamaño en territorio nacional serán tomados militarmente por la Marina de Guerra Revolucionaria.

12.- Todas las emisoras de radio y televisión del país serán puestas en cadena permanente, bajo la responsabilidad directa del Buró Político del Comité Central del Partido.

13.- La Dirección de Establecimientos Penales del Ministerio del Interior reforzará la vigilancia y control de todas las instalaciones y minará con explosivos aquellas instalaciones que alberga reclusos contrarrevolucionarios, incluidos los que sean neutralizados o detenidos en la aplicación del presente plan.

14.- El Regimiento de Embajadas reforzará la protección y custodia de todas las embajadas, consulados e instalaciones diplomáticas en el país, impidiendo con todos los medios disponibles a su alcance la penetración violenta o subrepticia de dichas instalaciones.

15.- La Marina de Guerra Revolucionaria y las Tropas Guardafronteras detendrán con todos los recursos a su alcance, incluyendo el fuego masivo, todo intento de penetrar o abandonar ilegalmente el territorio nacional.

16.- Toda manifestación festiva, de falta de respeto, burla o desfachatez por parte de los enemigos de la Revolución ante tan trágica situación, será combatida con la máxima energía por los Comités de Defensa de la Revolución hasta eliminarlas totalmente.

17.- Se leerá a los dirigentes de las organizaciones de masas un único comunicado oficial, que será redactado en el Buró Político y publicado en "Granma" posteriormente y será la única información pública que se ofrezca hasta que la continuidad del mando de la Revolución esté garantizada de acuerdo a lo que se establece anteriormente.

18.- Todas las audiencias, entrevistas o reuniones con funcionarios extranjeros, periodistas, visitantes o diplomáticos acreditados serán suspendidas hasta nueva orden.

FINALMENTE, consecuentes con la política de la Revolución en todos estos años, las honras fúnebres del Comandante en Jefe se limitarán a lo establecido para el Jefe de Estado en la legislación vigente y además se realizará una única concentración popular de duelo, para que el pueblo pueda expresar abiertamente su consternación y desconsuelo por la pérdida del

Comandante en Jefe. La mencionada concentración popular masiva se llevará a cabo el día de la colocación de los restos fúnebres del Comandante en Jefe en el Monumento al Héroe Nacional José Martí en la Plaza de la Revolución.
"Hemos hecho una Revolución más grande que nosotros mismos"
Ciudad de La Habana, actualizado, Noviembre 15, 2004.
Raúl Castro Ruz   Abelardo Colomé Ibarra
Aprobado: *Fidel Castro Ruz*

El tenso silenció demoró unos segundos, hasta que el Viceministro Primero lo cortó.
-Bien, Generales, esto es lo que tenemos por delante. No tengo que explicarles la trascendencia de la situación y lo que se espera de nosotros... Está claro lo que nos corresponde hacer a nosotros y lo vamos a hacer... Díganme si tienen preguntas...
El Jefe de la Contrainteligencia del MININT se dirigió a los otros dos:
-Del carajo, Gómez... Esto no se limita a los casos que estamos llevando...
-De ninguna manera, Ramoncito: casos, objetivos, señales, elementos de interés operativo, sospechosos, activistas enemigos, el pipisigallo si hace falta...
-¿Partirles los cojones a todos, Viceministro...?
-En pedacitos, Borges, en pedacitos...
-¿Y comenzamos a las cinco de la mañana...?
-Dentro de treinta y ocho minutos exactamente...
-Yo movilizo el Punto Zeta, vamos a operar desde aquí...
-Así es como está establecido, Ramoncito...
El General Borges, Jefe de Contrainteligencia del MINFAR, preguntó, refiriéndose al MININT:
-Supongo que ya el Ministerio completo se está movilizando...
-Hace rato, General... ¿Qué más...?
-Me basta... vamos a tomar otro café para comenzar a operar...

Oficinas de Raúl Castro, MINFAR
Cuatro y veintitrés minutos de la madrugada

Casi al mismo tiempo, Raúl Castro terminaba de leer su copia del Plan Corazón en la oficina del MINFAR.

-No necesito decir que esto no es un entrenamiento... y que hay que manejarlo como lo que es, secreto de estado...
Nadie contestó... no hacía falta...
-Machadito, ¿tienes alguna pregunta...?
Abrió los brazos y la boca, pero no dijo nada...
José Ramón Machado Ventura, Comandante del Ejército Rebelde, médico de profesión, había sido Ministro de Salud Publica en la década del sesenta. A finales de esa década fue designado Delegado del Buró Político del Partido Comunista en la provincia de Matanzas y desde entonces había desarrollado su carrera profesional en el Partido, siendo secretario de Organización desde hacía muchos años. Favorecido por Fidel y Raúl Castro, tenía fama entre muchos militantes de ser un personaje del inmovilismo, burócrata y cerrado a las nuevas ideas, absolutamente incapaz de discrepar ni por casualidad con Fidel o Raúl Castro. Miembro del Buró Político del Partido Comunista.
-Entonces dale y ve a lo que te corresponde, que tienes bastante... arranca para el Comité Central... vete por el túnel, no se te vaya a ocurrir ir por la calle ahora como están las cosas... si tienes problema allí llama al Coronel Pedroso, el Jefe de la Escolta... controla de cerca el periódico Granma y la radiodifusión... no quiero líos con los noticias... puedes salir ya, vamos a seguir aquí con la parte militar...

Residencia personal del Jefe del Ejército Oriental, Holguín
Cuatro y quince minutos de la madrugada

-Dios mío, ¿Qué cosa es esto? ¿cómo tú sabes que se murió Fidel, Dagoberto...?
-No puedo saberlo, solo me estoy imaginando una posibilidad...
-Pero no puede ser...
-¿Por qué no...? Todos somos humanos, el ya tiene muchos anos y está muy enfermo... se nota de verlo y lo que me explicó Arturito el domingo me pone a pensar...
"Arturito", el Dr. Arturo Cancela era un médico recién graduado con grados de Teniente cuando en 1967 fue enviado como médico de tropa a las guerrillas de Guinea Bissau, donde Dagoberto Carmenate estaba al frente de la misión internacionalista, entrenando guerrilleros y participando en los combates. Juntos allí sintieron silbar sobre sus cabezas los proyectiles de FAL y M-16 disparados por el ejército portugués.
Para el entonces Primer Teniente Carmenate la novedad era la marca de los

proyectiles, pues bastantes proyectiles de Garand, Springfield y M-1 silbaron sobre su cabeza en la Sierra Maestra, cuando formaba parte de la Columna Uno al mando de Fidel Castro. "Los que oyes silbar no son peligrosos, ya pasaron. Preocúpate de los que no oyes..." decía a menudo. El médico estaba recibiendo su bautismo de fuego con dignidad y silencio: el miedo natural a los disparos lo controlaba estoicamente, no pensó nunca en retirarse y en cuanto se apagaron los disparos corrió a socorrer a los heridos.

En 1968 Carmenate fue enviado a la URSS, donde cursó estudios en las academias Frunze, de mando de tropas y Voroshilov, de Estados Mayores, mientras Arturo Cancela regresó a Cuba y comenzó la especialidad de Neurocirujía: quien en enero de 1968 había tenido que operar a un guineano herido anestesiándole con ron y un golpe en la cabeza para poder salvarle la vida, comenzaba su especialidad que le convertiría en uno de los más respetados profesionales en el país.

Si Arturo Cancela no había recibido mayores responsabilidades había sido por su carácter y su comportamiento personal, demasiado mujeriego y jodedor... en 1983 fue licenciado con el grado de Teniente Coronel y designado a los hospitales civiles y las Universidades, donde demostraba cada día ser una estrella del diagnóstico y el bisturí.

La amistad entre ambos no se había desvanecido con los años, sino al contrario. En 1980, siendo el General Carmenate Jefe de la Misión Militar en Ogaden, Etiopía, lo mandó a buscar por seis meses para organizar los servicios médicos y en 1983 hizo lo mismo en Angola. El trabajo desplegado siempre había sido considerado muy positivo.

Ese domingo Arturito estaba en Holguín, de paso desde Guantánamo hacia La Habana y había visitado a Carmenate. Botella de Añejo Havana Club de por medio, habían estado conversando sobre muchos temas. Uno de ellos, naturalmente, tuvo que ver con la salud de Fidel Castro...

-Me parece que las cosas son mucho más graves de lo que se cree...

-*Dóctor*, "me parece" no es una frase tuya, tu siempre dices "aquí la situación es tal o más cual..." me he fijado en eso...

-General, recuerda que yo no estoy en el caso y eso se maneja como secreto de Estado... por eso "me parece", por las imágenes que veo por televisión y lo que ha sucedido antes... uno de los neuros del equipo fue alumno mío en la especialidad, pero por nada del mundo sería capaz de decirme nada... lo llamé a la casa este jueves y la esposa me dijo que había estado muy ocupado, que casi no venía ni a dormir en los últimos días... puede ser casualidad...

El General Carmenate no estaba para parábolas.

-Deja a los enamorados creer en las casualidades y habla como militar...
-Soy civil hace más de veinte años...
-Te vistes de civil hace más de veinte años, que es distinto... no jodas y dime tu opinión profesional, médico...
-Oye, esos cuadros clínicos se repiten cada vez más fuertes y hay un debilitamiento general del organismo... se puede producir un fenómeno de esos en cualquier momento, en muy poco tiempo... mucho más fuerte que el anterior...
-¿Y que puede suceder en ese caso...?
-Cualquier cosa... sobrepasarlo, una parálisis, un coma, hasta la muerte...
-*Dóctor*, ¿sin alternativa...?
-Sin alternativa, pero no es inminente...
-No inminente, pero sin alternativa...
-Lo que quiero decir es que va a suceder más tarde o más temprano: año y medio, seis meses, tres semanas, pasado mañana... puede estar sucediendo hoy... no puede predecirse...
-Pero va a suceder de cualquier forma. No pareces tener dudas...
-Del cuadro clínico de la enfermedad no tengo dudas... pero no conozco la historia clínica específica del Comandante...
-Entonces podrías estar equivocado, Arturito...
-No, no... la historia clínica y los datos vitales de las pruebas médicas ayudarían a poder ser más preciso sobre cuando es más probable, pero no en cuanto al diagnóstico... si me equivoco en eso no he aprendido nada en estos treinta y cinco años...
Carmenate hizo la pregunta clásica de los no entendidos en estos casos:
-¿Existe alguna posibilidad de atajar eso...?
-Ninguna, a cualquier edad es peligroso, con más de setenta y cinco años...
-Ningún médico en ningún lugar...
-Ni el médico chino, General...
-Hay que prepararse para eso...
-Pues si vamos a empezar a prepararnos, empecemos ahora mismo: perdona que mande a quien debo obedecer, pero sírveme un poco más de ron...

-Pero, Dago, Arturito no podía haber sabido eso el domingo cuando estuvo aquí...
-No podía saber los detalles, Patricia, pero es un médico muy calificado...
-Y si eso hubiera pasado, ¿dónde está el peligro para ti de ir al Ministerio cuando te mandan a buscar...? A ti te mandan a buscar muchas veces...
El General Carmenate, como pocas veces, fue más explícito con su esposa.
-Sí, pero si Fidel se murió las cosas cambian, es distinto... Existen planes

de emergencia para casos como ese. Raúl se hace cargo del mando inmediatamente, es lo lógico, lo que está establecido…

-Dago, él debe saber lo que tiene que hacer…

-El tiene en mente lo que piensa hacer, pero eso no lo sabe nadie…

-De cualquier manera, con las unidades movilizadas te necesita como Jefe del Ejército al frente de las tropas…

-No es así como tú lo dices… Necesita tener UN Jefe de Ejército al frente de las tropas, pero no quiere decir que me necesitaría a mí obligatoriamente… puede poner a otro…

-¿Cambiarte en medio de la guerra…?

-¿Qué guerra, Patricia…? Si hubiera guerra, posibilidad de chocar con los americanos, o de tener que salir para algún lugar, para África, para Venezuela, para cualquier parte, no me van a estar llamando al MINFAR. Es muy posible, si Fidel está muerto, o si está tan grave que ya se sepa que se va a morir, que esta movilización sea para asegurar el cambio del poder, no para combatir contra nadie…

-¿Para que no haya problemas…?

-Para que no vayan a querer aprovechar la situación y la confusión y acabar con la Revolución…

-Pero yo creo que ese plan ha existido siempre, Dago…

-Desde hace mucho tiempo…

La esposa del General quería entender.

-¿Y él puede poner a cualquiera así en tu cargo, de ahora para luego…?

-Para fajarnos en la Base no, para arrancar para Angola o Etiopía tampoco...

-¿Para que podría ponerlo, Dago…?

-Para sacar los tanques a la calle si hiciera falta, aunque no va a hacer falta… para acabar con cualquiera… para que nada cambie…

-Pero Raúl no puede tener dudas de que tú defenderías la Revolución, como has hecho toda tu vida…

-Patricia, que yo vaya a defender la Revolución como he hecho toda mi vida no quiere decir que vaya a defender a Raúl y una camarilla que lo acompaña… eso no es la Revolución, eso no estoy obligado a defenderlo… y eso sí le preocupa…

Patricia comenzaba a entender cosas que nunca antes su esposo había conversado en detalles con ella.

-¿Por qué hay tantos problemas con Raúl…?

-Por muchas cosas, pero primero que nada porque no es Fidel…

-Claro que no lo es…

-Y quiere serlo, Patricia… durante cuarenta y cinco años ha visto como seguimos a Fidel, incondicionalmente, desde la Sierra, sin vacilar, aún cuando sabíamos que estaba metiendo la pata en algo… porque seguíamos un símbolo, un ideal, la imagen de la Revolución…

-Y tú no vas a seguir a Raúl de la misma manera…

-Pero no porque esté contra él, no porque esté contra la Revolución…

-¿Por qué entonces, Dago…?

-Por lo que te dije, porque no es Fidel… pero quiere imponer su criterio y su voluntad de todas formas… y cuando tropieza con alguien que no se lo deja hacer así, lo quita del medio y al carajo, se acabó… así quiso hacer conmigo, pero Fidel me respaldó y seguí de Jefe del Ejército…

-Ahora es distinto si Fidel se murió…

-Doblemente distinto, Patricia, porque no estaría Fidel para controlarlo… pero es peor, porque ya no sería el Ministro de las FAR sino la máxima figura del país… y no se siente seguro con tanta responsabilidad, no quiere choques, no quiere problemas… ahora tiene que ver la economía, el partido, las cosas internacionales, los presupuestos, los visitantes extranjeros… y entonces lo que hace falta son gente como Valdivieso, como Pérez Márquez, como el Moro, como Soler… gente que diga 'Sí, Ministro, lo que sea' y no le de dolores de cabeza…

Ella conocía muy bien a Dagoberto Carmenate.

-Tú no eres uno de esos michelines, Dago…

-El lo sabe perfectamente… y quiere pasarme la cuenta hace mucho tiempo… si Fidel ya no está no hay quien lo detenga en querer joderme…

¿Y te quitarían de ahí para poder quedarse ellos…?

-Si me quitan nada más el mando salgo bien… puede ser peor…

-Peor que destituirte… a ti nunca te ha preocupado que te destituyan de tu cargo…

-Nunca, pero no me gustaría que me destituyeran como a Ochoa ni terminar como él…

Avenida de Rancho Boyeros y Santa Catalina, Ciudad Habana
Cuatro y catorce minutos de la madrugada

El General Jefe de Tropas Especiales se dirigía manejando vertiginosamente y sin respetar luces del tránsito al Puesto de Mando situado en un túnel subterráneo en el Reparto Kholy.

-¿Qué coño estará pasando? Nadie sabe, o nadie quiere saber… No había nada anoche en el parte operativo… o algo inesperado o un gran rollo… levantar los Regimientos antes de avisarme a mí… *pa'su madre*, tiene que ser gordo…

Residencia del Jefe del Ejército Central, Reparto La Playa, Matanzas
Cuatro y diecisiete minutos de la madrugada

El General Carmenate se comunicó con la casa del Jefe del Ejército Central, General Benito Bustelo, en la ciudad de Matanzas, por una línea de seguridad.

El General Benito Bustelo, un mulato santiaguero proveniente de una familia de trabajadores portuarios, se incorporó al Ejército Rebelde en la Sierra Maestra en enero de 1958, a la Columna 8 del Comandante Ernesto 'Che' Guevara. En 1963 participó en el contingente enviado a apoyar a la Argelia del entonces Presidente Ahmed Ben Bella en su enfrentamiento con Marruecos. A su regreso, fue Jefe del Batallón de Tanques de Cantel. En 1965 integró el Destacamento selecto de combatientes cubanos que acompañaron al Che Guevara en la guerrilla del Congo, donde resultó gravemente herido en una emboscada y tuvo que ser evacuado. En 1967 fue Jefe de la Misión Militar en Pointe Noire, Congo-Brazaville y en 1969-1971 pasó la Academia 'Frunze' en la entonces Unión Soviética. Jefe de Operaciones del Ejército Central, desde donde fue enviado a Angola, frente Sur, en 1980-1981. A su regreso, Jefe de la División de Cárdenas, Jefe del Estado Mayor del Ejército Central, Jefe de la Misión Militar en Mozambique, Jefe de Estado Mayor de la División Blindada y desde 1995 Jefe del Ejército Central. Miembro del Buró Político del Partido Comunista de Cuba.

En 1962 Bustelo había sido Jefe de Compañía del Batallón que mandaba Carmenate, hasta su partida a la misión del Congo con el Che Guevara.

-*General Falka, no me gusta despertarte, mi viejo...*

-*Perdiste, General ya me despertaron antes que tú...*

Aunque eran muy buenos amigos, estaban acostumbrados a tratarse de "General" para mantener la disciplina delante de los subordinados.

-*A ti también...*

-*A mí también...*

-*¿Qué está pasando...?*

-Yo que coño se... me acosté anoche con todo normal... me estoy vistiendo para irme al puesto de mando... ¿pasó algo por allá...?

-*Yo no tengo nada, Bustelo... debe estar pasando por La Habana...*

-¿Qué tipo de actividad enemiga...?

-*No tengo idea... nada... dime una cosa, ¿te mandaron a buscar...?*

-No se para que me quieren allá, Dagoberto, si el Ejército se está movilizando... pero sí, me citaron...

-*A mí también...*

-Hay un enredo... no citan para el Puesto de Mando Central, sino para el Ministerio... si hay movilización debía ser el Puesto de Mando Central, ¿no?

-Debe ser, pero no es...

-Dago, ¿Qué está pasando...?

-No se, Falka, no se, solo puedo imaginarme cosas...

Ya no se hablaban de "General", sino en nombres: Falka fue el nombre de guerra del General Bustelo en la campaña del Congo con el Che.

-Dime lo que te imaginas...

-No se, Falka, pero todos los niños se preocupan cuando el padre se enferma...

-Es natural que pase cuando lo quieren mucho, pero no sabía que el padre estuviera tan enfermo...

-Yo no se, es solo una especulación... alguna información que tengo por varias vías...

-Estás apostando fuerte, Dago...

-Sí, porque si pierdes puede costar caro...

-Dime lo que te hace pensar así...

El General Carmenate explicó:

-No hay reportes de actividades enemigas hasta anoche, levantan las unidades por código y clave, no con los sobres de siempre... y cuando tenemos que estar organizando las cosas nos mandan a buscar a La Habana... y no al puesto de mando, sino al Ministerio... a la burocracia... ¿dónde están los jefes si no van a estar en el puesto de mando...?

-Es extraño todo esto...

-Demasiado, como si fueran a producirse cambios bruscos... estar nosotros en La Habana en un caso como ese es estar fuera del juego... ¿Quién va a mandar los ejércitos...?

-Bueno, Dago, para eso están los Jefes de Estado Mayor...

-No con una alerta incrementada, Falka, eso no se hace, si hay que pasar a alarma de combate estamos fritos... ¿como se van a mandar los Ejércitos...?

-¿Entonces por que nos mandan a buscar?

-Esa es la pregunta de los sesenta y cuatro mil pesos...

El General Bustelo razonaba:

-Si el padre se puso grave es cuando más falta hacemos en las unidades...

-Si el padre se puso grave hacen falta personas de absoluta confianza al mando de las unidades... incondicionales... ni tú ni yo, Falka...

-No te pongas paranoico, Dago, ¿qué pasa...? nosotros somos de absoluta confianza...

-De absoluta confianza para el padre, no para el hijo ni el espíritu santo...

-Se supone que los tres sean la misma cosa...
-*En la Biblia sí, pero en el MINFAR no...*
-Coño, Dago, tú piensas que si el padre está grave nos van a querer quitar el mando...
-*Si el padre está algo más que grave nos pueden quitar cualquier cosa...*
-Coño, eso es serio, Dago...
-*Dime algo que me convenza, Falka...*
-¿Por qué tendrían que hacer una cosa así...?
-*Para que no vayamos a interrumpir...*
Bustelo continuaba de 'abogado del diablo', pero sabía que Carmenate apuntaba hechos sólidos.
-*¿Interrumpir que...? Siempre hemos sido hombres de la Revolución...*
-*Por eso mismo, porque vamos a querer cambiar muchas cosas para hacerlas mejor... no tenemos que seguir amarrados a cosas que sabemos que no funcionan... A pesar de todas las mierdas y desastres, todo esto se ha hecho y se ha mantenido por la personalidad de Fidel... yo lo he seguido sin vacilar toda mi vida y tú también, ellos también, todos... pero si él ya no está, no hay por que seguir con tanta mierda por gusto... hay que cambiar el país... mejorar las condiciones... y en eso pensamos diferente ellos y nosotros...*
-Ellos podrían ser los que comiencen a cambiar las cosas... ¿Por qué tú piensas que ellos no van a querer cambiar muchas cosas...?
-*Porque ninguno de ellos es Fidel...les falta mucho para eso... por lo que ha estado pasando en la última media hora... nosotros estamos en la realidad, no en las nubes como allá arriba y sabemos lo que hace falta hacer para enderezar al país... y para mejorar la vida de los cubanos, que bien dura y bien jodida que ha sido...*
El General Carmenate continuó:
Esto se ha estado hundiendo con el Comandante, yo lo se y tú también, pero es el Comandante, el símbolo, la figura... y se sigue hundiendo, contento, si él está vivo... pero si no está vivo... si yo estuviera equivocado, toda esta alerta incrementada y esto de la citación no hubiera sido así, ¿verdad?
-De acuerdo, Dago... pero supongo que tú te has puesto a pensar lo que puede suceder después de esta conversación si estás equivocado y el padre goza de buena salud...
-*Lo mismo que puede suceder si no estoy equivocado y arranco para La Habana...*
-No hay escape, Dago...
-*Sí lo hay, Falka, si no vamos al Ministerio...*
-Si no vamos... terminamos en los tribunales...

-Si vamos también podemos terminar en los tribunales...
-¿Pero acusados de que, General? Te estás volviendo loco... somos generales de la Revolución...
-Generales como Ochoa, Diocles, Abrahantes, Patricio, Pascualito... pregúntales a ellos de que nos pueden acusar...
-Cojones... estás apretando...
Las purgas de 1989 estaban en la mente de ambos Generales al hablar.
-Dime una cosa, Falka, que es muy importante para mí: si yo no voy al MINFAR y me enfrento a ellos,... ¿tú utilizarías tus unidades contra mí...?
-¿Tu hablas de enfrentarnos a tiros, Dago...? Matarnos entre nosotros no es nada inteligente...
-¿Y si te dan la orden, Falka...? ¿Si Raúl Castro te ordena disparar contra nosotros...?
-Me la estás poniendo difícil, Dago... no quiero hacerlo, claro que no... ¿pero como le digo al Ministro que no quiero cumplir esa orden...?
-Si estás en el Ministerio tienes que explicarle en su cara, Falka y caer preso y fusilado si te niegas, o tienes que hacerlo y atacarme... pero si estás en tu puesto de mando entonces es diferente... el que manda eres tú... no tienes que explicar nada, no contestas el teléfono si no quieres...
El lenguaje cubano, explícito, resumió la situación:
-A cojones limpios...
-A huevo limpio , sí...
-Si estoy en el puesto de mando es que me quedé aquí y no fui para el Ministerio...
-Que no fuimos... que nos quedamos... que no cumplimos la orden...
-Esto es insubordinación, Dago... o peor, una conspiración...
-Otra conspiración, la segunda, porque la primera ya comenzó en La Habana hace media hora... contra nosotros... y estaba preparada desde hace mucho tiempo... desde que no quise a Valdivieso como Jefe de Estado Mayor y lo saqué casi a patadas... como Fidel me respaldó Raúl no pudo joderme... pero ahora es diferente... ellos están conspirando...
-No necesariamente contra nosotros...
-De acuerdo, pero es posible...
El General Bustelo trataba de racionalizar.
-Todo es posible si tuvieras razón en tu razonamiento... pero si estás equivocado...
-Lo que más quisiera en este momento es estar equivocado aunque me joda...
-Yo también quisiera que tú estuvieras equivocado... y te digo la verdad, aunque te jodieras tú... porque si tú tienes razón entonces la cosa es seria de

verdad… y entonces se puede joder Cuba…

-No se jode si podemos salvarla, si tenemos cojones para hacerlo, Falka…
Te voy a pedir una cosa: ¿hasta que hora puedes aguantar en el puesto de
mando aunque vayas a salir para el Ministerio…?
-Hasta las dos y media… tres menos cuarto… a las tres a todo reventar…
después ya sería tarde…
-Está bien, entonces tenemos casi diez horas… menos, porque yo debería
salir en avión a las dos y media o tres menos cuarto a más tardar… digamos
que tenemos ocho horas…
-¿Ocho horas para que, Dago…?
-Para tratar de averiguar un poco más y saber lo que está sucediendo…
para apreciar la situación… y entonces tomar una decisión… si te sientes
obligado a informar de esta conversación solo te estoy pidiendo esas ocho
horas…
-Que pueden costarnos ir a los tribunales militares a los dos…
-O podemos llevar a otros cabrones a los tribunales si tenemos razón…
En puro lenguaje de tanquista, el General Bustelo expresó:
-Cojones, Dago, estás del carajo… deja ver lo que puedo averiguar por mis
vías, sigue tu por tu lado… ¿hablaste con alguien más, o piensas hablar…?
-Ni Pérez Márquez en el Ejército de La Habana ni Molina en la División
Blindada nos apoyarían aunque creyeran en nosotros… ni Soler tampoco…
y el Moro quiere joderme desde lo que tu sabes, no hay nada que hacer con
él… no tiene sentido llamarlos…
-Tendríamos que enfrentarlos… que entrarnos a tiros… entre nosotros…
-Depende de cómo actúen sus jefes de divisiones y Regimientos, Falka… yo
conozco a algunos que se muy bien que no querrían entrar a matarse entre
cubanos…
Bustelo preguntó:
-¿Y nuestros jefes de Regimiento como actuarían…?
-No creo que los míos acepten descojonarse entre nosotros mismos…
-Los míos tampoco…
-Entonces hay muchas posibilidades de que se puedan resolver las cosas sin
tener que descojonarnos… enfrentarlos, sí, cuestionarles ese poder absoluto
que se quieren coger como si la Revolución fuera de ellos… pero no
descojonarnos…
-La Fuerza Aérea tampoco apoyaría algo así, seguro… Soler es un hombre
de Raúl, incondicional… desde el Segundo Frente…
-Por eso nuestras unidades de defensa antiaérea deben estar ya en alarma
de combate, por si acaso les da la locura…
El General Bustelo dijo con amargura:

-Esto es la guerra, coño, es la guerra...

-Somos militares, Falka, la guerra es lo nuestro... como siempre... nunca la buscamos, pero cuando llega la peleamos... y la ganamos... y ésta la vamos a ganar también...

-Dago, si quieres que te apoye tienes que hacer un compromiso conmigo y muy serio, si no lo haces no hay arreglo...

-¿Que quieres...?

-Tu palabra...

De nuevo, definiciones en puro lenguaje cubano:

-¿Qué palabra... de general, de militante, de honor...?

-De hombre...

-De hombre...

-De a hombre sí, sin mariconás...

-Mi palabra de hombre, sin mariconá... ¿qué quieres...?

Estaba claro que era en serio de verdad.

-En ninguna circunstancia, por ninguna razón, por ninguna provocación, bajo ningún pretexto, somos nosotros los que vamos a disparar primero...

-Claro que no, yo no quiero matarnos entre cubanos... somos hermanos, no quiero que nos matemos...

-Sería una locura...

-Te digo más, coño... ni a Raúl...

-¿A Raúl que, Dago...?

-Ni a Raúl, que es el que está formando esta cagazón, sería capaz de dispararle primero...

-Yo tampoco, Dago, yo tampoco, esa gente son nuestros hermanos...

El General Carmenate enfatizó:

-Tienes mi palabra... nunca vamos a disparar primero... pero si nos atacan, coño, les vamos a dar hasta con el cubo, por todas partes, hasta que los despinguemos por completo...

-A patadas por el culo hasta que los hagamos mierda...seguro...

Aclarado eso, Carmenate preguntó:

¿Qué hay con las ocho horas que te pedí, Falka...?

-Están corriendo hace rato, General...

CAPITULO CUATRO

Estación de la Agencia de Seguridad Nacional de Estados Unidos,
Key West, Florida
Cuatro y treinta y ocho minutos de la madrugada

Las computadoras de la estación de la Agencia de Seguridad Nacional de los Estados Unidos (ASN), instaladas en una discreta casa en una calle paralela a Duval Street, en Key West, Florida, comenzaron a detectar una inusual carga en las telecomunicaciones de las instalaciones militares cubanas. La ASN, una de las actividades de inteligencia más secretas y más sofisticadas de Estados Unidos y del mundo, comenzaba a seguir la pista de la movilización cubana a los pocos minutos de haber comenzado.

Desde que los soviéticos desarrollaron la Base de Lourdes para el espionaje electrónico contra Estados Unidos en las afueras de La Habana en los años ochenta, la Agencia de Seguridad Nacional de Estados Unidos, encargada de la intercepción, rastreo, escucha y descodificación de las transmisiones militares y de gobierno en todo el mundo, consideró imprescindible la instalación de una estación en el extremo sur de los Estados Unidos. La estación de Key West no estaba dedicada exclusivamente a Cuba, mucho menos después de la debacle comunista entre 1989 y 1991, cuando las Fuerzas Armadas cubanas quedaron sin el respaldo soviético, sin repuestos para sus equipos y sin recursos financieros. Y con el cambio estratégico que sufrió la inteligencia de Estados Unidos en la década de los noventa, donde se puso mucho más énfasis en el espionaje electrónico y tecnológico y menos en la recolección de información por agentes, la estación había sido significativamente fortalecida con recursos, técnica y personal.

El oficial de guardia de la estación que atendía la sección de computadoras que había activado la alarma con relación a la carga inusual de comunicaciones en las líneas militares cubanas comenzó a trabajar sobre la información que se recibía, mientras la supercomputadora comenzaba a descodificar las conversaciones interceptadas y a definir en mapas la dirección, origen y destino de las comunicaciones.

Siete minutos después de la primera detección de la actividad inusual, la Agencia de Seguridad Nacional ya tenía en su poder un mapa de todos los movimientos de las comunicaciones, una grabación de las órdenes de levantamiento de la División Blindada, del Ejército Central y de la DAAFAR y un buen volumen de información pendiente de descodificar. Los sistemas automatizados de la Agencia transmitieron inmediatamente la información digital a las computadoras ubicadas en los cuarteles generales de la ASN y en el Consejo de Seguridad Nacional. Simultáneamente, el oficial encargado de la sección de computadoras de la ASN que está detectando toda esta actividad inusual, tomó el teléfono especial de línea segura que le enlazaba directamente con el jefe de la estación.

-Sir, los ejércitos cubanos se están desplegando en posiciones de combate desde hace más de quince minutos...

Oficinas de Raúl Castro, MINFAR
Cuatro y treinta y nueve minutos de la madrugada

Raúl Castro hablaba con un tono plano, gris, pero firme:
-Sabemos perfectamente lo que hay que hacer. No vamos a perder tiempo en detalles innecesarios. Tenemos que resolver las cosas ya... las primeras veinticuatro horas son las decisivas... si controlamos las cosas ya después es más fácil... pero si no amarramos todo en estas veinticuatro horas... se puede joder la cosa...

Comenzó a plantear las misiones:
-Valdivieso: asegúrate bien que todos estos mapas de la pared estén completamente actualizados con la ubicación de las unidades en esta situación de alerta incrementada, todas las unidades, en todo el país... quiero saber que cuando miramos al mapa lo que estamos viendo corresponde exactamente con lo que tenemos en el terreno...

Continuó impartiendo órdenes:
-Julio Casas, ya los ejércitos se están movilizando, encárgate de hablar con Soler en la DAAFAR y el Almirante Isalgué en la Marina para estas instrucciones especiales del Plan Corazón... lenguaje claro solamente lo mínimo... utiliza los códigos ultra-secretos, los de guerra real...

No se detenía:
-En la DAAFAR, por ninguna circunstancia Soler puede dividir el Batallón de Paracaidistas... debe tener problemas para conseguir todo el personal que necesita para tomar todas las instalaciones aéreas, pero que coordine con las unidades de tropas territoriales o pida apoyo a las unidades permanentes de cada área... o al partido, o a lo que sea, pero que no suelte de su mano el Batallón de Paracaidistas y que lo mantenga completo... es posible que haya que lanzarlo en un momento...

En todos los frentes:
-Con relación a la Marina, hay que establecer una relación muy estrecha con Guardafronteras... Isalgué tiene que estar en contacto estrecho con la gente

de Furry... esta vez es diferente, hay que mirar para afuera, para los barcos yankis, pero también para adentro, para los balseros... no puede haber jodienda de balseros por ninguna circunstancia... si hay que hundirlos los hundimos a todos, uno por uno... que lo del remolcador parezca un juego de niños...

Sin olvidar el frente interno:

-Furry: tú te encargas de la Contrainteligencia y los Guardafronteras, la Policía, las cárceles y las Brigadas de Respuesta Rápida... y, naturalmente, la DGI y todo el resto del Ministerio del Interior... policía, bomberos... Inmigración no va a tener mucha actividad en tres o cuatro días... y Seguridad Personal tiene mucho menos trabajo por el momento...

Se dirigió directamente a los jefes de unidades:

-Pepito, Moro: para el Ejército Occidental y la Guarnición de La Habana tenemos una situación muy especial, muy delicada...

Los Generales no se inmutaron y respondieron casi al unísono:

-Ordene, compañero Ministro...

-A la orden...

Oficinas de José Ramón Machado Ventura, Miembro del Buró Político del Partido Comunista de Cuba, Palacio de la Revolución, La Habana

Cuatro y treinta y dos minutos de la madrugada

Machado Ventura llamó al Presidente del ICRT (Instituto Cubano de Radio y Televisión) directamente a su casa. Ni siquiera le dio los buenos días o se disculpó por la hora.

-¿A ti ya te citaron...?

-*Para las seis, en el MINFAR...*

-¿Tienes alguna idea...?

-*No se para qué será...*

-Ya te van a informar, pero te quiero adelantar algo... hay que poner las estaciones de radio y televisión en cadena... pero no vamos a hacerlo de golpe, sino poco a poco... no vas a demorar mucho en el MINFAR, a las seis y media puedes estar en el ICRT si no pierdes tiempo... comienza a encadenar las emisoras de radio, las de televisión al final... poco a poco, pero a las siete y media todas deben estar en cadena, todas, radio y televisión, hasta la última estación en la Punta de Maisí, todas, todas...

-*Radio Reloj nunca se pone en cadena...*

-Todas menos Radio Reloj... como siempre... a las siete y media todas en

cadena, música revolucionaria y una nota muy breve que diga que a las ocho de la mañana... o no, que diga que dentro de poco la dirección de la Revolución va a dar un aviso muy importante a la población... eso es todo, nada más que eso...
-*Usted me dijo "la dirección de la Revolución"...*
-Exactamente...
-*¿No mencionamos al Partido, al Gobierno, al Comand...?*
-Así como te lo dije, como te lo dije exactamente...
-*Eso quiere decir que...*
-Eso quiere decir que a las seis tienes que estar en el MINFAR como te citaron... ya hablaremos...

Oficinas de Raúl Castro, MINFAR
Cuatro y veinticinco minutos de la madrugada

El General de Cuerpo de Ejército José Pérez Márquez se unió muy joven al Ejército Rebelde a finales de 1957, terminando la guerra con los grados de Comandante. Fue segundo Jefe del Campamento de Managua y Jefe de Artillería del Ejército de Occidente, bajo el mando entonces del Comandante Guillermo García. Entre 1965 y 1975 cursó la Escuela Superior de Guerra de las FAR y las Academias 'Frunze' y Voroshilov en la entonces Unión Soviética.

Fue Jefe de la Misión Militar de Somalia en 1977-1978 y posteriormente en Yemen del Sur. En 1980-1981 fue Jefe del Frente Este en Angola y nuevamente en 1983-1984 en el Frente Sur. Segundo Jefe de la Misión Militar en Angola en 1988-1989, cuando fue designado Jefe del Ejército Occidental. Miembro del Buró Político del Partido Comunista de Cuba.

Raúl Castro se dirigió a los Generales Pérez Márquez y Zamora mirándole a los ojos:

-La Revolución tiene y tendrá plena confianza en ustedes dos y en su capacidad estratégica y de mando y por eso son los jefes de unidades más poderosos del país. Y sabemos que pueden asumir sin dificultades cualquier tarea que tengan que enfrentar.

Raúl Castro, heredando el estilo de Fidel, comenzaba a identificarse a sí mismo con la Revolución, la Patria, el Partido y con todo lo demás. Y aunque lo que dijo no era exacto, considerando la existencia de la División Blindada, éste no era momento para esas precisiones.

-De ustedes sabemos todas sus cualidades, que dan la vida por defender la Revolución, como han estado dispuestos siempre y que son disciplinados,

modestos, sencillos… que no se consideran Supermán, que no están discutiendo las órdenes, que no están queriendo saber más que los demás… que cumplen las órdenes…
-Siempre…
-Seguro…
El General de División Cecilio 'el Moro' Zamora había sido designado Jefe de la Guarnición de La Habana en 1995. La Guarnición de La Habana había sido reforzada desde 1991, por las experiencias obtenidas por Fidel y Raúl Castro en ocasión del golpe de Estado contra Mijail Gorbachov en la URSS. 'El Moro' Zamora, del Tercer Frente del Ejército Rebelde al mando del Comandante Juan Almeida, había sido Jefe en 1968 de la Agrupación de Tropas de Defensa de La Habana y posteriormente Jefe de la División 50 en Oriente y de la Región Militar de Isla de la Juventud (Isla de Pinos). Había cursado la Academia Voroshilov en la URSS.
Era Jefe de una División de Infantería Motomecanizada en el Ejército Occidental cuando fue designado por el Comandante en Jefe al frente de la Guarnición de La Habana, que en estos momentos contaba con dos Regimientos de infantería y un Regimiento de tanques. Miembro del Comité Central del Partido.
Raúl Castro les dijo a ambos:
-Lamentablemente no puedo decir lo mismo de los otros Jefes de Ejército… no es que no les tenga confianza, sino que no creo que puedan ser los más indicados para una situación tan especial como la que estamos viviendo. Ahora necesitamos soldados disciplinados, no gente que está discutiendo y cuestionando las cosas… el destino de la Revolución y de Cuba se puede decidir en un minuto… y ese minuto es para estar actuando, no para estar cuestionando… ¿me siguen…?
-Anjá…
-Sí, Ministro…
-Eso quiere decir que si los enemigos intentaran algo contra la Revolución en estos momentos aquí en La Habana, o en el occidente del país, sus unidades son la claves para garantizar que esos enemigos no puedan lograr los objetivos que pretenden… es una gran responsabilidad que la Revolución deposita en ustedes…
-De acuerdo…
-Gracias, Ministro
-Pero si algo se nos escapa de las manos en el Centro o en Oriente las cosas se pueden complicar y eso no puede suceder… Bustelo es mucho más tranquilo que Carmenate, más disciplinado, pero el General Carmenate es un peligro, una bola de fuego… yo quiero a ese guajiro como mi hermano, es

un tipo encojonado, pero es testarudo, es majadero, jode mucho, discute mucho y eso es algo que no puede suceder en estos momentos...entonces es mejor prevenir y tomar medidas antes de que vaya a surgir un problema... No se si me entienden...

-Entendido...

-Está claro, compañero Ministro...

-Bien. La idea que tengo es un enroque de ajedrez...

Furry y los Generales Casas y Valdivieso escuchaban en silencio, inmutables. Esta variante del Plan Corazón había estado en la mente de Raúl Castro sin compartirla con nadie, ni con Furry.

-A las dieciséis horas están citados para esta oficina los Generales Carmenate y Bustelo, para una reunión con el Ministro, los Jefes de Ejércitos, DAAFAR, Marina, todo eso...

-Yo no he sido citado, Ministro...

-No, claro, no hay reunión... pero la idea es que vengan para acá, que se queden aquí, no deben regresar para sus unidades.

Furry no esperó más:

-¿Hay que detenerlos...?

Raúl Castro respondió de inmediato.

-No, no, no... ¿Por qué habría que detenerlos...? Son compañeros de absoluta confianza... lo que pasa es que no son los más indicados para una situación de este tipo... esto no es una guerra abierta con un enemigo definido, es un caso diferente, una situación de alta política y ellos son muy buenos guerreros, pero eso no es lo que necesitamos ahora, no es el tipo de jefe que se necesita en este instante... recuerden todos los cabezazos que hemos tenido con Carmenate en todos estos años... la jodienda que formó con Valdivieso... no pude quitarlo antes porque Fidel no me autorizaba... ese guajiro es tremendo general, pero no es nada político, no es la persona que nos hace falta ahora en Oriente...

Continuó sin detenerse.

-La idea es dejarlos aquí en La Habana, hacer movimientos de mandos. Entonces, Pepito, necesito tu Jefe de Estado Mayor para la Guarnición de La Habana.

-Ministro, si me lleva ahora al General Prieto se me queda cojo el Ejército.

-Te voy a dar a Bustelo a cambio de Prieto. Es un General de Cuerpo, con experiencia... estoy seguro que será un buen Jefe de Estado Mayor.

-Eso es una democión para Bustelo, Ministro... él lo puede ver así...

-Va de Jefe de Estado Mayor del Ejército más poderoso del país.., yo me siento seguro por su capacidad, puede trabajar bien y tú lo vas a tener controlado para que no haya problemas... de los que ya hablamos...

-¿Y para donde va mi Jefe de Estado Mayor...?
Era el General Zamora quien había hecho la pregunta.
-Para ningún lado, Moro, el que se va eres tú... tu Jefe de Estado Mayor se queda de Jefe de la Guarnición de La Habana... porque tú vas de Jefe del Ejército Oriental...
-¿Cómo...?
-Estoy seguro que me oíste, Moro, no hace falta repetirlo... Carmenate ha jodido bastante... ahora eres tú quien va de Jefe del Ejército Oriental...
El general Julio Casas preguntó:
-¿Qué va a pasar con Carmenate...?
-Segundo Jefe del Estado Mayor General... es un cargo importante, pero así Valdivieso me lo tendrá controlado... y yo lo puedo mirar de cerca...
El General de Cuerpo de Ejército Julio Casas Regueiro se incorporó en 1957 a la lucha guerrillera en el Segundo Frente Oriental Frank País, bajo el mando de Raúl Castro. Sin ser de los mayores rangos militares en 1959, fue ascendiendo paulatinamente en la jerarquía militar. Acumulaba muchos años de trabajo en las actividades logísticas y de servicios, fue Jefe del Ejército Oriental, Viceministro de las Fuerzas Armadas, Jefe de la Fuerza Aérea, encargado de las actividades económicas, productivas y empresariales, hasta alcanzar la posición actual de Vice Ministro Primero, Primer Sustituto del Ministro. Miembro del Buró Político del Partido Comunista de Cuba.
Ahora el que habló fue el General Valdivieso:
-Ministro, si usted piensa moverme no hay problemas, pero si me deja de Jefe del EMG es otra cosa, porque además de los problemas anteriores, Carmenate es General de Cuerpo de Ejército y yo soy de División... se van a crear problemas de jerarquía... seguro...
-Eso podemos resolverlo ahora mismo: General Valdivieso, párese en atención...
Valdivieso saltó como un resorte. Raúl Castro se paró también.
-Orden Directa Verbal emitida en Estado de Emergencia dentro del Plan 'Corazón'. Se asciende al grado de General de Cuerpo de Ejército, con efecto inmediato, al General de División Alfredo Valdivieso Morejón. Firmado, General de Ejército Raúl Castro Ruz, Comandante en Jefe.
Alfredo Valdivieso estuvo en la lucha clandestina en Matanzas y se incorporó al Ejército Rebelde el Primero de Enero de 1959. Asignado a la Comandancia General, pronto llamó la atención de Raúl Castro, quien lo incorporó a su ayudantía. Pasó cursos de preparación militar con el entonces Capitán José Ramón 'el Gallego' Fernández y el primer curso de milicias en Matanzas. Participó en los combates de Playa Girón (Bahía de Cochinos) y fue de los primeros oficiales enviados a la URSS a cursos de Estados

Mayores.

Fue Jefe de Operaciones de la Agrupación de Tropas de Defensa de La Habana y del entonces Cuerpo de Ejército del Este de La Habana. Al ser promovido Senén Casas Regueiro a Viceministro Jefe del Estado Mayor General, trajo al Capitán Valdivieso como Segundo Jefe de Operaciones del MINFAR. Furry lo llevó de Jefe de Operaciones en el contingente angolano, así como el General Arnaldo Ochoa en Etiopía, donde tuvo discrepancias con el General Carmenate y presentó informes no muy favorables sobre él. Desde 1988 era General de Brigada y Segundo Jefe del Estado Mayor General, gozaba del favor del General Ulises Rosales del Toro, entonces Viceministro Primero Jefe del EMG. Ascendido a General de División en 1995. Raúl Castro lo envío al Ejército Oriental en el 2002 con la idea de designarlo Jefe de Estado Mayor, pero el General Carmenate, que no olvidaba los informes de Valdivieso en Etiopía, casi lo saca a patadas de la Jefatura del Ejército, provocando un enfrentamiento con el Ministro en el que tuvo que intervenir directamente Fidel Castro, quien apoyó al General Carmenate. Como compensación por esta situación, varios meses después, al ser envíado el Viceministro Primero Jefe del EMG a un cargo civil, Valdivieso fue Jefe del EMG psr (por sustitución reglamentaria) durante cuatro meses, hasta que fue designado Viceministro Primero Jefe del EMG. Miembro del Comité Central del Partido.

El desde ahora mismo General de Cuerpo de Ejército Alfredo Valdivieso saludó militarmente y Raúl le respondió el saludo.

-Ya habíamos pensado en eso hace tiempo, así que este es un buen momento para materializarlo... General, no tengo estrellas a mano ahora... cuando terminemos aquí te buscas la otra estrella y te la colocas tu mismo... estamos en una situación especial...

Julio Casas felicitó a Valdivieso y después comentó:

-Primera vez en mi vida que oigo decir Comandante en Jefe con un nombre distinto al de de Fidel.

-Tenemos que ver eso más adelante, para dejar el cargo de Comandante en Jefe solo para Fidel... que más nadie pueda usarlo... de momento vamos a decir que lo he utilizado con carácter interino, provisional, solamente para este acto...

Entonces Furry dijo:

-Y vas a tener que usarlo también muchas veces si las cosas no salen bien en esto que estamos hablando...

-¿Qué es lo que te preocupa, Furry?

-Carmenate... él no es nada fácil, Raúl,., va de segundo jefe del EMG, sí, es verdad, pero le están quitando el mando de un ejército muy poderoso... y

él sabe muy bien lo que eso significa… él sabe que Fidel lo respaldó en ese puesto por mucho tiempo y con esta situación puede pensar que esto es un pase de cuenta…
-No es un pase de cuenta, Furry, es una reorganización por esta situación especial… los cargos no son vitalicios, nunca lo hicimos Jefe de Ejército de por vida… ni a él ni a nadie…
-No estoy diciendo que sea un pase de cuenta, Raúl, sino lo que él puede pensar… y si piensa como estoy diciendo se puede poner farruco y va a resultar un dolor de cabeza…
-Si se pone farruco tendrá que calmarse y si no se calma, tendremos que ser drásticos… en este momento no se puede estar jugando con nada, con nada… ni Carmenate ni Cristo…si se pone impertinente, tendremos que detenerlo, Furry… que tu gente esté preparada para eso…
-Entendido…
Raúl Castro meditó unos segundos y dijo:
-Pero vamos a aclararnos un poco las cosas. Dile a Azcuy que me ponga al teléfono a Carmenate ahora mismo:
-Enseguida.
En poco más de un minuto la comunicación con el Jefe de Ejército fue establecida por las líneas seguras.

-*Ordene, compañero Ministro…*
-General Carmenate, ¿cómo te va…?
-*Corriendo, Ministro, corriendo…*
-¿Cómo marcha la movilización del Ejército…?
-*Por los planes… en tiempo…*
Era una conversación normal en estos casos:
-¿Algún problema específico con la técnica o el armamento…?
-*Un camión del grupo antiaéreo del puesto de mando, que no hubo manera de arrancarlo… cambiamos el camión para mover la pieza… están viendo que fue lo que pasó que no arrancó… y una BTR en la División 50 que todavía no han conseguido moverla… parece que es algo del motor… están trabajando en eso… es todo lo que tengo hasta ahora…*
-Sí es eso nada más estás muy bien, General…
-*No tengo reportes de más nada…*
Continuó normalmente:
-Con el personal, ¿algún accidente, algún problema…?
-*Un tanquista del Regimiento Independiente que se machucó tres dedos cerrando la escotilla del tanque… lo llevaron para el hospital…*
-¿Más nada…?

-*Hasta ahora...*
-La cosa parece que va marchando bien, General, te felicito...
-*Gracias, Ministro...*
-Ya yo hablé con Sánchez Cuesta en la Brigada... tú sabes que tiramos directo para allá en estos casos... pero te lo informo ahora... no hay novedades por allá...
-*Yo sé, yo hablé con él hace unos minutos...*
Después de formalidades imprescindibles, el Ministro de las FAR le explicaría al Jefe del Ejército:
-Bueno, General, la misión...
-*Ordene...*
-Déjame informarte, lo vamos a ir haciendo público poco a poco... el Comandante en Jefe sufrió como un desmayo por agotamiento...
-*¿Es cosa seria, Ministro...?*
-Por suerte no... pero los médicos dijeron que debía descansar de verdad, que tenía que alejarse de todas las actividades por unos días...
-*¿Dónde está ahora el Comandante en Jefe...? ¿está ingresado...?*
-¿Para qué ingresado...? Está en Punto Cero, pero se va para alguno de los cayos donde a él le gusta estar...
-*Supongo que se irá con los médicos...*
-Sí, con todos, no te preocupes...
El General Carmenate hablaba pausado.
-*Tal vez se pone a pescar o cualquier otra cosa...*
-Lo que los médicos digan, pero sobre todo descansar... no quieren que tenga ni teléfonos...
-*Sí, porque si no, no hay manera de aguantarlo...*
Raúl Castro volvió al tema:
-General, la movilización tiene que ver con esto que te dije... esta es la causa... por eso el alerta incrementada y no alarma...
-*¿No hay enemigos a la vista, Ministro...?*
-Es una movilización preventiva... grande, pero preventiva... no sea que algún loco interprete mal las noticias y quiera venir a inventar la bicicleta... pero no quisimos movilizar a todos los civiles ahora...
-*Comprendo...*
-Por eso utilizamos los códigos secretos y no el sistema de sobres...
-*Entiendo, sí, porque me pareció raro...*
El General Carmenate hablaba pausado, sin ansiedad.
-Pero es una movilización de verdad, real, no es un ejercicio para comprobar la disposición combativa... situación real de combate... dislocaciones, artillar el armamento, todo como si los americanos estuvieran saliendo por

la cerca de la Base ahora mismo...
-*Comprendo, Ministro... y enmascaramos la técnica...*
-Y mueves a tus exploradores y estableces las comunicaciones y pones los puestos de mando en máxima disposición combativa... todo como está en los planes...
-*Tenemos que estar listos para combatir en cualquier momento, Ministro...*
-En cuanto aparezca un enemigo, Carmenate, que por ahora no tenemos...
-*Puede aparecer en cualquier momento, Ministro... si piensan que porque el Comandante en Jefe está alejado del mando unos días pueden hacer algo...*
-Ya se enterarán lo equivocado que estaban...
Raúl Castro pasó al otro punto como muy natural:
-Otra cosa, General, me quiero reunir con los Jefes de Ejércitos y Armas hoy mismo, para darle un grupo de instrucciones detalladas, pero son tan sensibles en esta situación que no tengo interés en dar por teléfono ni a través de oficiales de enlace... por eso los estoy mandando a buscar a todos...
-*Sí, le entiendo...*
-Debes estar aquí a las dieciséis horas de hoy... todos los Jefes de Ejércitos y Armas, la Región de la Isla de la Juventud y los Jefes de Direcciones del MINFAR...
-*A las dieciséis horas en el Puesto de Mando Central...*
-No, no, en el MINFAR, no en el puesto de mando, en el MINFAR... lo dice el telefonema...
-*¿En el MINFAR...?*
Era una pregunta lógica en esta situación.
-Sí, porque Lula, el Presidente de Brasil, está de visita y como el Comandante en Jefe no lo puede atender, me toca a mí... y no puedo alejarme tanto, así que nos vamos a reunir todos aquí en el MINFAR...
-*Ah, bueno, sí, ya comprendo, Ministro...*
-Claro...
¿Debo llevar algo en particular...?
-Tu libreta secreta y tus mapas, como siempre, General... ¿tienes el avión para venir...?
-*Tengo el AN-22 del Jefe de Ejército listo... o puedo irme en el Yak-40 civil...*
-No, porque después no puedes regresar hasta el día siguiente... trae el AN-22 aunque sea un poco más lento...
Carmenate no parecía sorprendido en lo más mínimo:
-*Bueno, el AN-22, ¿entonces regreso hoy mismo al puesto de mando...?*
-A no ser que quieras acompañarme a recibir a Lula...
-*Ministro, si no es una orden que me está dando, le agradezco la*

invitación... pero no me interesa... tengo muchas cosas que hacer aquí...
-Yo lo sé... no te preocupes, es una broma... por la madrugada a más tardar puedes estar allá otra vez... nos vemos después...
-A la orden...

Raúl Castro colgó el teléfono, meditó unos segundos y dijo:
-General, te vas a demorar un poquito en regresar, al menos una semana, en lo que aseguramos todo esto por aquí... No te puedes quejar, General, estarás en el Estado Mayor General, te voy a tener aquí cerquita, para poderte controlar como yo quiero... ya no podrás joderme más...

En el Puesto de Mando del Ejército Oriental el General Dagoberto Carmenate colgó el teléfono, meditó unos segundos y dijo para sí:
-Raúl Castro, si crees que me convenciste con tus cuentos, te vas a llevar una sorpresa. Dedícate a atender bien a Lula, porque lo que es a mí, hasta que toda esta mierda se aclare, no me vas a ver el pelo, ni esta tarde ni nunca...

CAPITULO CINCO

Cafetería de Oficiales, MINFAR, Plaza de la Revolución
Cuatro y cuarenta y nueve minutos de la madrugada

En el turno de madrugada de la cafetería del sótano del MINFAR, la compañera Sofía Castaño, trabajadora civil, preparaba desayunos como cada día en los últimos tres años, con su delantal inmaculado y su sonrisa eterna. Trabajadora destacada, militante del Partido, jefe de turno, afable y sencilla, nunca mostraba mal carácter o preocupación: era toda una optimista de la vida.

Como cada día, llamó por teléfono a su casa:

-Manolo, buenos días, despiértate que hay que arrancar para el trabajo.

Colgó el teléfono y volvió a sus actividades.

Invariablemente, en cada uno de los constantes chequeos periódicos que realizaba la Contrainteligencia Militar a los trabajadores civiles del edificio del Ministerio, la evaluación de Sofía era la misma: "No se han detectado elementos de interés en este caso". Lo cual significaba que no había problemas por el momento, pues nunca un órgano de Contrainteligencia cubano diría que alguien estaba absolutamente limpio.

Cinco minutos después, repitió la llamada:

-Manolo, me parece que no te despertaste cuando te llamé: arriba, que hay que ir a trabajar, despiértate.

Y continuó trabajando.

Manolo entendió perfectamente lo que significaba la segunda llamada recibida. Sofía había llamado a su casa, efectivamente, como todos los días: no se le ocurriría llamar a otro lugar sabiendo que todas las llamadas se controlaban. Y habló efectivamente con su esposo, que debía levantarse a trabajar. Pero la segunda llamada era un mensaje, no se hacía todos los días. Manolo se levantó y se preparó para irse a trabajar. Desayunó sin prisa y montó su bicicleta, pedaleando por la calle 60 hacia la Quinta Avenida, rumbo al Acuario y encendió un cigarro. A las cinco y quince en punto, pasando frente al edificio de apartamentos de la 17 Avenida, botó el cigarrillo que fumaba y continuó pedaleando. Minutos después el compañero Manolo, trabajador destacado, militante del Partido, secretario del sindicato, llegaba a su centro de trabajo para comenzar las labores del día.

Desde el centro de su habitación de cristales oscuros en el cuarto piso del edificio ubicado en la esquina de 17 y 60, como cada amanecer, Miss Linda

Hallington, empleada de la SINA (Sección de Intereses de Norteamérica, representación de EEUU en Cuba bajo la Embajada Suiza) esperaba el paso del compañero Manolo hacia su trabajo. Casi todos los días Miss Hallington lo veía pasar a la misma hora y sin decir nada comenzaba a prepararse para sus actividades del día.

Miss Hallington no estaba enamorada del compañero Manolo ni mucho menos para esperar verlo pasar todos los días. Ni siquiera sabía quien era ni de donde venía o para donde iba. Hoy, sin embargo, Manolo, el agente "Candela", había botado un cigarro al pasar frente a su casa, lo cual significaba en mensaje codificado: "Hay movimiento y actividades no habituales en el MINFAR". Más nada podía saber la compañera Sofía desde la cafetería del MINFAR, más nada podía decir a su esposo al despertarlo, más nada podía el compañero Manolo transmitir a la SINA sin estar en peligro de ser detectado.

Pero a las cinco y quince de la madrugada, cuando el Comité Central del Partido y los Ministros del gobierno no se habían enterado todavía, ya el "enemigo imperialista" con cobertura diplomática en La Habana sabía que algo inhabitual estaba sucediendo en el edificio del MINFAR. Uno de los tantos mecanismos de la inteligencia enemiga se habían activado cuando el compañero Manolo tiró su cigarrillo en la esquina de 17 y 60 y aunque mucho más lento e incompleto que las sofisticadas computadoras de la ASN, era otro eslabón en la cadena de inteligencia que permitiría más tarde a los Estados Unidos intentar descifrar el mosaico cubano de esta madrugada.

Oficinas del General de Ejército Raúl Castro, MINFAR
Cuatro y cincuenta minutos de la madrugada

-Permiso, Ministro…
-Habla, Pepito…
-Cuando Carmenate sepa lo que está pasando no va a venir aquí a ponerse farruco… a insubordinarse… no tiene sentido venir a la oficina del Ministro a insubordinarse…
-Entonces tú piensas que no nos va a dar dolores de cabeza…
-Al contrario, los va a dar… pero si yo fuera Carmenate, Jefe del Ejército Oriental y me huelo que me están citando para quitarme el mando y no quiero que me lo quiten, ¿qué haría…? Primero que todo, tratar de comunicarme con el Comandante en Jefe… pero si yo se o me doy cuenta o me entero en ese proceso que Fidel ya no está, ¿qué me queda…? me dejo quitar el mando como una mansa palomita o…

-O te insubordinas...
-O me insubordino...
Raúl Castro razonó militarmente.
-Y tendríamos que detenerte... y en esta situación te podríamos hasta fusilar...
-No, permiso, no es así... si me voy a insubordinar no voy a venir a su oficina, no... si vengo se que me meten preso... ¿para que voy a venir...?
-Te quedas en tu puesto de mando...
-Eso es lo que haría cualquiera de nosotros en esa situación... cualquiera de nosotros, Ministro...
-Rebelión...
-Rebelión...
-Eso sería traición a la Patria en esta situación...
-Ministro, en un caso como este el nombre que le demos no va a cambiar la situación...
El General Julio Casas intervino:
-Pero él no tiene por que saber que ya Fidel no lo puede apoyar...
-Bueno, ahora a las cuatro y tantos de la madrugada no sabe nada, pero no es bobo ni mucho menos... ningún tonto... comenzará a atar cabos, a averiguar, a analizar, a llamar gente... el Jefe de Ejército en Oriente, por la lejanía del MINFAR, es jefe de aire, mar y tierra más que los otros jefes de ejército... llama al Partido, al MININT, a quien quiera, mucho más en tiempo de guerra... y con dos o tres llamadas y su instinto de gato, se la lleva... y después el comunicado por televisión le confirmará la situación...
El Moro Zamora le dijo al General Pérez Márquez:
-El comunicado no dice en ningún momento que el Comandante en Jefe no está al frente de esta situación...
-Por eso mismo es que él se dará cuenta... como podemos darnos cuenta nosotros...

Puesto de Mando del Ejército Central, afueras de la Ciudad de Matanzas
Cuatro y cincuenta y cuatro minutos de la madrugada

El General Benito Bustelo llamó por línea segura al delegado provincial del Ministerio del Interior, el Coronel Adrián Quintero.
-Negro, dime si te desperté...
-Ya me despertaron hace rato y ando corriendo más que en una olimpiada...
-Entonces estás corriendo como tuvimos que correr en el Congo...

Se referían a la campaña del Congo con el Che, en una ocasión en que Mike Hoare los emboscó con sus mercenarios y pasaron un rato muy feo hasta que lograron romper el cerco y escaparse, auque tuvieron muchas bajas entre los congoleses.

-*Casi, casi... ¿qué tu quieres saber, General...? pregúntame para saber si esta vez yo puedo responderte...*

-¿Qué está pasando, negro...?

-*De actividad enemiga nada que no pase cualquier día... ¿tú tienes algo por allá...?*

-El pan nuestro de cada día... nada que merezca movilizar ni un pelotón...

El Delegado del MININT razonó:

-*Entonces es La Habana o Pinar del Río... o los orientales...*

-Pero ni la Inteligencia ni la Contrainteligencia nuestra tenían nada anoche cuando me acosté...

-*Las cosas pasan en un minuto... no se puede prever todo o saber todo...*

-¿Sería un atentado o un sabotaje?

-*Tendría que ser de verdad gordo para esta movilización, General... no es probable... pudiera ser alguna unidad insubordinada... no se si sabes algo de eso...*

-Por lo que yo se, de Matanzas hasta Oriente no está pasando nada que valga la pena comentar...

El Coronel Quintero analizaba:

-*¿Qué nos queda, General...?*

-La salud de nuestros dirigentes...

-*Mmm, mmm ya veo por donde vienes...*

-Te estoy preguntando, no se...

-*Yo tampoco se, pero anoche a las siete estaba trabajando en su oficina normalmente...*

-Tú me dijiste ahora mismo que las cosas pasan en un minuto...

-*Sí, te lo dije y es verdad... pero hasta las siete de la noche no había nada... y no tengo nada nuevo...*

-¿Adrián, ¿me vas a avisar si sabes algo...? quiero decir, personalmente, más allá de los canales de la cooperación...

-*Sí, General, por debajo de la mesa, como siempre...*

-Cuídate, negro, gente buena quedamos pocos...

-*Tu también, General...*

Residencia del Jefe del Ejército Oriental
Cuatro y cincuenta y cinco minutos de la madrugada

El General Carmenate llevaba casi una hora dirigiendo la movilización desde su casa, mientras el Jefe de Estado Mayor estaba en el Puesto de Mando. El Coronel Jacinto Castillo, Jefe de Inteligencia Militar del Ejército Oriental, se comunicó con el General Carmenate.

-Coronel, ¿me estás hablando por la línea segura…?

-*Naturalmente, General…*

-Entonces dime lo que sepas…

-*Nada que no sepa usted ya… no ha cambiado nada desde el parte operativo de anoche…*

-Dime lo que sabemos de la frontera…

-*Hablé con la Brigada Fronteriza antes de llamarlo… no hay nada…*

-¿Nada…?

¡Qué interesante resultaba todo aquello para el General Carmenate!

-*Están más aburridos que los talibanes que están presos en la Base… por ahí no está pasando nada… esta movilización no tiene nada que ver con la Base… hasta ahora… y como ellos viven casi en alarma permanente les parece todo muy tranquilo…*

-¿Y de la onda internacional que sabemos…?

-*No hay ningún reporte nuevo del sistema único de inteligencia militar…*

-¿Hay algo por la ONU…?

-*Yo no tengo nada…*

-¿Y la televisión americana…?

-*Nada nuevo, toda la cobertura informativa se la lleva Irak… cuando se salen de eso es para hablar de Irán o de Corea del Norte… nosotros no existimos…*

Por ningún lado aparecía un enemigo.

-¿Qué están diciendo en Miami, o en cualquier parte de Estados Unidos…?

-*Lo de siempre: hablando mucho del estado de la economía, de la salud del Comandante en Jefe, de los presos, más o menos lo de siempre, no hay nada extraordinario…*

-Coronel, ¿entonces que es lo que está pasando…?

-*Si supiera ya se lo hubiera dicho, General…*

-Tu trabajo es saberlo…

-*Sí, pero no adivinarlo…*

El General Carmenate comenzó a mover recursos no ortodoxos.

-Mira yo se que tú eres socio del Secretario Provincial del Partido de Santiago de Cuba… llámalo y trata de averiguar algo, lo que te pueda decir… entérate y avísame…

-*A la orden…*

-Patricia, dame otro poco de café, que tengo que arrancar para el puesto de

mando...
-Dago ya te he colado café dos veces, te va a hacer daño...
-No te preocupes, ahora no me hace daño ni tomar salfumán...

*Centro de Recolección de Información Digital de Satélites, Agencia
Central de Inteligencia, Langley, Virginia
Cuatro y cincuenta y seis minutos de la madrugada*

El satélite de reconocimiento pasaba por la estratósfera sobre Cuba a las
cuatro y treinta y nueve, entrando a la altura de la Península de Hicacos
(Varadero), saliendo por el lado este de la Base Naval de Guantánamo tres
minutos y medio después: sus cámaras fotográficas y de televisión, de la
mas avanzada tecnología digital, captaban cualquier movimiento de tropas y
técnica que se produjera en ese territorio.

Un segundo satélite que entraba por Puerto Cortés, al sur de Pinar del Río,
veinticinco minutos después y pasaba sobre la isla casi transversalmente
para salir a la altura de la ciudad de Baracoa, en Guantánamo, Oriente, cinco
minutos después, cubría el territorio que el primer satélite no había podido
captar.

Ambos ingenios electrónicos, pasando veinticinco veces diarias sobre Cuba
cada uno, combinados con el satélite geoestacionario ubicado a la altura de
las Bermudas, permitían al Pentágono recibir información actualizada de los
movimientos militares cubanos dentro del territorio nacional.

A las cuatro y cuarenta y dos minutos de la madrugada las imágenes del
primer satélite se combinaban con las del satélite geoestacionario de las
Bermudas y habían detectado movimientos de tanques en el Regimiento de
La Paloma, Matanzas, en la División 50 en Oriente, en el Regimiento de
Tanques de Oriente y en las unidades de defensa antiaérea situadas alrededor
de La Habana, Santa Clara, Camagüey y Santiago de Cuba... veinticinco
minutos después, a las cinco y siete de la madrugada, el segundo satélite
detectaba movimientos en la Base de San Julián, Pinar del Río y en las
unidades de la División Blindada y las Divisiones de Infantería Mecanizada
ubicadas alrededor de La Habana.

Después de combinarse y analizarse electrónicamente en los servidores
centrales, las fotos e imágenes con movimiento del despliegue de las fuerzas
armadas cubanas en el Plan 'Corazón' estaban en el disco duro de la
computadora del oficial de guardia encargado del rastreo en el Comando
Norte, donde se procesaban electrónicamente, se descomponían y
recomponían y el resultado final salía electrónicamente hacia el centro de

análisis de información digital del Pentágono y las computadoras del Consejo de Seguridad Nacional.

Dado el tema y la clasificación, las computadoras del Consejo de Seguridad Nacional las combinarían con la información proveniente de la Agencia de Seguridad Nacional bajo el acápite titulado 'Cuba, fuerzas armadas, movimientos de tropas' y el rótulo 'Información Nueva - NO previa información sobre este evento'.

El oficial de guardia frente a la computadora que procesaba la información recibida de los satélites tomó el teléfono especial de línea segura que le enlazaba directamente con el jefe de la unidad.

-Sir, los ejércitos cubanos se están desplegando en posiciones de combate desde hace más de cuarenta y cinco minutos...

Punto Zeta, El Vedado, Ciudad Habana
Cuatro y cincuenta y siete minutos de la madrugada

Punto Zeta hervía con la actividad que se desplegaba: computadoras revisando bases de datos, comunicaciones por líneas seguras o con tablas de conversación cifrada por líneas regulares, oficiales de civil, hombres y mujeres, moviéndose febrilmente, mecanógrafas tecleando computadoras, discos compactos con información, un mapa electrónico de 25 pies de largo de toda Cuba, otro de 15 pies de Ciudad de La Habana, paneles plásticos para "ploteo", libretas de notas, bolígrafos...

El General 'Ramoncito' Menéndez, Jefe de la Contrainteligencia del MININT, (DGCI) hablaba por línea segura:

-Directo para Villa Marista, sin escala... todos para Villa... todos... aunque los hayamos soltado ayer, todos... equivócate por exceso, no porque te quedaste corto y dejaste alguno suelto... el Viceministro me está escuchando, la orden la dio él personalmente, todos...

No se detenía.

Cuando Villa se llene, porque se va a llenar, entonces para 100 y Aldabó y después para el DTI en Monserrate, o para La Cabaña, ya te iré diciendo como... no vamos a dejar de operar por falta de locales para retenerlos... tenemos bastantes...

Continuaba sin esperar respuesta a preguntas que no había hecho.

Eso es en La Habana, claro... en cada provincia comenzamos por donde siempre los guardamos, o los llevan al DTI, o incluso en las prisiones directamente... no te preocupes demasiado de eso, ahora no hace falta papeleo, la cosa ahora es recogerlos y ponerlos en lugares seguros...

Y terminaba rematando:

Cuando ya tengamos todo bajo control nos encargamos del papeleo... todo lo que haga falta... y los fiscales y los jueces que hagan las órdenes de detención y las actas de acusación y todo eso, pero después que tengamos a todos estos HP detrás de las rejas, para garantizar que van a estar tranquilos... ¿está claro, verdad...?

En otra línea hablaba el General Gómez, Viceministro Primero del MININT a cargo de la Seguridad del Estado, con pausas frecuentes para escuchar lo que le hablaban del otro extremo de la línea:

-Si son elementos de interés operativo o están incluidos en alguna señal vamos a operar inmediatamente... si, claro, cubanos nada más... por ahora... los extranjeros que estén en remojo que sigan bajo control, pero no vamos a operar contra ellos... por ahora, te repito... ya te aviso si hay que proceder...

...

Bueno, hacerlo discretamente hasta donde se pueda, si no se puede, pues no se puede... si tienes que desplegar un batallón de gente con carteles del G-2 para agarrar a alguien lo haces... estoy exagerando, lo que te quiero decir es que no te vayas a limitar por lo de la discreción... es un operativo secreto, sí, pero en situación especial, si tenemos que actuar en público lo hacemos...

...

El General José Manuel Borges, Jefe de Contrainteligencia del MINFAR hablaba a varios oficiales vestidos de civil:

-El ploteo debemos llevarlo al instante: objetivo pendiente, en azul, color del enemigo... objetivo neutralizado, en verde, ese ya lo capturamos... en rojo ya está guardado...pero al instante... ya estamos al comenzar a operar... en cuanto comiencen a llegar los partes lo vamos actualizando... así que tenemos controlados ochocientos treinta y cuatro contrarrevolucionarios aquí...

-En Ciudad de La Habana, General ...

-¿Y en total en el país, confirmados, con seguimiento, ¿cuantos tenemos, Mayor...?

-Son dos mil trescientos ochenta y dos...

-¿Y hasta que punto esta ubicación del enemigo que refleja el mapa está completamente actualizada...?

-Hasta lo que teníamos ayer a las seis de la tarde...

-Dime un por ciento, Mayor, para tener una idea...

-En un ochenta-ochenta y cinco por ciento...

-¿Y el resto...?

Respondió una Teniente Coronel vestida de civil:

-No quiere decir que estén perdidos, quiere decir que no teníamos la ubicación exacta ayer a las seis de la tarde... pero muy posiblemente a esta hora la tenemos... y casi todos deben estar durmiendo en los lugares que sabemos... ellos no tienen muchos recursos...
-Nunca los hemos dejado tener muchos recursos, compañera...
-Eso ahora nos conviene, General...
-Siempre nos conviene... ¿Por qué crees que nunca les hemos permitido tener muchos recursos...? no fue casualidad...

Puesto de Mando del Ejército Oriental, afueras de la Ciudad de Holguín
Cinco y ocho minutos de la mañana

-General, hablé con el Secretario Provincial del Partido...
-Dime lo que te dijo, Coronel...
-No tiene nada concreto, pero de la oficina de Machado Ventura le avisaron que a las seis de la mañana le van a enviar un comunicado por fax explicando la situación y que a las ocho de la mañana van a dar una información por radio y televisión...
-Entonces la cosa es en La Habana... ¿te dijo algo más, que valga la pena...?
-Me dijo algo que me llamó la atención...
-Dime lo que fue...
-Dice que es un comunicado de la dirección de la Revolución...
Dagoberto Carmenate comprendió enseguida.
-Ah, de la dirección de la Revolución... ¿qué fue lo que te llamó la atención a ti...?
-Que no dice del Partido, del Gobierno, de nada... la dirección de la Revolución es algo abstracto...
-No, en este caso es muy concreto... para mí es muy concreto... no digo yo...
-Disculpe, General, no entendí lo que me quiso decir...
-Que has hecho un buen trabajo, Coronel, que vas a llegar a General por ese camino... muy buen trabajo... sigue en lo tuyo ahora, hablamos después...
-A la orden...

Estado Mayor General de las Fuerzas Armadas Revolucionarias, MINFAR
Cinco y nueve minutos de la madrugada

El General Alfredo Valdivieso, Jefe del EMG, se comunicó con el General Francisco Soler, Jefe de la DAAFAR:

-Buenos días, General… ¿cómo marcha la movilización…?

-Normalmente, General… usted sabe que tenemos bastante experiencia en esto… lo hemos hecho muchas veces… pero lo que no entiendo es por que la Fuerza Aérea sí pero la Defensa Antiaérea sólo la tenemos en alerta incrementada…

-Yo lo se… lo que pasa es que hay algunas situaciones especiales esta vez… algo tan sui-géneris que nos lleva a esto… situaciones especiales…

-Dígamelas…

-No se las puedo decir por esta vía…

-Estamos hablando por línea segura…

A pesar de ser líneas telefónicas de seguridad, no comunes, el lenguaje claro no era recomendable para esa información.

-Ni siquiera así lo quiero hacer: antes de 15 minutos usted va a recibir un mensaje cifrado con códigos ultra-secretos donde se explica todo: ponga todo su personal de códigos y claves a trabar en eso, para que tenga el mensaje completo lo más pronto posible… después que lo tenga me llama inmediatamente…

El General Valdivieso, sin embargo, le anticipó alguna información:

Lo que si le puedo anticipar es que debe asegurarse de que todos los aviones, todos, estén artillados y con los tanques de combustible completos… y naturalmente, con todos los pilotos listos… lo demás lo conversamos cuando tenga el mensaje descifrado… ¿estamos…?

-Comprendido…

El General Francisco Soler había dedicado su vida a la Fuerza Aérea. Después de Girón fue enviado a la URSS donde cursó escuelas de aviación de helicópteros, MIG-15, MIG-19 y MIG-21. En diversas ocasiones piloteó los aviones que participaban en el desfile Militar del 2 de Enero de cada año. En la década de los sesenta estuvo en el grupo de combate designado para bombardear las naves de la Marina de Guerra de Venezuela cuando el incidente con el pesquero cubano "Alecrín", capturado por Venezuela por su apoyo a las guerrillas. Fue Jefe de la Base de Santa Clara y en 1976 fue de los primeros pilotos enviados a Angola.

Al regresar de Angola fue Jefe de Operaciones de la DAAFAR, posteriormente Jefe de Base Aérea de Ciudad Libertad, Segundo Jefe de Misión en Angola y en 1995 fue designado Jefe de la Fuerza Aérea, subordinado al Jefe de la DAAFAR. Desde 1999 era el Jefe de la DAAFAR.

Antes de terminar, el Jefe del Estado Mayor General añadió:
-Otra cosa, General Soler, por orden expresa, muy tajante, del Ministro, el batallón de Paracaidistas no puede ser dispersado en ninguna circunstancia, en ninguna circunstancia y tiene que mantenerlo bajo su control personal hasta que se le ordene la misión que debe cumplir... dígame si se he sido claro o si tiene alguna pregunta...
-*No hay preguntas, todo está claro...*
El General Francisco Soler se quedó pensando:
-Coño, si le vamos a meter mano a algo debíamos tener listas las defensas antiaéreas... esto no está claro, ni que fuéramos a atacar objetivos que no pueden devolvernos el golpe... ¿qué será... Jamaica, Haití Gran Caimán...? eso no tiene sentido, no... y lo de los paracaidistas es insólito, no hay por que recalcar esas cosas, siempre es así... no siempre, pero casi siempre... bueno ya lo sabremos en pocos minutos... vamos a chequear mientras tanto el parte técnico del armamento...

Delegación del Ministerio del Interior, Matanzas
Cinco y catorce minutos de la madrugada

-General, por debajo de la mesa...
-*Dime, negro, dime...*
-No se bien lo que es, pero a las seis lo sabe el Secretario Provincial del Partido... y al rato después lo sabe todo el mundo, porque van a dar un comunicado por radio y televisión...
El Coronel Adrián Quintero había combatido a las órdenes de Falka Bustelo en el Congo, en la campaña del Che. Herido en una emboscada, Bustelo lo había evacuado bajo los tiros hasta donde se encontraba la asistencia médica, salvándole la vida prácticamente. Al regresar del Congo, Quintero fue incorporado a la Contrainteligencia Militar, donde se mantuvo hasta 1989, incluyendo tareas como Jefe de Contrainteligencia Militar en las misiones militares de Pointe Noire, en Congo Brazaville, Yemen del Sur y Frente Norte en Angola. Cuando la crisis del MININT en 1989 fue enviado de Jefe de la Contrainteligencia del MININT en Ciego de Ávila, después en Las Tunas y finalmente en Matanzas, hasta su promoción como Delegado Provincial (Jefe) en Matanzas.
-*Pero tú no te vas a enterar por televisión... ya tu debes saber algo...*
-Sí ya tengo una información preliminar y estoy esperando que me llame el Viceministro Primero... te llamé ahora porque dentro de un rato no me va a quedar tiempo ni para ir al baño...pero no me pidas que te lo explique en

detalle... no me pongas en la pena de tenerte que decir que no puedo... somos hermanos, hemos peleado juntos, pero no puedo...

-No me digas nada si no puedes, dame una pista solamente... saber que no me puedes decir nada es ya una información muy importante que me has dado... me has ayudado... dame una pista y ya...

La amistad y la compartimentación competían en el Coronel Quintero para informar o no al General Bustelo:

-General ya te dije bastante...

-No jodas, negro, dame una pista...

-Dime una cosa, Beni, ¿tú sigues fumando tabacos...?

-Como siempre, demasiados...

-Entonces en vez de una pista te voy a dar un consejo: deja de fumar...

-¿Qué tiene que ver eso ahora...?

-Es que los problemas de salud son una cosa muy seria... deja de fumar...

-Gracias por tu consejo, negro, cuídate...

-Tu también, General...

Oficinas de Raúl Castro, MINFAR
Cinco y diez minutos de la madrugada

Raúl Castro preguntó sin dirigirse a nadie en particular:

-¿Hasta que hora podríamos aguantar ese comunicado...? No creo que resolvamos nada con eso... Carmenate saldría para acá en avión mucho más tarde y aún en el avión podría enterarse y regresar... eso no resuelve nada...

-Entonces tenemos que contar con que va a saber lo que está pasando, Ministro...

-¿Y qué tú piensas que puede pasar entonces, Moro...?

-Carmenate puede ser impredecible en eso, Ministro... pero hay muchos chances de que no quiera venir, de que se quede en el puesto de mando...

-Que se quede...

-Bueno, Ministro, podríamos cambiar la orden y citarlo para el puesto de mando real, no para la oficina...

-Eso podría ser peor, Carmenate es un gato... menos vendría si pasa eso... vamos a repasar las cosas un momento...

-Ordene...

-Vamos a recapitular... El Jefe de Estado Mayor del Ejército Occidental viene de Jefe de Estado Mayor de la Guarnición de La Habana. El actual Jefe de Estado Mayor de la Guarnición pasa a Jefe de Guarnición. El Moro, que

hoy es Jefe de la Guarnición, sale a tomar el mando del Ejército Oriental tan pronto el General Carmenate arranque para acá. Carmenate va de Segundo Jefe del Estado Mayor General. Bustelo va de Jefe de Estado Mayor del Ejército Occidental. Hasta aquí está claro... pero faltan cosas...
-El Jefe del Ejército Central...
-Le damos el mando del Ejército Central al General Juan José: lleva casi un año de Jefe de Estado Mayor allí...
-Nos sigue faltando un Jefe de Estado Mayor para el Ejército...
-Tenemos al General Míguez, Segundo Jefe del EMG, que queda libre cuando el General Carmenate asuma...
-¿Y si Carmenate no asume, no viene, se alza, o lo que sea...?
-De todas formas el Moro tiene que salir para Oriente para asumir el mando...
-Entonces Carmenate me puede meter preso a mí... y estoy seguro que es capaz de hacerlo...
-No irías solo en este caso... delante irían los aviones de Soler a convencer a Carmenate...
-¿A bombazo limpio...?
-Si no queda opción... tal vez no tengan que hacerlo, que les baste volar rasante...por tierra no podemos sacarlo... dime lo que tu harías si fueras un Carmenate insubordinado en un caso como este...
-Me iría al puesto de mando real, Ministro... al de guerra... allí los aviones me hacen menos daño...
-Eso es elemental... dime que más harías entonces...
-No tengo experiencia en insubordinarme, Ministro... pero si pienso como Jefe de Ejército defendiéndome de una posible represalia...
-Así es como quiero que pienses...
-Muevo la División 50, Ministro...
-¿Para donde la mueves...?
-Para crear un arco que proteja Oriente, para que nadie pueda pasar de Camagüey para allá... protegido por tierra por mis unidades de Camagüey... para que no manden tropas contra mí... y mando pequeñas unidades de la División para el aeropuerto y la Base Aérea de Holguín... claro, en un caso como ese ya mandé otras unidades, cualquiera, a tomar el aeropuerto de Santiago... y todos los aeropuertos y bases y las pistas del territorio... Soler no me entra ahí de ninguna manera...
-Eso va contra las órdenes del Plan 'Corazón'...
-Nadie se insubordina a pedacitos, Ministro... acepta las órdenes o no... y cuando es no, ¿que más da cuatro que cuarenta...? Y, además, él no conoce

el Plan 'Corazón'...

-Estás bien preparado, General...

-Para eso me prepararon, Ministro... estoy pensando como defender mi Ejército...

-Continúa...

-Bueno, con el Cuerpo de Camagüey aseguro el aeropuerto y la Base de Camagüey y toda la provincia... no quiero aviones despegando desde allí contra mí... hice lo mismo con todos los aeropuertos más pequeños: Bayamo, Moa, Baracoa, Guantánamo, Manzanillo, Ciego de Ávila... me cubro bien por ahí...

-¿Qué más...?

-La Brigada Fronteriza no la toco, no la puedo tocar... no se lo que puede pasar por ahí... y aunque esté insubordinado no se todo lo que está pasando... soy farruco y me insubordino, pero no soy traidor: si los yankis nos atacan voy a defender mi Patria y necesito la Brigada Fronteriza donde está... creo que los yankis no se van a querer meter en líos teniendo los talibanes allá dentro...pero no toco la Brigada Fronteriza... pero, además, Ministro... el Regimiento de Tanques no lo comprometo, lo mantengo en la mano, muy cerca de donde tenga la División 50...

-Moro, si dislocaste correctamente la División 50, nosotros sin aviación solamente podríamos romperte ese frente con la División Blindada...

-Es muy lejos desde La Habana hasta allá para la División Blindada, Ministro... mucho tiempo...

-Entonces dime que van a hacer tus tanques situados en la retaguardia de la División 50, Moro...

-Prepararme para moverlos hacia Occidente, Ministro...

-Coño, pero es la misma distancia desde allá para acá.... Si la División Blindada no llega hasta allá...

-No para que mis tanques vayan a venir hasta La Habana, Ministro... para que avancen hacia el Oeste, hasta Ciego de Ávila, por ejemplo... y si pueden, hasta Sancti Spiritus...

-¿Para que los quieres allí, Moro, tan lejos de Oriente...?

-Si logro agruparlos con el Regimiento de Tanques de La Paloma entonces ya la División Blindada no es un peligro tan grande... y en 48 horas tengo más de la mitad del país en la mano... y dos Ejércitos, o uno y medio, por lo menos...

-Bustelo no tiene que unirse a tu rebelión necesariamente...

-No necesito que se una, Ministro... me basta que no me ataque...

-¿Cómo nos atacarías entonces...?

-¿Para que atacar, Ministro...? No necesito atacar a nadie... necesito tiempo, setenta y dos horas... con todo eso en la mano mi capacidad de fuego es impresionante... hay que negociar conmigo... y aunque La Paloma no me apoye, tengo un territorio que es mucho más de la mitad del país... hay que negociar conmigo, yo no voy a atacar a nadie, no hace falta...

El General Julio Casas intervino:

-Ya empezamos a perder la cabeza... no son jueguitos militares en los mapas, sino unidades de verdad, tropas, técnica... ¿que coño tengo yo que ir a buscar con los tanques hasta Sancti Spiritus...?

-Lo que acaban de decir aquí, General...

-¿Y no puedo lograr eso con los tanques en Oriente, Moro...?

-No sería la misma presión que unidos con La Paloma...

-Esa no es la cosa, coño... ¿qué tiempo hace falta, de verdad, sin bobería, para mover esos tanques hasta allá con plena disposición combativa... que aseguramiento... cuantos recursos...?

-Un cojonal, Julio...

-Tiempo, Furry, lo importante es el tiempo.... ¿qué tiempo, Moro...?

-Más de cuarenta y ocho horas...

-Entonces...

-¿Entonces que, General...?

-Julito: no se nos puede olvidar lo que hizo esté cabrón de Carmenate con los tanques en Etiopía... y cogió a todo el mundo comiendo mierda, los sorprendió...

-Ministro... si esta mierda no se ha resuelto todavía a esa altura da lo mismo que los tanques estén en Baraguá que en Cacocum o en Varadero... ¿cuál es la diferencia...? ¿Se imaginan lo que estamos hablando...? Un Regimiento entero de tanques desde Holguín hasta Ciego de Ávila o Sancti Spiritus por la Carretera Central, como si fuera un desfile militar, para algo que no resuelve nada... y Cuba entera, el mundo entero, hablando de movimientos de tanques... la gran cagazón, por gusto...

El General Valdivieso intervino:

-El mundo entero sabrá lo que está pasando aquí, que hay un grupo de hijos de puta sublevados y que no podemos resolver el problema... el caldo de cultivo para los disturbios, los problemas, para que digan que se formó la anarquía...

-La invitación a los americanos para que se metan...

Raúl Castro intervino:

-Entonces no perdamos más tiempo pensando que Carmenate nos atacaría…
no necesita hacer eso… para él es suficiente con que no podamos terminar
con él en setenta y dos horas… no importa donde estén sus tanques en ese
momento…

-Nos crearía una cagazón vigueta, Ministro…

El General Pérez Márquez dijo:

-El pueblo no apoyaría una cosa así… eso es un golpe de estado…

-En esa confusión el pueblo no sabe lo que está pasando, General, ni sabe de
golpe de estado ni de nada… y hay que ver si esto es un golpe de estado o
una insubordinación, jurídicamente, quiero decir, aunque en este caso no
importa… pero el pueblo no puede hacer nada…

-Valdivieso, está el Partido, los Consejos de Defensa…

-Una unidad con cien tanques desplegados es un argumento demasiado
fuerte para detenerla a pecho descubierto contando con militantes del
Partido solamente… hay que negociar…

-¿Entonces…?

-El Moro intervino:

-Entonces, que aquí en este lío resulta que no son americanos y cubanos, o
israelíes y árabes… aquí todos son cubanos… ¿quiénes son los buenos y
quienes son los malos…? sí, los buenos son los de Fidel, los malos son los
otros… pero a esa hora Carmenate no va a decir que está insubordinado, va
a decir que fueron las órdenes de Fidel, que eso es lo que Fidel decía que
hicieran…

-La línea de mando y sustitución está muy clara, Moro… todo el mundo sabe
cuales son las órdenes de Fidel… aquí está el Plan 'Corazón'…

-Ministro, después que la televisión tire ese comunicado se forma una
descojonación cuando los tanques empiecen a moverse… cualquier unidad
de tanques… cualquier unidad militar… para allá o para acá… a esa hora
nadie sabe nada, Ministro… ¿quién va a parar al tanque para preguntarle de
que lado está…? ¿quién se para con la florecita como el chino aquel de Tien
An Men…?

El General Valdivieso comentó:

-Es un buen análisis, General, pero olvida el Regimiento de Tropas
Especiales del MININT que está en Oriente y que tiene siete Batallones…
que podemos lanzar sobre el puesto de mando y joderte, capturarte, o
matarte…

Furry habló inmediatamente:

-Cuidado, cuidado,,, el Regimiento de Tropas Especiales de Oriente lo

manda el Coronel Figueroa... se acuerdan de él, ¿verdad...? Lo pusimos allí
en el 89, cuando la jodienda de Ochoa y el MININT. Es muy competente,
valiente, probado, fiel a la Revolución, austero, un tipo encojonado... pero,
¿de dónde salió...?
El General Pérez Márquez preguntó:
-No recuerdo, ¿de dónde?
Pero Raúl Castro recordaba perfectamente:
-Era el Jefe de Operaciones del Ejército Oriental en ese tiempo... lo propuso
el General Carmenate personalmente...
-Ministro, discúlpeme, pero no entiendo como pudo haber pasado eso...
-¿Haber pasado qué, Pepito...? Ya oíste a Furry... teníamos la jodienda del
MININT... necesitábamos tipos duros, de confianza... Figueroa era, o es,
un tipo encojonado, tenía tres misiones, Etiopía, Angola y Nicaragua... bien
preparado, graduado de la Voroshilov, militante, disciplinado... ¿qué
podíamos tener en contra de él...? Carmenate lo propuso, Furry y yo
estuvimos de acuerdo y Fidel lo aprobó... fue algo muy normal... ¿quién
carajo se iba a imaginar que tendríamos una situación como ésta ahora...?
Furry, ¿tu crees que Figueroa va a seguir a Carmenate en lo que sea...?
-Con Fidel vivo no lo seguiría en una insubordinación, pero en estas
circunstancias no tengo la menor duda de que ya lo dcbe estar siguiendo...
El Moro estaba incómodo.
-Cojones, pero esto es la guerra mundial, la guerra civil...
-No, Moro, no, ni guerra mundial ni guerra civil... es la defensa de la
Revolución en este frente ahora...
-Coño, Julito, Fidel muriéndose y queremos que la aviación le entre a
bombazos a la División 50 y al Ejército de Oriente completo, que los
tanquistas se maten entre ellos, que el MININT le dispare al MINFAR, esto
es una guerra civil...
-No, nosotros estamos defendiendo la Revolución...
-No jodas, Pepito... ellos también dicen lo mismo... son tan generales como
tú y como yo, tan internacionalistas como tú y como yo, del mismo Comité
Central que tú y que yo...
-Moro, nosotros estamos cerrando filas junto a Raúl...
-Y ellos las cierran contra nosotros a nombre de Fidel...
-No han mencionado a Fidel para nada...
-El General Valdivieso participó:
-Todavía, pero lo van a hacer... no son agentes de la CIA, no son generales
yankis... hemos estado juntos en muchos combates, a veces estuvimos

subordinados a ellos, a veces ellos a nosotros… Carmenate me hizo una gran mierda cuando me mandaron para allá y eso me da deseos de fajarme a los piñazos con él y darle un millón de patadas por el culo… pero es distinto bombardearlo…si no tengo más remedio que tirarles les tiro, pero me tiene que doler, coño…

Raúl Castro intervino:

-A todos nos tiene que doler, Valdivieso, pero si hay que hacerlo lo hacemos… si nos traicionan, lo hacemos… y con el análisis que hicimos de lo que haría un General insubordinado, te digo más: si los dejamos actuar la cosa se jode, se jode seguro, se jode…

-Tiene que haber una solución para todo esto, Ministro…

-Claro que la hay, Pepito… joderlos a ellos antes que puedan jodernos a nosotros…

CAPITULO SEIS

Puesto de Mando del Ejército Central, afueras de Matanzas
Cinco y dieciocho minutos de la madrugada

El General Bustelo llamó al General Carmenate:
-General, eres un gato... estabas claro, claro...
-*¿De que te enteraste, General...?*
-Oficialmente de nada, pero no tengo dudas de tu versión... la salud está muy mal, muy mal...
-*Y los chicos malos quieren arreglar las cosas a su manera...*
-Los chicos malos podemos ser nosotros...
-*Depende de quien escriba la historia, Falka, tú sabes que es así... si te lees el Granma te crees que ganamos en Angola...*
El General Carmenate estaba preocupado e incómodo.
-Cojones, Dago, te estás pasando...
-*Si te quieres cuidar te cuidas tú solo, Falka... como están las cosas ya no importa si me graban lo que digo... esa grabación no cambia mi destino, ni para un lado ni para el otro...*
-Por la calle del medio...
-*No puedo hacer otra cosa, Bustelo... a esta hora ya nos deben estar adobando en el MINFAR... con cocinero y todo... ¿qué tú vas a hacer por fin...?*
-Estoy pensando que no voy a ir al MINFAR, pero no me voy a quedar en el puesto de mando... me voy a recorrer las unidades, reconocimiento en el terreno...
Aunque efectivamente era más ecuánime que Carmenate, el General Bustelo tenía las mismas preocupaciones.
-*No te quedes sin comunicaciones...*
-No, no va a pasar... despreocúpate... pero ahora soy yo el que te quiero preguntar algo, Dago... no tengo que cuidarme de tus tanques, ¿verdad?
-*Tu retaguardia está segura conmigo, no tienes que mirar para atrás...*
-¿De a hombre...?
-*Sin mariconá, como siempre... pero tienes que cuidarte mucho de los tanques de la División Blindada...*
-¿Tú crees que llegarían a mandar los tanques de Molina contra nosotros...?
-*Si tú fueras del grupo que está en La Habana y el Ejército Central no te obedece, seguro que tú los mandarías...*
Volvió la amargura a la voz del General Bustelo:

-La guerra civil, coño... más de doscientos tanques tirándose cañonazos para los dos lados, cañones, morteros, bombardeos aéreos, cohetes antiaéreos... ¿cuánta gente va a morir...? no solo militares, también civiles... niños, mujeres... del carajo... ¿Cuántas ciudades se van a destruir, cuantas casas, cuantas fábricas, cuantos puentes, cuantos hospitales...?

-No, Falka, no, la guerra civil no... nosotros estamos defendiendo a nuestro pueblo, los ideales de la Revolución, lo que nos enseñó Fidel...

-Ellos deben estar diciendo lo mismo...

-Pero no es cierto, porque si fuera cierto no quisieran jodernos... y menos en este instante en que debíamos estar unidos... ¿tu crees que ellos se comprometerían como nosotros a no disparar primero...?

-No, no lo creo... estoy seguro, esos cabrones podrían ser los primeros en disparar...

-Porque están en otra cosa... no es como nosotros...

-Nos van a joder de todas maneras...

-No nos van a joder de todas maneras... podemos joderlos nosotros a ellos primero...

Ayudantía del Ministro de las FAR, MINFAR
Seis y tres minutos de la mañana

-Compañeras y compañeros:

Casi todos ustedes me conocen, soy el Coronel Azcuy, Ayudante del Ministro.

Los hemos citado de urgencia a esta hora tan temprano para que tengan conocimiento de un comunicado oficial de mucha importancia. Se los voy a leer de inmediato, les vamos a entregar una copia a cada uno de ustedes y deberán partir inmediatamente a sus posiciones. Posteriormente recibirán más instrucciones.

El texto del comunicado es el siguiente:

"Cubanos, Revolucionarios, Patriotas, compañeros todos: tenemos una situación de emergencia. El Comandante en Jefe ha tenido demasiadas actividades en estos días...

Oficinas de Raúl Castro, MINFAR

Seis y tres minutos de la mañana

-Moro, Pepito, Julio, Furry, Valdivieso, lo último que yo quisiera ahora es tener que descojonar a Carmenate, o a Bustelo o a los dos a la vez, pero la Revolución no puede aceptar esos chantajes... si se ponen majaderos... no, no, vamos a decirlo como es, si se rebelan, si traicionan a la Patria, a la Revolución, los vamos a descojonar...

-Seguro

-¿Ministro, Bustelo se alzaría también, como Carmenate...?

-Bustelo es más ecuánime, Moro... menos acelerado...

-Pero puede ser más jodido, Ministro...

-Sí, pero no es como Carmenate...

Furry preguntó:

-¿Qué podemos esperar...?

-Cuando hablé con él fue para explicarle la misión, está tranquilo... estaba preparando para ir a revisar las unidades... hablamos lo de la reunión que íbamos a tener aquí...

-¿Cómo lo tomó...?

-Normal, me preguntó también que si no era en el Puesto de Mando... pero no parecía que estuviera tan gato como el guajiro...

-Pero ahí en el Ejército Central también está 'Verocos', Ministro...

-Verocos es otra cosa... es impredecible, ahí no adivina ni Rubiera en el observatorio...

-Si le da por sacar los tanques...

-Lo más seguro es que va a querer sacarlos, Moro... a Verocos le encanta pasear en tanque... ese no es el problema... el problema es que si los saca en un caso como éste lo mismo arranca para La Habana que para Oriente...

-¿Para atacar a Carmenate, Ministro...?

-O para unirse con él... ¿quién coño puede adivinar con Verocos...?

El Coronel Julio Cruz, 'Verocos', había sido tanquista en Playa Girón, en el contingente que estuvo en Argelia en 1963, en Siria en 1973, Angola 1976, Etiopía 1979 y Angola nuevamente en 1985. En los intervalos entre estas misiones fue Jefe de Pelotón de Tanques en Managua, Jefe de Batallón Contra Desembarcos, Jefe de Estado Mayor de Brigada de Tanques, Jefe de Operaciones del Cuerpo de Ejército de Pinar del Río, Jefe de Estado Mayor de Regimiento de Tanques en La Habana y Jefe del Regimiento Independiente de Tanques del Ejército Central, conocido como 'La Paloma'. En 1964-1965 fue Agregado Militar en Tanzania, vinculado a la preparación de la operación de Che Guevara en el Congo y en Agosto del 2003 fue designado Sub-Agregado Militar en Venezuela. En una conversación festiva y con tragos, pocos días después del fraude del Referéndum Revocatorio, el General Raúl Baduel, de la Fuerza Armada Venezolana, le había comentado a Hugo Chávez: "En cualquier momento me voy a entrar a coñazos con Verocos". Chávez le pidió a Raúl Castro que se llevara a Verocos y pocos días después el Coronel Verocos, muy feliz de haberse quitado el uniforme de gala, regresaba una vez más a sus tanques y sus oficiales del Regimiento de La Paloma.

-Raúl, entonces Bustelo es menos peligro...

-Aparentemente, Furry, pero no podemos contar con él del todo...

Julio Casas apuntó:

-Si no cuadra con Carmenate ya es algo muy positivo para nosotros... ellos son socios... si cuadran entre ellos entonces esto se complica...

Raúl Castro dijo, desilusionado:

-Todos estos africanos me están resultando un dolor de cabeza...

-Entonces Bustelo es el doble nueve, Ministro... podemos pegarnos con esa ficha, pero si el juego se tranca antes de tiempo...

-Hay que neutralizarlo, Pepito... tenemos que estar seguros...

-Que no nos pueda atacar ni hacer daño, Ministro...

-No, no nos atacará de ninguna manera... no creo eso... pero debemos neutralizarlo para que no pueda ayudar a Carmenate...

-Eso es un lío, Ministro...

-Valdivieso, ¿a que hora pueden estar los Regimientos de tanques de la División Blindada listos para arrancar a combatir...? Más que todo el del flanco Este, el que se mueve en la dirección Matanzas...

-Ministro, salir de las ubicaciones permanentes, moverse a las áreas de dislocación, ocupar posiciones de partida, enmascararse, reaprovisionarse, artillar los tanques, cargar las baterías, completar el personal que estaba de pase, los enfermos, todo eso, tenerlo todo listo, les va a llevar más de cinco horas, casi seis...

-Casi a las once de la mañana...eso puede ser mucho tiempo... deberían estar listos antes...

-Podrían partir antes, Ministro, pero pueden tener problemas, perder mucho en organización y limitarse la disposición combativa... así no pueden chocar con una división americana...

-No tendrían que chocar con los americanos, Valdivieso... no es en los americanos en lo que estoy pensando ahora... y ojala que no tuvieran que chocar con nadie, pero tienen que estar preparados para hacerlo... no sabemos lo que pueda suceder...

-¿Para estar combatiendo donde, Ministro...?

-Bueno, tal vez no combatiendo, tal vez podemos lograrlo sin tener que combatir, si llegaran con anticipación suficiente a ocupar el territorio del Ejército Central tal vez no tengan que chocar con La Paloma o la División de Cárdenas...

-¿Ocupar el territorio...?

-Sí, Julio, sorprenderlos... mover muy rápido el Regimiento de la Blindada, en columnas, por las Ocho Vías, pasar por el sur de la ciudad de Matanzas, miren el mapa, aquí y subir como un cohete hasta esta zona Guanábana-Limonar... fíjense bien en el mapa... ubicarse en esta zona de Cantel, un batallón, otro por aquí por Limonar y el otro más allá hasta cerca de Jovellanos... neutralizar el puesto de mando del ejército... convertirse en una barrera física, que los tanques de Verocos o la División de Cárdenas no puedan bajar para acá para ayudar a Carmenate... neutralizarlos...

-¿Esa es la idea de maniobra, Raúl...? ¿Vamos a empezar nosotros...?

Raúl Castro no le respondió directamente a Furry.

-Mira, Valdivieso, para tu estreno como General de Cuerpo de Ejército prepara las condiciones y los cálculos para utilizar el Tercer Regimiento de la División Blindada, el que ataca en la dirección "Matanzas", para marchar sobre la provincia de Matanzas, ocupar el territorio del Ejército Central y los puestos de mando y cortarle el paso a los tanques de La Paloma y la División de Cárdenas si intentaran marchar sobre nosotros... tiene que ser un movimiento muy rápido, para sorprenderlos... que no nos estén esperando... y así podemos estar seguros que se evitaría un choque...

-Ministro, pero cuando vean que los estamos ocupando...

-No, Julio Casas, no los estamos ocupando... los estamos reforzando... tenemos preocupación de que los yanquis se quieran tirar por esa zona y mandamos un Regimiento de Tanques de la Blindada como apoyo...

-Pero, Ministro y nos llevamos a Bustelo...

-Perfecto, que honor para el General Bustelo... para poder traerlo para La Habana y cubrir ese hueco tenemos que mandar para allá un Regimiento de Tanques a reforzar el Ejército... él sólo vale por un Regimiento de Tanques... ¿Cuántos Generales pueden decir eso...?

-Genial...

-Magistral, Ministro...

-Valdivieso, comienza a trabajar en eso...

-A la orden...

Pero Raúl Castro no terminaba ahí:

-Pero para lidiar con Carmenate no podemos hacer nada por tierra...

-Ni por mar tampoco, Ministro... la Marina no puede disparar sobre él y si desembarcamos infantería, por cualquier lugar que se haga, estará a más de cien kilómetros de Carmenate... esa infantería sin movilidad, sin transporte... a Carmenate le va a sobrar tiempo de localizarlos y hacerlos merengue...

-Estoy de acuerdo contigo, Julio... a Carmenate le vamos a dar desde arriba...

-¿Aviones...?

-Sí, Julio, Fuerza Aérea... estoy pensando usar la Fuerza Aérea...

-Carmenate debe tener neutralizadas las bases aéreas y los aeropuertos...

-Tenemos más bases y aeropuertos más lejos de él, fuera de su territorio...

-Sí, Ministro, pero para usar Santa Clara, Trinidad, Cienfuegos o Varadero tenemos que contar con que Bustelo no se nos atraviese...

-Lo cual nos lleva a la conclusión, Generales...

-¿A que conclusión, Ministro...?

-Tenemos que golpearlo desde San Antonio de los Baños, o tenemos que actuar sobre Bustelo primero...

-Yo prefiero San Antonio, Ministro...

Había hablado el General Pérez Márquez, Jefe del Ejército Occidental. Pero el Moro terció:

-No yo creo que es mejor resolver primero lo de Bustelo...

Raúl Castro le preguntó a Valdivieso:

Tú que eres el intelectual, Valdivieso, ¿qué tú le propones a tu Ministro...?

-¿Sabe una cosa, Ministro...? Si golpeamos a Bustelo primero, el General Carmenate no será sorprendido... si golpeamos a Carmenate, Bustelo no se va a quedar esperando que vayamos sobre él...

-¿Cuál es tu recomendación, Viceministro Primero Jefe del EMG?

-Los dos a la vez...

Julio Casas intervino:

-¿Cómo que los dos a la vez...?

-¿Por que no, General...? Si se coordina bien, lo calculamos bien, cuando los aviones están golpeando al General Carmenate los tanques están subiendo por el este de Matanzas... cuando se vayan a comunicar entre ellos ya va a ser muy tarde para los dos...

-Valdivieso, pero si nos falla la cosa con Carmenate...

-No, Ministro yo le propongo usar también los paracaidistas...

-Dime cómo, Valdivieso...

-Tirarlos en Holguín y Camagüey, a la vez... las bases aéreas están neutralizadas por la presencia de la gente de Carmenate, pero son operativas... con los paracaidistas aseguramos que los aeropuertos funcionen para nosotros, que los MIG puedan despegar...

-Estás claro, Valdivieso... y se le puede dar un segundo pase a Carmenate con los MIG desde Holguín... más cerca, más rápido, más efectivo... muy

buena idea esa... coño, hice bien es ascenderte, lo merecías...
-Gracias, Ministro...
-¿Qué opinan los demás generales...?
-Julio Casas dijo:
-Estoy casi de acuerdo...
-¿Qué es lo que no te gusta, Julio...?
-No, no es que no me guste... me parece excelente idea de maniobra... pero pienso que Carmenate nos puede machacar a los paracaidistas... habría que reforzarlos...
Ahora fue el General Colomé quien habló.
-Raúl, podemos mandar las Tropas Especiales...
-¿Cómo las mandamos, Furry...?
-Como hicimos cuando empezamos en Angola, aviones civiles...
-Coño, General Colomé, me ha dejado loco...
-¿Por qué loco, Pepito...? Lo hicimos para Angola con aviones Brittania, ¿no fue así...?
-Sí, sí, fue así...
-Y eran un montón de horas de viaje, escala en Guyana... ahora es mucho menos... hasta Holguín o Camagüey es una hora de vuelo... bajamos un primer escalón en Holguín, el segundo en Camagüey...
Raúl Castro casi grita:
-Y le van *pa'rriba* a Carmenate desde ahí mismo, pegaditos a él...
Julio Casas sacó cuentas en la mente...
-Y el segundo pase con los MIG desde Holguín coincide con las Tropas Especiales entrando al Puesto de Mando como un ciclón...
El General Pérez Márquez añadió:
-Y mientras tanto, la Blindada parqueándose en Matanzas...
-Jaque mate, Generales, jaque mate... lo tenemos...
-Bárbaro, Ministro...
-Muy buena idea la suya, Ministro...
Y si resolvemos eso rápido, esta tarde estoy recibiendo a Lula tranquilo, o esta noche, es más probable...
-Ministro, para estar tranquilos esta tarde tenemos que organizar esto lo más rápidamente posible...
-¿A que hora podemos estar listos, Valdivieso...?
-Raúl, Raúl, un momentico, por favor...
-Dime, Furry...
-Coño, estamos como el cuento del tipo del gato... no quiero decirle al tipo que se lo meta por el culo antes que me abra la puerta...
Julio Casas participó:

-Lo que dice el General Furry es lógico... para hacer lo que estamos pensando aquí y que me parece muy inteligente, habría que dar un golpe rapidísimo, cogerlos sorprendidos, que no se puedan mover... hacerlo ya...

-Podemos hacerlo ya, Julio...

-Sí, Ministro... pero si después resulta que no se iban a insubordinar...

-Sí, la cagamos, te entiendo... ¿hasta cuando esperamos...?

El Moro dijo:

-Para serle honesto, Ministro... ya tener que atacar a esta gente se me hace pesado... hemos sido compañeros muchos años... lo vamos a hacer porque la Revolución necesita que lo hagamos... pero vamos a hacerlo cuando estemos seguros de que no queda más remedio que hacerlo... que lo hacemos porque no hay más nada que hacer...

-¿Cuándo podemos estar seguros de eso, Moro...?

Pero fue Furry el que dijo:

-Raúl yo entiendo al Moro... yo no estoy preocupado por la responsabilidad de esta decisión... la Revolución necesita que se haga y lo hago... pero prefiero estar seguro que lo hice cuando no quedaba más remedio...

-Yo los entiendo, Furry... ¿pero ¡cuando sería...?

-Digamos, cuando estemos seguros que la insubordinación es absoluta... cuando estemos seguros de que ya no vendrían a la citación del Ministro...

-¿Cómo sería eso...?

-Hay que sacar la cuenta...

-¿Hasta que hora podemos esperar, Valdivieso, para estar seguros que Carmenate no se presentaría en la jefatura de ninguna manera, que sigue insubordinado...?

-Si no ha salido para acá a las dos y media de la tarde no puede llegar a tiempo, Ministro...

-¿Y que pasa con Bustelo...?

-El mismo tiempo, Ministro... aunque el vendría por tierra...

-Entonces a las dos y media de la tarde sabremos con completa seguridad si se han insubordinado o no... si no nos enteramos antes por algo que nos hagan...

-Tiene lógica...

-Bueno, aprobado, las dos y media es el límite... ¿todos nos sentimos mejor así...?

-Yo sí, Ministro...

-Yo también, Ministro...

-Sí, Raúl, es mejor así...

-De acuerdo, pero no vamos a dejar de prepararnos... General Valdivieso, prepara, además de la orden para la División Blindada que te di anteriormente, dos órdenes para la Fuerza Aérea:

La primera garantizar el avión más rápido posible para mover una persona, dos personas, hasta Holguín en cualquier momento; que ese avión esté listo y no se destine para más nada si no lo ordeno yo directamente.

-¿En ese me voy yo, Ministro...?

-Sí, Moro, ese es para ti...

-Perfecto...

-Valdivieso, la segunda orden, para que estén listos para atacar con todos sus medios y armamento los puestos de mando del Ejército Oriental, del Regimiento de Tanques, del Regimiento de Tropas Especiales del MININT y los puestos de mando hasta nivel de Regimiento de la División 50...

Todos levantaron la vista simultáneamente, pero Furry se desbordó:

-Coño, la División 50 es el emblema de las Fuerzas Armadas.... Fue mi división durante mucho tiempo... ¿Tenemos de todas maneras que descojonar la División 50...?

Pero Raúl Castro no se detuvo:

-Por lo mismo que la División 50 es el emblema de nuestras Fuerzas Armadas no vamos a permitir que una pandilla de traidores se apoderen de ella, si no lo han hecho ya, para comenzar a denigrar a la Revolución...

-Entiendo...

Raúl Castro dijo con firmeza:

-Prepare las órdenes, General Valdivieso...

-Enseguida, Ministro...

Los "compañeros de absoluta confianza..." los Jefes de los Ejércitos Oriental y Central, se estaban convirtiendo en el enemigo que tanto necesitaba 'la dirección de la Revolución'.

CAPITULO SIETE

Punto Zeta, El Vedado, Ciudad Habana
Seis y diecinueve minutos de la mañana

El General Rodríguez Gómez, Viceministro Primero del MININT a cargo de la Seguridad del Estado, vociferaba en el teléfono:
-No te preocupes tanto por eso y mete presos a esos hijos de puta... cágate en los periodistas extranjeros... estos no son momentos para preocuparse por los periodistas ni para estar jugando...
Y si los periodistas joden demasiado usamos las Brigadas de Respuesta Rápida como en el Malecón en el 94 y tu verás que rápido se van a tranquilizar... no pierdas tiempo, muévete... tienen que estar recogidos todos...
Déjalos que hablen de derechos humanos y de lo que quieran... no te mandamos allí para que le hicieras caso a los periodistas extranjeros, sino para que te lleves presos a los contrarrevolucionarios. Dime si quieres que les mandemos a los periodistas los videos que tenemos de cada uno de ellos cuando están alborotados en la cama y tu verás que ni levantan la voz...
Sigue recogiendo gusanos... Esas son las órdenes: acaba de cumplirlas...
El General Borges, Jefe de la Contrainteligencia del MINFAR hablaba frente al mapa al grupo que trabajaba en el 'ploteo':
-Vamos avanzando ya tenemos más de 200 recogidos en La Habana y más de 300 en el interior. Pero esto está lento. Tenemos que acelerar las cosas... las territoriales son fundamentales ahora, tenemos que acelerarlas... vamos a hablar con las provincias... una por una, con todas... comuníquenme con Pinar del Río...
El General 'Ramoncito' Menéndez, Jefe de la Contrainteligencia del MININT, hablaba por teléfono:
-100 y Aldabó ya está lista para recibir visitantes en masa, podemos empezar cuando haga falta... pero todavía Villa aguanta un poco más... no pierdan tiempo ahora separando gente ni nada de eso... total, aquí no va a haber juicio por ahora... ni por mucho tiempo... trancados y ya, estar seguros que no le pueden hacer daño a la Revolución... eso es lo que la Patria nos exige a nosotros ahora, esa es la orden que nos da la Revolución... vamos a seguir llevándolos para Villa Marista hasta que te avise, todavía caben un poco más... después seguimos para 100 y Aldabó, después...

Puesto de Mando del Ejército Oriental, afueras de Holguín
Seis y veinte minutos de la mañana

El General Carmenate conversaba con su Jefe de Estado Mayor, General Lorenzo Mejías...

-Tienen miedo que vayamos a lanzarnos sobre ellos...

-¿Nos vamos a lanzar contra ellos...?

-Espero que no sea necesario... no tengo en interés en atacarlos... ni nos interesa hacerlo... ojalá que las cosas se puedan resolver... y me comprometí con Bustelo a que nunca seríamos los que atacaríamos, aunque nos vamos a defender de verdad si nos atacan...

El General Mejías no perdía la cabeza:

-Sería terrible un choque entre nosotros...

-Ninguno de nosotros quiere eso, Lorenzo, pero ninguno de estos cabrones en La Habana se va a detener ahora... son demasiado ambiciosos...

-¿Por qué no hay manera de encontrar una solución más lógica, sin que tengamos que descojonarnos...?

-Mira, en mi opinión Raúl quiere agarrar el mando, todos los mandos de todo...

-Es el sustituto designado...

-Sí, pero no es Fidel... si coordina con todos nosotros, tiene que compartir el poder para poder ejercerlo... tenemos experiencia, capacidad, historia... hemos ganado batallas, hemos administrado territorios completos en África, administramos empresas, hemos preparado ejércitos, hemos sido guerrilleros internacionalistas... tenemos prestigio, tropas que nos siguen...

-No tendría nada de malo compartir el poder, como tú dices, con gente de experiencia y que además han sido siempre leales...

Le costaba trabajo aceptar que tendría que enfrentarse con sus compañeros de toda una vida.

-Para Fidel no era ningún problema ejercer todo el poder a pesar de estar nosotros, que siempre lo seguimos, desde la Sierra, aun cuando estaba equivocado, como cuando lo de los diez millones... Fidel no tenía que compartir el poder, no le hacía falta... porque era una leyenda, un mito, el máximo líder, el Comandante en Jefe...

Continuó sin detenerse:

Raúl siente que en esa situación sale perdiendo... él no es Fidel, no se impone con su personalidad, su autoridad siempre dependió de Fidel, de que Fidel lo designó... al no estar Fidel se siente sólo, aunque no quiera demostrarlo... mucha teoría, pero no ha estado en la guerra como nosotros... ha sido el hombre del MINFAR, de las Fuerzas Armadas, pero no de la guerra, él personalmente… cualquiera de nosotros ha tenido muchos más combates que él…

-En cierto sentido nos tiene cierto temor, aunque no hayamos cuestionado su autoridad…

-No va a esperar a que lo hagamos, Lorenzo… si le hablamos de la comida del pueblo, de la vivienda, de que no tenemos que chocar con los americanos si encontramos una solución aceptable para todos, de resolver los problemas del país, de reconstruirlo, de no seguir en cosas que Fidel mantuvo con su testarudez y que no se las cuestionamos nunca por lo que ya te dije, pero que a Raúl, si se las podemos cuestionar, se preocupa…

-Como si estuviera convencido que lo vamos a cuestionar de todas maneras, Dago…

-Está convencido… y más con nosotros, conmigo, por todos los encontronazos que hemos tenido… por la bronca con Valdivieso… por el control de la Brigada Fronteriza…

-Lo de Valdivieso lo debe haber molestado bastante…

-Imagínate… pero Fidel me respaldó…

-En cuanto pueda nos quita el mando, Dago… nos saca *pal' carajo*, hasta nos mete presos…

-Pero no puede… no puede y no se lo vamos a entregar así de jamón… está aliado con Furry, con Pérez Márquez, con el Moro, con Valdivieso, con Soler: son muy fuertes, pero de La Habana para allá… en La Habana… en Oriente todo es distinto… aquí estamos nosotros… aquí los jefes somos nosotros… aquí mandamos nosotros…

El General Mejías razonaba como Jefe de Estado Mayor…

-Nosotros no tenemos fuerza para atacarlos y derrotarlos a ellos…

-No los vamos a atacar, pero los vamos a derrotar…

-¿Cómo…?

-Con inteligencia, Lorenzo… no servicio de inteligencia, sino cerebro, cacumen…

-¿Cómo…?

-Resistiendo por setenta y dos horas…

-¿Qué hace falta que pase en setenta y dos horas,…?

-Nada, Lorenzo… hace falta que no pase nada…

-¿Cómo que nada....?

-Nada, que no nos ataquen, no necesitamos atacarlos… setenta y dos horas, el dominó trancado… el mundo entero viendo el tranque… que Raúl vea que por ese camino no consigue nada y que tiene que sentarse a cuadrar la caja con los generales o se forma la cagazón y se le escapa el poder de las manos…

-Dago, en setenta y dos horas se pueden lanzar los gusanos a la calle...
-Lorenzo, dentro de algunas horas no van a quedar gusanos en la calle para lanzarse a ningún lado...
-Pero se puede lanzar la población, que está desesperada...
-Trataremos de hablarle por radio... ocupando las emisoras, sacándolas de la cadena...
-Aún así se pueden lanzar...
-Sí, yo lo se...pero fíjate... si los negros de Chicharrones o los indios de Baracoa se lanzan a la calle, acuérdate que lo que van a gritar es 'Abajo Raúl'... eso es lo que van a gritar, no van a gritar 'Abajo Carmenate' o 'Abajo Mejías'...
-No nos conocen para eso...
-Pero conocen a Raúl y lo identifican con los problemas actuales...
-Sí, claro...
-Entonces, Lorenzo, al que no le conviene que se lancen a la calle es a Raúl... una buena razón para sentarse a cuadrar la caja, a negociar...
-Y sí se sientan a cuadrar la caja, ¿qué va a pasar...?
-La cuadramos, Lorenzo, la cuadramos... le hablamos de las necesidades de los cambios, de mejorar las condiciones del pueblo, de mejorar la economía, de construir viviendas, de reducir las fuerzas armadas, de eliminar estas tensiones absurdas con los yankis... de enderezar el país... si nos ponemos de acuerdo, creamos organismos para hacer eso y se empieza a hacer, le habríamos hecho un gran favor a nuestra Patria en este momento...
-Y arrancaríamos de nuevo con todos esos líos... otra vez, Dago...
-Arrancarías tú, Lorenzo, si te interesa... yo estoy viejo, agotado, muchos años de esfuerzos... y ya no tenemos al Comandante en Jefe... tengo ganas de retirarme a vivir tranquilo con Patricia los años que me queden... no me interesa ser gobernante, me interesa más ser retirado... pero en un país que valga la pena, no el que quiere mantener Raúl con esa caterva de comemierdas...

Casa donde durmió esa noche el Comandante de la Revolución Ramiro Valdés, Reparto Siboney, Ciudad Habana
Seis y veinticinco minutos de la mañana

El Dr. Arturo Cancela bajó del carro que lo llevó hasta la casa de Siboney, donde un guardia vestido de civil le abrió la puerta. En la sala tomaba café el Comandante de la Revolución Ramiro Valdés.
Ramiro Valdés Menéndez participó en el Asalto al Cuartel Moncada en

1953, desembarcó en el yate Granma en 1956 y participó en la guerrilla en la Sierra Maestra. Fue Segundo Jefe de la Columna al mando de Che Guevara. Desde 1959 dirigió el DIER, (Departamento de Investigaciones del Ejército Rebelde), G-2 y posteriormente Departamento de Seguridad del Estado (DSE).

Fue Ministro del Interior en dos ocasiones, Viceministro Primero del MINFAR y Vicepresidente del Consejo de Ministros para el Sector de la Construcción. Fue uno de los veinticinco miembros de la Dirección Nacional del Partido Unido de la Revolución Socialista desde su creación y del Buró Político del Partido Comunista desde el Primer Congreso. En el año 2004 era miembro del Comité Central y del Consejo de Estado y dirigía el Grupo de Electrónica del Ministerio de Informática y Comunicaciones. "Ramirito" es conocido por todos como "duro" y "policía"; aunque formalmente está ubicado en una segunda línea administrativa, es sabido por todos que en realidad se subordina exclusivamente a Fidel Castro y, a regañadientes, a Raúl Castro.

Cancela se sorprendió:

-Comandante, no sabia que usted estuviera enfermo... ¿qué le sucede...?

-Nada, Doctor, nada... no soy yo... siéntese y tome un poco de café...

-Gracias...

-Doctor, ¿está al día de los últimos acontecimientos...?

-Me acosté a las 12 de la noche, Comandante... hasta esa hora creo que estaba más o menos informado...

-Entonces no está informado... parece que el Comandante en Jefe ha tenido serios problemas de salud...

-Comandante, en lo que yo pueda...

-No, no, no se trata de eso... parece que ya en estos momentos ningún médico puede hacer nada...

-¿Falleció...?

Ramiro respondió sin vacilar:

-No tengo la confirmación, Doctor, recuerde que yo estoy fuera de esos mecanismos oficiales... me entero de algunas cosas por ciertas vías, pero si no ha fallecido todavía parece que es algo bastante grave, bastante... una cosa o la otra, no está en condiciones de dirigir al país...

-¿Temporalmente...?

-Definitivamente...

-¿Entonces que puedo hacer yo...?

-Doctor, pedí que le avisaran no en su condición de médico, aunque se que es uno de los mejores en su especialidad... pero yo lo que mandé a buscar es al mejor amigo de Dagoberto Carmenate...

-El General...
-El Jefe del Ejercito Oriental, sí, ese mismo...
-No entiendo que tiene que ver una cosa con la otra...
Ramiro Valdés miró a Arturo Cancela directamente a los ojos:
-Yo tengo razones para creer que las personas que van a hacerse cargo de la situación con esta conmoción no son santos de la devoción del General... y viceversa, estas personas no ven con buenos ojos a Carmenate...
-Esas personas deben ser Raúl Castro, el Buró Político, el Gobierno...
-No necesariamente, Doctor... Raúl sí, naturalmente, pero no el Buró Político ni el Gobierno...
El Dr. Cancela no lograba comprenderlo todo:
-¿Quiénes...?
-Gente de confianza de Raúl... oficiales, gente muy cercana... que van a tener mucho interés en que Carmenate no les estorbe...
-¿Estorbarlos en que...?
-En lo que van a hacer ellos con toda seguridad...
'Arturito' no lograba seguirle el pensamiento a Ramiro Valdés.
-¿Qué van a hacer...?
-Nada, no van a hacer nada... continuar con la misma mierda...
-Comandante...
-Doctor, se lo digo claro y usted lo sabe igual que yo... no estoy conspirando, le estoy diciendo como están las cosas, lo sabemos todos... las cosas están muy mal, demasiados problemas, la economía es un desastre, el país sin recursos, la gente descontenta... el país necesita un cambio, una transformación... no hablando de democracia representativa ni todas esas mierdas, sino de enderezar la economía, mejorar las condiciones de vida, abrirnos al mundo exterior, al desarrollo y la tecnología, dejar atrás la paranoia con los americanos, mejorar nuestras relaciones internacionales, resolver problemas de verdad, no seguir con la misma bobería...
Ramiro Valdés hablaba como inspirado, desbordado.
Desde que los chinos se dejaron de comer mierda mire como han cambiado el país... lo están haciendo los vietnamitas, después que se fajaron tantos años con los americanos... ¿por qué no podemos hacerlo nosotros...?
Y continuó sin esperar respuesta:
Nos estamos quedando solos en el mundo, como Khadafi o ese comemierda de Corea del Norte, con el apoyo de cuatro indios africanos, cincuenta eurocomemierdas y unos cuantos intelectuales de izquierda latinoamericanos que nos apoyan mientras les paguemos, como apoyan a cualquiera que les de comida...
El Dr. Cancela no sabía qué responder. Quiso ganar tiempo:

-Yo no puedo estar seguro de que el General piense igual que usted…
-Doctor, con todo el respeto que usted me merece, no joda… usted lo sabe y yo lo se… los encontronazos de Carmenate con Raúl se conocen, los puntos de vista diferentes, los choques abiertos y los silenciosos, todo… no lo sabrán en el Comité de su esquina, pero nosotros si lo sabemos… yo no tengo dudas de que Carmenate es un verdadero patriota, que quiere algo mejor para nuestro país que lo que viene sobre Cuba si esta gente agarra el poder en estas condiciones…
-El General siempre ha sido fiel…
-Me parece que mi fidelidad hacia Fidel por más de medio siglo no la puede poner en duda nadie. La del General puede ser tan firme como la mía. Pero ser leales a Fidel no significa ser leales a cualquier camarilla que se apodere del poder en este momento. A Fidel lo hubiéramos seguido hasta la muerte, nuestra muerte, quiero decir, aunque haya tenido errores y equivocaciones y las cosas se hayan deteriorado tanto…
Ramiro no se detenía:
Fidel es un símbolo, una leyenda, una parte de la historia de Cuba… si lo hemos seguido por mas cincuenta años no vamos a bajarnos del barco cuando ya somos viejos y estamos cansados… pero si es Fidel el que ya no está, no le debemos regalar esa lealtad a cualquiera… ser leales a cualquiera en este momento puede ser traicionar a Fidel…
-Cojones… disculpe Comandante…
-No, no, es así… cojones, no digo yo…
-El General puede pensar así, pero es un militar, no tiene experiencia política para…
-Yo lo se perfectamente…
Cancela no alcanzaba a comprender:
-¿Entonces qué usted quiere que yo haga, Comandante, que puedo hacer yo…?
-Hablar con Carmenate ahora mismo… si le interesa hacer algo por la Patria, puede contar con la experiencia y el apoyo de un Comandante de la Revolución, o tal vez dos, o quien sabe si hasta con los tres… en los aspectos políticos y de respaldo… el es el jefe militar, nadie lo pone en duda, nadie se lo discute, a nadie le interesa que el jefe militar sea otra persona…
En Cuba existen solamente tres personas con el grado de Comandante de la Revolución: Juan Almeida, Ramiro Valdés y Guillermo García. Técnicamente, 'Comandante de la Revolución' no es un grado militar en la estructura de las Fuerzas Armadas Revolucionarias: sin embargo, los Comandantes de la Revolución solamente están subordinados al Comandante en Jefe Fidel Castro. Con relación a los Comandantes de la

Revolución, en la jerarquía no escrita del poder cubano, Raúl Castro es cuando más un *"primus inter pares"*, primero entre iguales, no superior jerárquico.

-Doctor Cancela, si Carmenate y el Ejército de Oriente tienen cojones y no se doblegan a lo que se está cocinando en La Habana el golpe no va a caminar...
-¿Qué golpe...?
-El golpe de estado...
'Arturito' se sorprendió más aún:
-Disculpe, Comandante, ¿de que golpe de estado me está hablando...?
Ramiro respondió muy naturalmente:
-Del que se está ejecutando por parte de Raúl Castro...

Oficinas de Raúl Castro, MINFAR
Seis y cuarenta y dos minutos de la mañana

-No vamos a precipitarnos... vamos a dar un poquito más, estar seguros...si a las tres de la tarde no tenemos confirmación de que hayan salido para acá ejecutamos las órdenes que hemos dado a la Fuerza Aérea y la División Blindada...
-Comprendido...
-Ni un minuto antes de las tres... la historia nos va a juzgar de acuerdo a como sepamos manejar estas cosas...
-Tres de la tarde en punto...
-Pero si a esa hora no estamos seguros que ya han salido para acá, entonces los vamos a golpear con todo lo que tenemos y los vamos a reducir a polvo, ¿entendido, General...?
-Entendido...
Raúl Castro trajo otro punto a colación:
-Otra cosa, no vayan a sorprendernos comiendo mierda... que la Inteligencia Militar te informe de inmediato cualquier movimiento extraño en la División 50 o en La Paloma... esas son las unidades fundamentales... movimientos de tropas o de técnica que no hayan sido ordenados por nosotros... tú sabes lo que quiero decir... inteligencia militar sobre esas unidades... como si fueran yankis...
-¿Yankis...?
-Yankis, sí, si nos traicionan, ¿no serían iguales que los yankis...?
-Comprendido...
El Ministro de las FAR cambio el tono el la voz:

-Bien, debe haber muchas cosas que resolver con el EMG... puedes retirarte... y ustedes también, Julio, Pepito, Moro... vayan a sus puestos de mando y controlen las cosas... estaremos en contacto, nos volvemos a ver a eso del mediodía... yo les aviso... Moro, a más tardar a las once tienes que estar listo para salir en cualquier momento para el aeropuerto... pero váyanse ahora a sus unidades, yo me quedo con Furry para ver algunas cosas de la Contrainteligencia...

Casa donde durmió esa noche el Comandante de la Revolución Ramiro Valdés, Reparto Siboney, Ciudad Habana
Seis y cincuenta y dos minutos de la mañana

-Comandante, dice el General Carmenate que será bienvenido en el Puesto de Mando del Ejército, pregunta que cuando usted puede ir para allá...
-Ahora mismo preparamos para salir, Doctor...
-Le aviso...
-Dile de parte mía al General Carmenate que es necesario que tranquilice a los americanos de la Base... que utilice sus canales, que yo se que él puede... que los americanos estén claros que no hay ningún movimiento contra ellos, que esto es entre nosotros, que vamos a garantizar la tranquilidad de las cosas, la estabilidad del país, que no hay fuga de balseros ni actividad militar sobre la base... es fundamental que no se enreden en esto... en unos días podremos sentarnos con ellos a resolver los asuntos pendientes... pero ahora nos hace falta poder operar sin la preocupación de que ellos se vayan a intranquilizar porque no sepan lo que está pasando...
 -Que esté claro que no estamos ofreciendo nada, prometiendo nada, comprometiéndonos a nada, ni siquiera negociando, ni pidiendo nada, solo les estamos informando lo que ocurre... un gesto de buena voluntad, una manera de decirles que no vamos contra ellos... más adelante habrá que ver esas cosas y lo de las relaciones con ellos, pero ahora tenemos que amarrar bien las cosas aquí, si no, no hay nada para hacer después...
Cancela precisó:
-¿Qué no les pida apoyo...?
-Apoyo militar o logístico, ninguno... ni es necesario ni hace falta, que no pida nada, podría ser peor, en caso de que lo dieran, que lo dudo... no hace falta pedir apoyo, que no lo pida, pero que les haga saber que no rechazamos apoyo moral o diplomático, apoyo internacional... sobre todo que el mundo sepa que estamos tratando de salvar a Cuba... después que la salvemos ya veremos entonces como van a ser las cosas con los americanos...

-Lo vuelvo a llamar...

-Yo voy a localizar a Almeida...

El Comandante de la Revolución Juan Almeida Bosque participó en el Asalto al Cuartel Moncada en 1953, desembarcó en el yate Granma en 1956 y participó en la guerrilla en la Sierra Maestra, donde fue Jefe del Tercer Frente Oriental. Después de 1959 fue Jefe de la Fuerza Aérea, Jefe de las Fuerzas Armadas, Viceministro Primero del MINFAR y Ministro psr cuando Raúl Castro cursaba academias militares en la URSS. En los años setenta fue Delegado del Buró Político en Oriente hasta 1976. Fue uno de los veinticinco miembros de la Dirección Nacional del Partido Unido de la Revolución Socialista y del Buró Político del Partido Comunista desde su creación. En el año 2004 era miembro del Comité Central y Vicepresidente del Consejo de Estado.

Almeida, a diferencia de "Ramirito", es conocido por todos como "suave" (lo cual no significa flojo), conciliador, negociador. Tiene a su cargo la atención a los antiguos combatientes y durante mucho tiempo dirigió la Comisión de Revisión y Control del Partido, que atendía las quejas y denuncias de los militantes. En las reglas no escritas de la Revolución cubana, es sabido por todos que se subordina exclusivamente a Fidel Castro.

Ramiro Valdés se dirigió a su ayudante, que había seguido toda la conversación imperturbable.

-Localiza a Guillermo García, debe estar por algún lugar en Oriente o por la Ciénega de Zapata... quiero hablar con él ahora mismo...

El Dr. Arturo Cancela estaba en el teléfono cuando Ramiro casi le grita:

-Doctor, ¿usted que piensa hacer...?

-Irme con ustedes, si me lo permiten...

-Carmenate no me perdonaría nunca si no me lo llevo a usted conmigo...

Rosendo, ¿ya localizaste a Guillermo...?

Miramar, Ciudad Habana
Seis y cincuenta y tres minutos de la mañana

Desde la casa del Secretario de la Oficina de Intereses de Estados Unidos en La Habana encargado de los asuntos de inteligencia salió un mensaje cifrado a las seis y trece minutos de la mañana advirtiendo al Departamento de Estado de la situación extraordinaria en el MINFAR y del hecho de que las luces del Palacio de la Revolución no se habían apagado durante toda la noche (información que había entrado por otra vía). El Secretario se preparaba para salir a su oficina. Por las vías habituales de ese canal, la información estaría en manos de un subsecretario después de las doce del día, pero antes de las dos de la tarde.

Oficinas de Raúl Castro, MINFAR
Seis y cincuenta y ocho minutos de la mañana

-Bueno, Furry, quedan algunas cosas...
-Vamos, quiero chequear como va la recogida de escombros... y lo de los pecadores...
Raúl Castro no entendió:
-¿Qué es eso de los pescadores, que pasa...?
-No, no... entendiste mal... pescadores no, pecadores...
-¿Qué pecadores son eso...?
-Una jodedera de la gente de Gómez... le dicen pecadores a la gente que tenemos que visita a los curas, los Obispos, a toda la jerarquía, incluyendo al Cardenal Ortega... como siempre los están yendo a ver para aconsejarlos y que no vayan a formar problemas, los jodedores les pusieron los pecadores, porque dicen que siempre se tienen que estar yendo a confesar a las iglesias...
-Bueno, primero tenemos que ver algo mucho más importante... La Contrainteligencia lleva eso sin problemas. Pero hay algo que no podemos demorar ¿cómo vamos a manejar esto con los americanos...?
-Hay que informarles, que sepan que todos estos movimientos son internos, que no es nada contra ellos...
-Mucho más, que sepan que estamos garantizando la estabilidad del país, que no habrá desordenes ni balseros, que no se van a poner en peligro sus intereses, que tenemos las cosas bajo control, que nos dejen trabajar para afincar todo esto y ya después podemos entrar a analizar las cosas con ellos con más detalles...
-Raúl, déjame decirte algo: si Carmenate empieza a joder se nos pueden complicar las cosas con los americanos...
-Del carajo, Furry... hasta ahora si los americanos empezaban a joder queríamos evitar complicaciones con Carmenate y ahora es al revés...
-Del carajo, verdad, pero es así...
-Bien, ¿cómo comunicamos con los americanos... lo más rápido posible...? no quiero que se vayan a enterar de lo que esta pasando viendo la televisión...
-No creo que el canal de la Brigada Fronteriza pueda servirnos con Carmenate allá...

-No, por ahí no podemos... demasiado riesgo...

-La SINA es muy lenta para esto... si acaso para mantener los canales oficiales... pero Pérez Roque no sirve para eso...

-Pérez Roque no sirve para nada... en cuanto esto pase hay que sacarlo del MINREX y mandarlo para cualquier parte... Fidel lo puso allí y allí está, pero no es lo que hace falta... lo de la SINA que lo haga Alarcón... él es el mensajero de estos casos...

-La ONU tampoco sirve...

-Menos todavía... ¿Qué tú tienes por el MININT?

-Con la DGI podemos hacer algo... hay que usar la Dirección de Inteligencia del MININT... con algún sembrado... ya estoy pensando en alguien...

-¿Para llegar hasta quien...?

-Depende, no vamos a quemar al tipo...

-No hay que quemarlo, si pasa esta información correctamente se lo van a agradecer... no lo van a capturar en este caso... aunque lo perdamos como sembrado...

-¿Cual sería la información exactamente...?

-Lo que hablamos: tenemos el control de las cosas, estamos amarrando los cabos, no hay desorden ni balseros masivos, nada especifico contra ustedes, dentro de muy pocos días, cuando estemos bien consolidados, tenemos contactos oficiales: ofrecemos la tranquilidad y la sensatez a cambio de reconocimiento... si no oficial, por lo menos tácitamente... por el momento basta...

Furry precisó:

-Ese mensaje tiene que llegar alto...

-Lo más alto posible, Furry...

Pero Furry quiso estar seguro que entendía:

- No al Departamento de Estado, para eso está la SINA...

-A Bush si es posible... ellos son pragmáticos, les va a interesar...

-Entonces hay que subir la parada con nuestro agente sembrado en Washington...

-¿A quien debería contactar...?

-Al Senador, a más nadie que al Senador...

Raúl Castro pensó un poco antes de hablar:

-Hum, el Senador conoce los problemas de Cuba, los problemas de Inteligencia y le puede llegar al Presidente con facilidad... pero me imagino que el sembrado no tiene contactos con el, ¿no...?

-No, pero con el mensaje que lleva el sembrado el Senador tendría que estar loco si no quiere recibirlo...

-Yo estoy seguro que el Senador no está loco
-Yo también...
Pasaron al aspecto práctico:
-¿Cuánto demoraría...?
-Tiene que ser urgente...
-Si, ¿pero que tiempo?
-A las diez a más tardar...
Raúl Castro no deseaba esperar tanto:
-Muy tarde... a las ocho es el comunicado... si los americanos se la llevan
por otra vía, este mensaje pierde importancia...
-Aguantamos el comunicado...
-Se nos sigue formando la atmósfera con Carmenate...
Furry trató de ofrecer algo:
-Bueno, voy a tratar que sea a las nueve...
-Más temprano, a las ocho...
-Coño, se quema el tipo... y, además, no hay tiempo...
-No se quema, el mismo Senador le resuelve salir para México o Canadá
después...
Pragmatismo de los servicios secretos en todas partes del mundo.
-De acuerdo... pero esto no es una llamada a mi hijo para que me mande
cien dólares... es un mensaje codificado, protegido lo más que podamos...
no sólo se nos quema el tipo, se nos queman los canales... no te lo puedo
garantizar para esa hora...
-Vamos, no pierdas tiempo...
-Antes de irme, una pregunta... ¿Cuántas veces has llamado a Carmenate o
a Bustelo desde que comenzó la movilización...?
-Una vez a cada uno, siempre se hace en una movilización...
-El Ministro de las FAR debería llamar a los Jefes de Ejército cuando
comienza una movilización... plantearles las misiones, ¿no...?
-Claro, por eso los llamé... todo normal, como siempre... pero hemos tenido
muchas cosas... no he parado...
-Yo lo se, te entiendo, Raúl... pero a lo mejor...
-¿A lo mejor qué...?
-A lo mejor otra llamada más a Carmenate o a Bustelo evita tener que llamar
al Regimiento de Tanques o la Fuerza Aérea para mandarlos a combatir...
¿no...?
-No lo creo, no van a cambiar de opinión porque los llame... y una llamada
puede ser poco, pero dos son demasiado...
Furry se retiró. El Coronel Azcuy entró:
-Tengo varias cosas, Ministro...

-Yo también, pero antes que todo, averigua donde está Ramiro...
-¿Ramiro Valdés...?
-El mismo...
-Enseguida...
-Pero ten muchísimo cuidado, Azcuy, no quiero que él sepa que yo estoy averiguando eso, ¿me entiendes?
-Entendido...
-Acuérdate que es un gato, que se las arregla siempre para enterarse de todo...
-Si, como no...

Puesto de Mando del Ejército Oriental, afueras de Holguín
Siete y doce minutos de la mañana

El General Carmenate se dirigió al Jefe del Inteligencia Militar del Ejército:
-Coronel, te necesito en la misión más delicada de tu vida...
-Ordene...
-¿Cuánto hace que nos conocemos...?
-Mas de treinta anos...
-¿Cuántas veces has sido mi subordinado...?
-Cinco veces con ésta...
-¿Cuanto tiempo llevamos juntos en el Ejército de Oriente...?
-Mas de siete años ya...
No necesitó preguntarle cuantas veces habían combatido juntos: eran cuatro campañas, ambos lo sabían.
-¿Confías en mi...?
-Absolutamente...
-¿Incondicionalmente...?
-Hum, no se ponga bravo, General, pero incondicional solo del Comandante en Jefe...
-Si me decías otra cosa hubiera sabido que me estabas mintiendo...
-Nunca le mentiría y confió en usted absolutamente...
El General Carmenate se puso serio.
-Bien, prepárate a recibir un bombazo...
-Adelante...
-Ya lo tengo confirmado, aunque todavía es muy secreto... y lo sabemos muy pocos... el Comandante en Jefe falleció...
-¿Cuándo...?
-Esta madrugada...

El Coronel Castillo habló sin pensar:

-Cojones… ¿Qué va a pasar ahora…?

-Depende de nosotros, de lo que hagamos…

-¿Qué me ordena usted hacer a mi…?

-Estos cabrones en La Habana van camino a un golpe de estado… Raúl ha desconocido todas las estructuras y se está preparando para jodernos… debe estar cuadrando hace rato con Julio Casas, Furry, Valdivieso, con Pérez Márquez, con el Moro, con Soler…

-Pero está el Partido, el Gobierno, las instituciones…

El Coronel Castillo quería creer en las instituciones.

-Coronel, a esta hora todo eso que me dices debe estar de vacaciones permanentes, o comiendo mierda reunidos para cualquier cosa… nada de eso es decisivo ahora… Raúl Castro se está afincando en el poder con uñas y manos… ¿recuerdas los nombres que te mencioné ahora mismo…?

-Toda la gente con la que hemos tenido problemas hasta ahora… siempre…

-Y que nos van a pasar la cuenta…

Tratando de visualizar la situación, el Coronel preguntaba:

-¿Cómo…?

-Primero que todo me van a quitar el mando… tal vez meterme preso en La Habana y mandar uno de ellos para acá… no se…

-No van a dejar el Ejercito Occidental sin jefe en estos momentos…

-No, no Pérez Márquez, no… puede ser el Moro… o al mismo Fernández Cuesta desde la Brigada…

-Al Jefe de la Brigada Fronteriza solo lo puede mover el Comand… ay, mi madre, ahora lo pueden mover ellos…

Se quedó paralizado.

-Vas entendiendo, Coronel, me gusta eso…

-Dígame lo que quiere que yo haga…

-¿Estás dispuesto a insubordinarte conmigo…?

-Ya empezamos, ahora mismo, General… ¿qué más quiere…?

-Lo otro es mas serio que insubordinarnos…

-Lo que sea…

El General Carmenate le dijo con firmeza:

-Te vas en mi helicóptero… para la Base… la Base Naval…

-¿Los americanos…?

-Los americanos, sí…

Era demasiado para que el Jefe de Inteligencia Militar asimilara de una sola vez:

-Discúlpeme, General… ¿esto no es un problema que podemos resolver entre cubanos, sin llamar a los americanos…? tantos años enfrentados a

ellos y ahora llamarlos...
-No, no, Coronel... no es así... tu no vas a llamarlos, a decirles que vengan...
-¿No...?
-Todo lo contrario, tu misión es asegurar que no vayan a venir...
-Coño...
Expresión típica cubana que puede significar cualquier cosa.
-Piensa un minuto como si tu fueras del Pentágono... tienes informes de inteligencia de que el Comandante en Jefe se murió o se está muriendo... sabes que Raúl debe sustituir a Fidel... que las unidades militares cubanas se están movilizando todas... radio y televisión en cadena... tanques y aviones moviéndose... ¿Qué opina usted, oficial del Pentágono, con toda esta información...?
-Pensaría que los cubanos están haciendo algo, que quieren asegurar el cambio de poderes, o que pueden tener una situación desesperada, o que perdieron el control... que pueden atacar...
El Coronel Castillo se iba dando cuenta.
-Entonces ya entiendes por qué es necesario que vayas a la Base y la importancia que tiene hacerles saber las cosas para que no se sientan amenazados, para que no vayan a pensar en querer venir... ni meterse en esta historia... si, tienes que ir a la Base, pero no a rendirte ni a negociar nada ni a llamarlos a venir... tienes que ir a transmitirles un mensaje...
No hubo vacilación alguna:
-¿Qué mensaje...?
-Sencillo y corto: "De parte del Jefe del Ejercito de Oriente: Estamos en rebeldía, no vamos a reconocer el mando de Raúl Castro en La Habana después de la muerte del Comandante en Jefe. El mando militar en Oriente esta enfrentado al MINFAR. No se va a llevar a cabo en ninguna circunstancia ninguna acción militar contra los intereses de Estados Unidos Repito: Ninguna acción militar contra los intereses de Estados Unidos se va a llevar a cabo en ninguna circunstancia. No tienen que sentirse amenazados. No están amenazados." Esa es la esencia...ese es el mensaje.
No vacilación, no, pero sorpresa:
-Coño... pa'su madre... ¿Qué es esto...?
-Esto es lo que nos ha tocado...
-Del carajo...
-¿Te atreves...?
-La pregunta me ofende... ¿Cuándo yo le he fallado, General...?
-Lo se, no tengo dudas...
-¿Cómo me las arreglo para que me dejen pasar para allí...?

-Yo le doy la orden a Fernández Cuesta para que arregle eso, pero quiero demorarla lo más posible para que ya tú estés casi allí cuando le llegue la orden... debes demorar unos 25 ó 30 minutos en llegar... cuando tu llegues allá ya la orden se habrá recibido... y él tira directo con el General americano en la Base... así que vas a poder pasar enseguida...

Pero la experiencia alertó al Coronel Castillo:

-La Contrainteligencia me va a detectar en diez segundos... la nuestra...

-Quieres decir la de La Habana, que ahora no es la nuestra... si ganamos, eso no importa...

-Si perdemos tampoco a como están las cosas...

-Nunca he ido a la guerra a perder, Castillo... no voy a empezar ahora...

-Yo lo se, General...

-No te pueden capturar los nuestros...

-¿Los nuestros o los de La Habana...?

-Del carajo, coño... pero es así... yo lo se... es un riesgo...

-¿Algo mas, General...?

-Sí, muy importante... en ninguna circunstancia pidas apoyo de ningún tipo... no hace falta... pero si te preguntan si necesitamos algo, lo que quiero es apoyo público, de prensa, información, legitimad... que el mundo entero sepa que no estamos dando un golpe de estado, al contrario, estamos defendiendo la obra de la Revolución...

Eso le gustó al Coronel Castillo, pero pensó:

-A los americanos no le hace gracia ninguna Revolución...

-Una Revolución enferma, no... pero una sana la pueden soportar... al menos por setenta y dos horas... con eso me basta por ahora...

-¿Cuándo arranco...?

-¿Por qué no te has ido ya, Coronel...? Y dile al Jefe de Estado Mayor que venga para mi oficina...

Oficina del Jefe del Estado Mayor General, MINFAR
Ocho y siete minutos de la mañana

El ahora General de Cuerpo de Ejército Alfredo Valdivieso, Viceministro Primero Jefe del Estado Mayor General, mandó a buscar al Jefe de Inteligencia Militar, pero se presentó en su oficina el Coronel Freddy Valdés, Segundo Jefe.

-General, el General Zapata está en reconocimiento con el Ejército Occidental, puedo tratar de localizarlo.

-No, está bien, pase y siéntese...

El Jefe del EMG hizo lo que se hace en esos casos: plantearle la misión al Segundo Jefe. Ni siquiera el Jefe de Inteligencia Militar estaba al corriente de toda la situación. No se le podía explicar demasiado al Segundo Jefe:

-Coronel Valdés: el compañero Ministro ha dado la orden de controlar todos los movimientos extraños de las unidades de la División 50 y de La Paloma...

-¿Qué quiere decir movimientos extraños, General...?

-Movimientos que no se correspondan con los desplazamientos previstos en los planes operativos, direcciones que no están previstas, concentraciones en lugares diferentes a lo establecido... esos son movimientos extraños, que no son los habituales...

-Comprendo...

-Cualquier movimiento de esa naturaleza se me debe informar de inmediato...

-Comprendo, General...

-Si no tiene dudas, puede retirarse...

El Segundo Jefe de Inteligencia Militar subió hasta su piso por las escaleras, mientras pensaba:

-Bueno, parece que hay líos con la División 50 y La Paloma... vamos a ver lo que podemos averiguar...

Llegó a su oficina y trató de comunicarse con el Jefe de Inteligencia Militar del Ejército de Oriente por la línea especial de Inteligencia. En ese momento el Coronel Jacinto Castillo volaba en el helicóptero del Jefe de Ejército hacia la Base Naval de Guantánamo, aunque había informado a su segundo que se iba al Regimiento de Tanques a controlar el despliegue...

Fue el Teniente Coronel Pita, Segundo Jefe de Inteligencia Militar, quien recibió las instrucciones.

El Coronel Freddy Valdés hizo lo que se hace en esos casos: plantearle la misión al Segundo Jefe, en lo referente al Ejercito Oriental. No mencionó para nada La Paloma, que corresponde al Ejército Central. Transmitió la orden con absoluta precisión y profesionalidad:

-... y recuerde que es algo que debe ser transmitido de inmediato, no hay que esperar para más tarde... de inmediato... es un orden directa del Ministro... ¿hay alguna pregunta...?

-No, todo está claro...

-Bueno, magnífico, espero por sus informes... déle saludos al Coronel Jacinto...

Aeropuerto Ejecutivo de Baracoa, Oeste de La Habana

Siete y cuarenta y nueve minutos de la mañana

Al lado del pequeño avión de cuatro plazas, Ramiro Valdés se dirigía al Comandante de la Revolución Juan Almeida:

-Guillermo no aparece ni por los centros espirituales... anda por la Sierra o está cazando cocodrilos en la Ciénega de Zapata...

-Bueno, cuando localices las vallas de gallos lo encuentras...

-Chino, ¿podemos salir un poco antes...?

El piloto negó moviendo la cabeza:

-Comandante, tengo que revisar muy bien los motores y poner el avión en condiciones... al tope... y buscar los partes para la navegación.... queremos llegar, no caernos por el camino... me estoy apurando todo lo que puedo...todo lo que puedo...

-Muévete más rápido, Chino, más rápido...

-Ojala pudiera, Comandante...

Se viró para Arturo Cancela:

-Doctor, yo se que usted es un buen médico, de primera, pero dígame que tal es como escritor...

-No creo que sea mi especialidad... papeleo sí, recetas médicas, pero literatura no...

-No, no es literatura... Juan y yo podemos darle algunas ideas, algunos lineamientos y usted trate de redactar un comunicado para cuando lleguemos a Oriente... para transmitirlo... ¿podrá hacerlo...?

Cancela respondió, dubitativo:

-Puedo intentarlo, si no es muy complejo...

-No, no, sencillo, algo que empiece diciendo algo así: La compleja situación creada en nuestra Patria con el fallecimiento...

El Comandante de la Revolución Juan Almeida terció:

-No, Ramiro, fallecimiento no... ni deceso... vamos a insistir en la usurpación... creada con el intento de golpe... recuérdate que vamos a tratar de resolver un problema, no a formar más problemas...

-Verdad que el negro es compositor... de acuerdo, creada con el intento...

Almeida le dijo a Ramiro:

-¿Tú te acuerdas aquel discurso de Fidel el Primero de Enero, aquello de 'Revolución sí, golpe de estado no'...?

-Claro que me acuerdo...

-¿Usted se acuerda, doctor...?

-No como ustedes, evidentemente, pero lo recuerdo...

-Ese es el estilo que nos hace falta...

Ya estaba claro lo que quería el Comandante Almeida.

-¿Que vamos a hacer con ese comunicado...?

-Transmitirlo por radio para movilizar a la población, Doctor... aquí estamos hablando dos Comandantes de la Revolución, no dos pioneros del otro día... eso tiene mucho peso...

-Ramiro y yo queremos encontrar la manera de atajar lo que se está cocinando en La Habana, buscando apoyo de la población, evitar que haya enfrentamientos, nuclear a los revolucionarios... aquí no puede haber un golpe de estado burocrático, ni queremos que haya sangre...

-Como el que le quisieron dar a Gorbachov, Doctor...

-Comandante Ramiro, las emisoras de radio de Oriente deben estar en cadena, controladas desde aquí desde La Habana... ¿Cómo vamos a transmitirlo...?

-Doctor, como hubiera dicho el viejo Marx, las emisoras de radio de Oriente no tienen otra cosa que perder que la cadena...

Madrid, España, dos y treinta y tres de la tarde (ocho y treinta y tres minutos de la mañana en La Habana)

Un mensaje cifrado de alta prioridad entró a la computadora ubicada en el buró-oficina de la parte posterior de un comercio de embutidos situado en la calle de Las Mercedes, en el Madrid Viejo.

Diligentemente re-cifrado en minutos, fue enviado a la computadora ubicada en un apartamento situado en una pequeña calle muy cerca de la estación Koljoskaia del Metro de Moscú.

Re-cifrado por segunda vez con un nuevo código, fue enviado en minutos a una tienda de exportación de piezas de repuesto de la Plaza Rhaindablashii, en Bombay.

Eran las ocho y quince la tarde en Bombay, ocho y cuarenta y cinco de la mañana en La Habana. El señor Khatimaghi Vanbaratumitai pasó el mensaje a diskette de computadora y cruzó la calle, hasta el ciber-café de la esquina. Ordenó una taza de te y mientras esperaba, depositó una moneda en la computadora, cargó el diskette y transmitió el mensaje a la dirección que conocía de memoria. Volvió a la mesa a disfrutar su taza de te mientras destruía con sus manos el diskette.

El señor Vanbaratumitai se sentía bien: en menos de tres minutos había justificado los ciento cincuenta dólares que se depositaban electrónicamente en su cuenta personal todos los días veinte de cada mes, como pago por el servicio de cada cierto tiempo recibir un e-mail, pasarlo a diskette, transmitirlo desde el ciber-café y enseguida destruir el diskette.

Descontando el costo del diskette y de la taza de te, eran más de ciento cuarenta y ocho dólares ganados en tres minutos.

El señor Vanbaratumitai no sabía de donde venía el e-mail ni hacia donde iba, ni le preocupaba demasiado. Nunca pensó que fueran de al-Qaida porque pasaban mucho antes del 11 de Septiembre, cuando las Torres de New York. Tal vez fueran narcotraficantes, pero pagaban puntual y discreto: lo demás no importa.

Tal vez el señor Vanbaratumitai supiera que una lejana isla del Caribe se llamaba Cuba, pero no tenía noción alguna de algo llamado Dirección General de Inteligencia del MININT, la DGI.

Por la suma de ciento cincuenta dólares mensuales la DGI tenía implementado un canal de comunicación para mover mensajes: en este caso, con la ayuda del señor Vanbaratumitai, aunque ni él mismo lo sabía, la DGI transmitió desde El Vedado, La Habana, un mensaje tres veces cifrado, enviado por el General Colomé Ibarra, Ministro del Interior a un agente sembrado en Estados Unidos, vía Habana-Madrid-Moscú-Bombay, en menos de treinta y cinco minutos y después de recorrer más de veinticinco mil kilómetros.

CAPITULO 8

Oficinas auxiliares del Asesor de Seguridad Nacional del Presidente de USA, La Casa Blanca, Washington, D. C.
Ocho y veinticuatro minutos de la mañana

El Dr. Larry D. Jenks analizaba la información que le acababa de presentar William Bartle.
-¿Qué pueden significar todos esos movimientos de tropas cubanas...?
-No sabemos todavía...
-¿Qué indicios tenemos...?
-Pocos, esto puede ser una maniobra militar...
-¿Los cubanos acostumbran a realizar maniobras en esta época del año...?
-No sería extraño...
-¿La economía cubana está como para hacer este despliegue de recursos...?
-Claro que no... pero ellos y los coreanos no se preocupan de eso... son paranoicos con eso que ellos le llaman la defensa... dejan sin comer a sus ciudadanos por estar jugando a la guerra... pero las unidades se están moviendo, de eso no cabe duda...
El Dr. Jenks hurgaba más:
-¿Ha habido algún tipo de tensión inesperada en la Base Naval de Guantánamo...?
-Ninguno... las cosas están tranquilas... de hecho, desde que se empezaron a concentrar los prisioneros de Afganistán en la Base Naval las cosas han estado mucho más distendidas... y las conversaciones regulares de los cubanos con los oficiales de la Base se han mantenido de acuerdo a los cronogramas...
-Bueno, lo que tenemos es poco... ¿puede ser algún conflicto interno entre los militares cubanos...?
La respuesta clásica:
-Eso es muy poco probable... hasta donde sabemos, no hay grandes conflictos entre ellos... no hay cuestionamientos de autoridad... Fidel y Raúl Castro tienen el ejército en un puño, todas las fuerzas armadas... es poco probable que sea una sedición...
-Bueno, no podemos presentar gran cosa en el Consejo para el "breefing" de la mañana... voy a comunicar la información de los movimientos de las tropas, pero aclarando que es todo lo que tenemos...
-A no ser que se estén preparando para otra cosa...
El Dr. Jenks levantó la cabeza:

-¿Cómo para que...?

-Para atacar, y se están desplegando para esperar la represalia...

-¿Atacarnos... pero como lo harían...? Sus fuerzas armadas están debilitadas, ya no hay apoyo ruso...

-Tal vez algo químico, biológico...

William Bartle no sonaba convincente-

-Bill, tú sabes, Castro siempre nos plantea movimientos sorpresivos e impredecibles, pero un paso como ese sería demasiado peligroso para él... tiene que saber que la represalia sería inmediata y definitiva...

-Eso lo desalentaría, sin dudas...

-Trata de buscar más información sobre esto, a ver si ganamos un poco de claridad... esto, hasta ahora, no creo que pueda realmente presentarlo en el Consejo como un peligro inminente para nosotros... vamos a estar en alerta, pero aunque se muevan de un lado a otro del país con todas sus unidades, si es que lo hacen, mientras no sea evidente que su objetivo es la Base Naval, no es un claro y presente peligro...

Bill Bartle concedió:

-No, visto así no lo es...

-Busca más información, y ven a verme en cuanto la tengas... voy a llamar al general Richard Myers...

-Enseguida...

Baltimore, Maryland,
Ocho y cincuenta minutos de la mañana

El señor Domingo Peguero, propietario de 'La Perla' Restaurant, en Baltimore, respondió el teléfono. Una voz con acento dominicano dijo sin saludar:

-*Con Juanita...*

-No, wrong number...

-*¿Que qué...?*

-Está equivocado...

-*Diculpe...*

Cualquiera se molesta con una llamada así si se acostó a las cuatro de la madrugada y está recién despertado, pero no Domingo Peguero. No porque este cubano afable, exiliado desde 1968 y que llegó a Baltimore siete años después de estar vendiendo carros de uso y viviendo del cuento en Miami no le molestara que lo despertaran o le llamaran tan temprano, sino porque sabía que no era una equivocación, sino un aviso de que estaba llegando algo

muy importante en el e-mail, y que debía atender de inmediato, por encima de todo. Abrió la caja fuerte, sacó la *laptop*, y se conectó a la Internet. Buscó el mensaje que venía desde Bombay, y lo descifró con ayuda del disco compacto destinado para ello. Lo leyó rápidamente, volvió a leerlo, y a pesar de su perfecto inglés dijo en puro cubano:
-Cojones... esto si que es gordo... me quieren quemar... o es que las cosas van a cambiar tanto que esto no me quema, sino me ayuda... *pal'carajo*...
Guardó todo en la caja fuerte. El teléfono sonó otra vez:
-*Honey*...
-Baby...
-*I love you, honey*...
-Me too, baby...
-*See you later*...
-Take care, baby...
Naturalmente, 'baby' no sabía quien era 'honey' ni mucho menos 'love him', ni 'honey' sabía quien era 'baby' ni de donde llamaba. No tenía importancia. Este era el código para confirmarle a Peguero que el mensaje recibido era realmente enviado desde la DGI.

Coló café y se dirigió al teléfono. Marcó un número de Washington, y esperó hasta que una voz aburrida respondió:
-*Aló*
-¿How are you doing, Mr. Perk? This is Domingo, the owner of 'La Perla' Restaurant, at Baltimore... ¿do you remember me...?
-*How can I help you, Mr. Domingo...?*
Demasiado frío, impersonal. Peguero no se inmutó:
-Mr. Perk, necesitó hablar con el Senador...
-*El Senador recibe a todas las personas los martes y jueves en las mañanas, a partir de las diez... llame a la oficina para que haga una cita...*
-No, Mr. Perk, disculpe... esto es muy importante...
-*Hay muchos casos importantes que tiene que atender el Senador, y todos los atiende en su oficina en los días que le mencioné...*
-Mr. Perk, este caso además de importante, es urgente...
-*Si es urgente trate de obtener una cita para el jueves... hoy es martes, pero no creo que lo puedan recibir hoy... la agenda está...*
-Mr. Perk, además de importante y urgente, es un caso especial, muy especial...
-*Señor... del restaurant... usted no me entiende: tiene que ser por cita martes y jueves solamente, por favor...*

-Mr. Perk, el que no entiende es usted… esta situación amerita hasta que el Senador cancele todas sus citas de la mañana de hoy y me atienda a mí… así de importante… créame que si usted no me pone en contacto con el Senador, ya hoy a mediodía usted se habrá dado cuenta del error que está cometiendo en este instante, y no creo que el Senador vaya a ser muy indulgente con usted cuando se entere…

-*¿Puede decirme algo que me haga pensar que usted tiene una buena razón…? ¿A quien representa usted…?*

-Eso no tiene importancia: pero tengo un mensaje que llegó hace unos minutos desde La Habana…

-*¿Y a que se refiere el mensaje…?*

-A la muerte de un Jefe de Estado, una noticia que todavía no se conoce públicamente…

-*¿Quién envía ese mensaje…?*

-El hermano menor del fallecido…

-*Hum… espere en la línea, no cuelgue…*

Base Naval de Guantánamo, Cuba
Ocho y treinta nueve minutos de la mañana

El Coronel Jacinto Castillo fue recibido sin demora por el General Fred Brooke, Jefe de la Base Naval de Guantánamo. Saludos militares, apretón de manos, una taza de 'coffee' y sin perder más tiempo el General Brooke preguntó a través de su intérprete:

-Señor Coronel: entiendo que usted nunca ha estado aquí en la Base antes, y que no pertenece a la Brigada de su país. ¿Eso es correcto…?

-Correcto… soy el Jefe de Inteligencia Militar del Ejército Oriental, no pertenezco a la Brigada…

-Y usted viene aquí enviado por…

-Por el General de Cuerpo Dagoberto Carmenate, Jefe del Ejército Oriental…

-¿Por qué no ha venido nadie de la Brigada con usted…?

-Porque el General Carmenate quiere que esto sea un mensaje directo de él para usted, sin más intermediarios…

-Usted me está diciendo que lo que desea decirme el General Carmenate no es de conocimiento del Jefe de la Brigada…

-Ni de ninguno de sus oficiales, ni de otros oficiales del Ejército Oriental tampoco, ni de más ningún lugar… el General Carmenate me comunicó el mensaje, subí a su helicóptero y vine hasta aquí… naturalmente, tuve que

parar en la Brigada para coordinar la entrada a la Base, pero más nada...
ellos no conocen de este mensaje...
El General Brooke no hizo ningún movimiento facial, pero su instinto de
militar experimentado le dijo de inmediato que se trataba de algo grande la
información que venía en el mensaje, que por primera vez en cuarenta y
cinco años un Jefe de Ejército entraba en contacto con el Jefe de la Base
Naval de Guantánamo directamente, y por encima de la Brigada
Fronteriza...
-Señor Coronel: lo escucho atentamente... transmítame el mensaje del
General Carmenate, por favor...

Washington. D. C,
Ocho y cincuenta y nueve minutos de la mañana

Mr. Perk regresó al teléfono después de dos minutos:
-*Señor del restaurante... disculpe, repítame su nombre...*
-Peguero, Domingo Peguero...
-*¿Usted está en Baltimore en este momento, señor Pejero...?*
-En Baltimore, si señor...
-*Es bueno que no pierda tiempo, el Senador quiere verlo a las nueve y*
treinta en punto, si es posible...
-No puedo estar en el Capitolio antes de las diez, es imposible, usted sabe
como es el tráfico a esta hora...
-*No lo va a recibir en el Capitolio, señor, sino en su casa... es mucho más*
cerca viniendo desde Baltimore... por favor, anote la dirección que le voy a
dar y le explicaré como llegar más rápido...

Oficinas de Raúl Castro, MINFAR
Ocho y cincuenta y seis minutos de la mañana

-Furry le dijo a Raúl Castro:
-Me acaba de avisar la DGI. Ya el mensaje está en Washington...
-¿Tan rápido...? ¿quien lo tiene...?
-No, no, nuestro agente en Washington... ahora hace falta el contacto...
-Eso es otra cosa... ¿cuándo podemos tener confirmación...?
-En este caso es muy difícil, Raúl... si puede llegar al Senador ya está
quemado... si lo logra es bastante... ¿cómo nos va a confirmar...?
-Es es una gente de experiencia, supongo...

-De mucha experiencia, pero es muy difícil lo que tiene...
-¿Que puede hacer él, Furry, realistamente...?
-Tendrá que negociar: información de primera importancia y máxima sensibilidad a cambio de una salida segura del país, México, Canadá, España, y la garantía de que no lo van a molestar...
-¿Es realista esa oferta...?
-Con lo que tiene en la mano lo es... no lo van a soltar de inmediato, va a estar unos días controlado...
-¿Preso...?
-En una casa segura, relativamente cómodo...
-¿Cantando...?
-Tal vez no lo fuercen, Raúl... la información se va a confirmar rápidamente, se darán cuenta que el tipo llevaba información de verdad, le pedirán que coopere, pero en cuanto se convenzan que el tipo estaba sembrado...
-¿Cómo es que le dicen ellos a los sembrados...?
-Topos... cuando se convenzan que es un topo saben que no tiene mucha información, que era verdaderamente valioso precisamente por lo poco que sabía... entonces ya no tiene sentido controlarlo, y le dan el chance para irse... o le ofrecen trabajo en la CIA...
Raúl levantó las cejas:
-¿Será capaz de traicionarnos...?
-Si logra su objetivo nos habrá prestado un servicio valiosísimo... ha estado treinta y cinco años allá para cuando se presentara una situación de verdad complicada como ésta... decir que es una traición si no regresa es muy difícil... no se...
-Bueno, Furry, dejémoslo a su conciencia... estaba pensando si vale la pena volver a demorar un poco el comunicado en la televisión...
-A esta hora ya lo tienen todos los que citamos aquí, y Machado se lo ha pasado a todos los secretarios del Partido... demorar media hora o una hora no cambia nada...
La realidad cubana de siempre:
-Radio Bemba tiene que estar transmitiendo hace rato...
-Pero nos pone más cómoda la cosa para que el topo haga su trabajo...
-Llámame a Azcuy para que le avise a Machadito que aguante hasta las nueve y media la radio y la televisión... y que nos traiga un poco de café...
-Voy...
-Primero dime como va la recogida de escombros...
-Más del 50% de los gusanos de La Habana están detenidos ya a esta hora...
-¿Qué hora es...?

-Casi las nueve...
-A este ritmo se van a enterar de lo que está pasando después que estén todos en la cárcel... muy bien, muy bien...
-Sí, sobre las diez solo van a quedar algunos aislados...
-Eso es buena noticia... están haciendo bien su trabajo... ahora cuando venga el café vamos a hablar con Isalgué a ver como van las cosas por la Marina...
Otro frente que había que atender:
-Y tenemos que ver que no se vaya a formar jodienda con los balseros...
-No se van a atrever, Raúl, si no ven el ambiente para eso, si no abrimos la valla... y no la vamos a abrir...
-Cosa que no podemos ni queremos hacer... {
-De ninguna manera, no, ahora en este momento eso es candela... no estamos para eso...

Base Naval de Guantánamo, Cuba
Ocho y cuarenta y seis minutos de la mañana

El General Brooke escuchó atentamente y sin interrupción la traducción del mensaje del General Carmenate. Al terminar, preguntó:
-Señor Coronel: estoy convencido que no hay copia escrita de ese mensaje...
-Verbal solamente, General... nada escrito...
Comenzó a recitar una respuesta típica de un Manual de Estado Mayor:
-Tanto el General Carmenate como usted comprenderán que yo soy el Jefe Militar de la Base Naval, y que mis facultades todas son de carácter militar y nada más.
El Coronel Castillo asintió.
-En cuanto a lo que me corresponde como Jefe de la Base Naval estoy informado del mensaje del General Carmenate, y todos los movimientos de unidades y tropas cubanas que lleguen a mi conocimiento en esta situación serán analizados en primera instancia como parte de lo que el General Carmenate ha referido en su mensaje, pero no vamos a dejar de cumplir nuestras obligaciones...
Castillo miraba atentamente, sin decir nada, captando.
-Coronel, no tengo autoridad para establecer ningún compromiso en cuanto a modificar o debilitar la estructura defensiva de la Base, ni estoy en condiciones de autorizar la penetración de unidades o tropa cubana en la Base bajo ninguna circunstancia...
-Entiendo eso...

-De acuerdo al mensaje del General Carmenate supongo que la Brigada cubana al otro lado del perímetro de la Base no realizará ninguna actividad de provocación, hostilidad o movimientos que puedan interpretarse como de carácter ofensivo contra la Base...

-Así es...

-Ahora, en cuanto a las implicaciones de carácter extra-militar contenidas en el mensaje del General Carmenate, puedo asegurarle que comunicaré inmediatamente por mi línea de mando en el Comando Norte, el contenido íntegro del mensaje y la vía utilizada para hacérmelo llegar... lo que pueda suceder a partir de ahí es algo que no está en mis manos y no puedo saber el desenlace...

Castillo no dijo nada.

-¿Me ha comprendido exactamente, Coronel...?

Jacinto Castillo asintió:

-Si, General, le comprendí perfectamente...

-Si necesita alguna aclaración de lo que he dicho...

-Todo está claro, General...

El General Brooke se echó hacia delante en la butaca:

-¿El General Carmenate solicita algún tipo de ayuda a la Base Naval o a las estructuras superiores...?

-No, ningún tipo de ayuda... queremos resolverlo entre cubanos...

El General Brooke replicó enseguida:

-No me interprete mal, señor Coronel, nunca pensé en intromisión, pregunté simplemente si había algo que pudiéramos hacer que fuera de utilidad en esta situación para su país o para su Ejército...

-No lo he interpretado mal, General, pero no nos hace falta nada. Se lo agradezco...

-Tal vez el General Carmenate aceptaría que hagamos llegar algún periodista que le permita dar a conocer su caso al mundo... esto no es intromisión en ningún sentido... pero no creo que por la parte cubana ustedes tengan posibilidades en ese sentido...

-No las hay, no, pero no es un momento de entrevistas... lo que sí agradecería el General, y fue muy enfático en eso, es si de alguna manera le hacen saber al mundo que no somos un grupo de militares amotinados, sino oficiales patriotas que queremos defender nuestro país, cambiar su rumbo de desgracias y problemas y hacerlo prosperar, con el apoyo de todo nuestro pueblo... eso sería muy agradecido por el General Carmenate si se puede hacer...

-Eso no está en mis manos hacerlo, pero dígale al General que su solicitud será transmitida de inmediato a donde se pueden tomar esas decisiones...

Castillo hizo un gesto para levantarse:
-Le agradezco, General, que me haya recibido... ya debo retirarme...
permítame...
-¿Quisiera otro poco de coffee antes de irse...? no creo que le va a quedar a
usted mucho tiempo disponible para sentarse a tomar café cuando salga de
aquí...
-No, gracias, General... debo irme...
-Dígale al General Carmenate que yo tengo información de que él es un gran
militar, y que le deseo buena suerte...
-Gracias, General, se lo diré en cuanto lo vea...
-Gracias, Coronel, gracias... ¿de veras no hay nada que pueda hacer por
usted...?
-Mire, para no negarme a todo y para que usted no me interprete mal,
respóndame: ¿Usted es creyente, General...?
-Si señor...
-Entonces, por favor, rece por todos nosotros...
-Lo haré con gusto...
Castillo se cuadró militarmente, y saludó...
Tan pronto salió, el General Brooke dijo a su ayudante:
-Necesito hablar urgentemente con el Jefe del Comando Norte...

Puesto de Mando de la DAAFAR, Suroeste de Ciudad de La Habana
Ocho y cuarenta y cuatro minutos de la mañana

El General Francisco Soler, Jefe de la DAAFAR, hablaba por la línea de
seguridad con el General Raúl Castro, Ministro de las FAR.
-Ministro, eso depende de las Bases de que podamos disponer... moviendo
los aviones desde Santiago y Camagüey necesitamos...
*-General Soler, vamos a considerar la posibilidad de que las bases de
Santiago y Camagüey no puedan ser utilizadas...*
-¿Los aeropuertos de Manzanillo, Bayamo, Moa, Guantánamo y Baracoa...?
-Tampoco, ninguna posibilidad en las provincias orientales...
-Si ya me dijo que no puede ser ni Oriente ni Camagüey, lo más cerca
entonces es Trinidad y Santa Clara...
-Trinidad tal vez, Santa Clara no, tampoco...
-Santa Clara tampoco... Varadero sí...
-Varadero tampoco...
El General Soler se daba cuenta que tenía pocas opciones.
-El Mando me está dejando sin nada... me dijo Trinidad, pero tal vez, no
seguro...

-No seguro, tal vez, no seguro Trinidad, no seguro Ciego... ¿Qué más tiene, General Soler...?

-Más cerca de La Habana... San Antonio sí, supongo...

-Y Ciudad Libertad, y hasta Rancho Boyeros... en La Habana y Pinar del Río todo lo que haga falta... en Matanzas y las provincias centrales, casi nada... en las orientales, nada...

El General Soler comentó, casi sin darse cuenta:

-Coño, parece que los orientales se nos sublevaron...

-No, General, pero quiero ver la verdadera disposición combativa en las condiciones más difíciles...

-Yo se que usted es el Ministro y quiere conocer todas las variantes, pero comprenda que mientras más al occidente me aleje menos radio de acción le queda a los aviones... no es posible ir en misión combativa hasta Oriente, combatir y regresar con los aviones como los tenemos en este momento y el estado técnico en que se encuentran...

-No hay que ir exactamente a combatir como dice usted, no van a enfrentar fuerza aérea...

-Pero sí defensa antiaérea...

-Digamos que ir, bombardear determinados puntos y regresar enseguida... ¿los aviones aguantan para eso...?

-No muchas veces, es muy lejos, hay que ver los cálculos en detalle, pero no creo... cuando más regresar a Trinidad, si no vuelan mucho en Oriente... sería mejor si se pudiera utilizar Camagüey o Ciego...

-¿Y los aviones de Holguín...?

-Eso sería ideal, ahí mismo... pero si no podemos operar la Base porque las tropas de Oriente la tienen neutralizada ...

-Tal vez eso se resuelva...

-Entonces no hay problemas, Ministro...

-Pero sigamos como estábamos... Camagüey es imposible... tal vez Ciego... tengo que ver eso... Ciego y Trinidad...

-Si salimos de Trinidad o Ciego podemos operar en Oriente y regresar ahí mismo... pero hace falta una logística del carajo en Trinidad o Ciego para eso, Ministro... habría que mandar los paracaidistas ya, y no puedo hacer eso sin autorización expresa de usted... y si nos golpean ahí, se acabó todo, no podemos...

-En el peor de los casos, saliendo de La Habana...

-Ministro, si hace falta, llegamos a Oriente, bombardeamos, tiramos los aviones al mar y saltamos en paracaídas... no se puede hacer más nada...

-¿Tirar los aviones al mar después de bombardear...?

-Sí, no se puede hacer mas nada...

-No había analizado esa variante... debemos estudiarla...
-Fue solo una manera de decir las cosas... perderíamos los aviones...
-Pero evitamos perder otras cosas...

Residencia del Senador, Afueras del Baltimore-Washington International Airport, Maryland
Nueve y treinta y cuatro minutos de la mañana

-Señor Peguero, me da gusto saludarlo... hay toda una serie de situaciones inusuales en su historia personal, pero ahora no viene al caso... la gravedad de lo que usted me ha anunciado hace irrelevantes esos aspectos ahora... espero que usted no haya exagerado la información preliminar que me hizo llegar a través de mi asistente...
-Senador, muchas gracias por recibirme... no he exagerado nada, pero me permito recordarle que eso que usted llama aspectos irrelevantes pueden ser demasiado relevantes para mi persona después de esta conversación...
Domingo Peguero se preocupaba por su puerta de salida.
-Si realmente usted nos presta un servicio efectivo con la información que piensa presentarme, y podemos comprobar su veracidad y utilidad, puede estar seguro que voy a encontrar una solución que resulte aceptable para usted y para su tranquilidad...
-Tanto la veracidad como la utilidad las podrá comprobar muy pronto... ¿me está dando su palabra...?
-Se la acabo de dar, señor Peguero. Vamos al grano: usted está debidamente autorizado para hacerme llegar este mensaje, supongo...
-Me ordenaron expresamente que se lo hiciera llegar a usted...
El Senador le miró fijamente:
-¿Quien se lo ordenó...?
-El General de Ejército Raúl Castro...
¿Provocación? ¿Mensaje real? ¿Diversionismo?
-¿Por qué precisamente a mí...? No hemos tenido ningún tipo de relación anteriormente... en ningún momento... nunca...
-Porque el General Raúl Castro considera que usted es la persona más indicada para entender la trascendencia de este mensaje que le traigo y a la vez es alguien que tiene condiciones para muy fácilmente hacerlo llegar al máximo nivel urgentemente...
-Cuando Raúl Castro piensa en el máximo nivel se está refiriendo a...
-Al Presidente de los Estados Unidos...
No era cosa de bromas.

-Dígamelo todo de una vez, señor Peguero...

Brigada Fronteriza Independiente, de las Fuerzas Armadas
Revolucionarias, Caimanera, Guantánamo
Nueve y tres minutos de la mañana

El Coronel Marcos Castaño, Jefe de la Contrainteligencia Militar de la Brigada Fronteriza, se comunicó por la línea de seguridad de la Contrainteligencia con el Estado Mayor General.
Al teléfono estaba el General Miguel Téllez, Segundo Jefe de la Contrainteligencia Militar.
-*Dime, Castaño, que pasa...*
-Miguelito, hay algo muy raro... ¿quién autorizó al Jefe de Inteligencia Militar del Ejército a entrar y salir de la Base Naval...?
-*¿Cómo...?*
-Como lo escuchaste...
-*¿Que dijo él...?*
-El Jefe de la Brigada me dijo que el General Carmenate lo había llamado personalmente y le dijo que eso venía autorizado de La Habana, de urgencia, que facilitara las cosas...
-*¿Y tú que hiciste...?*
-Yo no estaba aquí, estaba con un agente en el terreno... cuando me localizaron y llegué hasta aquí ya no había tiempo de nada... el Oficial de Guardia nuestro aquí no podía impedir que fuera si viene con una orden del Jefe de Ejército autorizada desde el MINFAR...
El General Téllez tenía experiencia suficiente para darse cuenta de que era algo muy serio, y a la vez para seguir conversando con el Coronel Castaño sin alterarse:
-*Yo no conozco de ninguna autorización como esa... y debía conocerla si existiera... ¿dónde está ese cabrón ahora...?*
-Se fue hace unos minutos...
-*¿Por qué lo dejaste ir...?*
-Salió antes que yo llegara...
-*¿Podrás alcanzarlo...?*
-Que va, vino en helicóptero...
-*¿Qué helicóptero...?*
-El de Carmenate...
-*Déjame verificar por aquí y te llamó para allá enseguida...*
-Esto parece una señal gorda, Téllez...

-No, Castaño, no una señal gorda... esto es todo un caso... y en qué
momento, coño...

Espacio aéreo cubano sobre la provincia de Villaclara
Nueve y siete minutos de la mañana

-Chino, esto no es un avión, es un papalote... apúralo...
-Ya no da más, Comandante... es el único que pude conseguir... recuerde en
la forma en que me lo pidió...
-No conseguiste nada, Chino, te lo robaste, y en tiempo de guerra...
-No, Comandante, disculpe, yo no me robé el avión...
-¿Que hiciste...?
-Lo cogí prestado, pero lo vamos a devolver...
Ramiro se viró para Almeida:
-Juan, el Granma era más rápido, ¿verdad...?
-No jodas más, Ramiro, déjame pensar... ¿qué tiempo nos falta, piloto...?
-Como dos horas...
El Comandante Almeida preguntó:
-Doctor, ¿como va esa redacción...?
-Tratando de hacer lo mejor, Comandante... acomodarlo en la forma que
usted me dijo...
-¿Crees que Almeida le pueda poner música, Doctor...?
-No jodas más, Ramiro...
El Chino se dirigió a Ramiro:
-Comandante, un mensaje por radio para usted...
-Dame acá, Chino...
Se colocó los auriculares... con su extraordinaria experiencia en todas estas
lides, escuchaba sin hablar... nadie supo quien le llamaba, solo se
escuchaban los sonidos guturales de Ramiro Valdés...
-Anjá... anjá.... anjá... está bien, gracias...
Devolvió los auriculares al piloto...
-Bueno, parece que Guillermo anda por la Sierra... quiere hablar con
nosotros... nos comunicamos con él cuando lleguemos.... Chino, faltan dos
horas, fue lo que dijiste...
-Más o menos...
-Ramiro, mientras más rápido localicemos a Guillermo, mejor...
-Claro, y más con la otra noticia que me acaban de dar...
-¿Qué noticia...?
-Que Raúl ya anda preguntando por mí... me imagino que por ti y por

Guillermo también… si, claro, coño, por eso es que Guillermo quiere hablar con nosotros… se enteró de algo… Chino, mueve el cabrón avión este, coño… apúrate…

Puesto de Mando del Ejército Oriental, afueras de Holguín
Nueve y diecinueve minutos de la mañana

El Teniente Coronel Pita, Segundo Jefe de Inteligencia Militar del Ejército, se dirigió a la oficina del Jefe del Estado Mayor, el General Lorenzo Mejías, solicitando permiso para pasar con una información urgente.

Al entrar, vio que el General Carmenate estaba con el General Lorenzo Mejías:

-Permiso, tengo una situación muy urgente que comunicar…

-Adelante, diga, Teniente Coronel…

Explicó brevemente la orden recibida respecto a lo que se llamó esos movimientos extraños de la División 50. Tanto el General Carmenate como el Jefe de Estado Mayor hicieron dos o tres preguntas para entender exactamente la situación, pero sus caras no cambiaron para nada.

El General Mejías habló:

-Compañero Teniente Coronel, quiero pedirle que se esmere y sea extremadamente cuidadoso en el cumplimiento de esa orden del Estado Mayor General. Como el Coronel Castillo está por las unidades y estamos en esta situación de movilización, le encargo a usted personalmente asegurar el cumplimiento de la orden. A usted personalmente, a más nadie… ¿está claro…?

-Está claro, General…

-Bien, puede retirarse…

Dio media vuelta para retirarse. El General Carmenate habló como por casualidad:

-Teniente Coronel, antes de retirarse…

-Ordene, General Carmenate…

-El General Mejías le ha señalado la importancia de esa orden del Estado Mayor General y la responsabilidad personal que usted asume con el cumplimiento de la misma…

-Así es, yo entendí perfectamente…

-Sí, lo se, pero quiero agregar algo más… esto es tan importante que no podemos tomarlo a la ligera… no tengo dudas de su capacidad y su experiencia, pero en este caso, dada esta situación de movilización, le voy a ordenar algo muy concreto…

-Ordene, General...
Carmenate habló lentamente, marcando las palabras:
-Ningún informe a los que se refiere esa orden, ninguno, por ninguna circunstancia, en ningún caso, ordénelo quien lo ordene, puede salir hacia el Estado Mayor General sin que lo apruebe el General Mejías... estamos en una situación de movilización, no quiero un informe que no sea exacto y preciso como lo necesita el Estado Mayor General...
El Teniente Coronel Pita se preocupó con esta orden:
-Permiso, General Carmenate... usted sabe que de acuerdo a la doble subordinación...
-Teniente Coronel, yo se perfectamente de la doble subordinación, pero le vuelvo a recordar que estamos en estado de alerta incrementada, casi por pasar a alarma de combate en cuestión de minutos, y desplegarnos a las zonas de dislocación de tiempo de guerra...
El General Carmenate continuó:
-Podemos estar chocando con el enemigo en cualquier momento, y no podemos darnos el lujo de tener imprecisiones... le vuelvo a insistir, la única doble subordinación que le debe preocupar a usted en esta situación es su subordinación al General Mejías y a mí... ya tiene ahí doble subordinación...
Y cerró sus palabras con demasiada claridad:
-Yo se bien que usted es una persona responsable y experimentada, estoy muy satisfecho con su trabajo, ya hemos pensado en usted en las propuestas de ascensos, pero le repito: si algo sale para el EMG sin aprobarlo el General Mejías y tenemos un problema, alguien va a terminar en un tribunal militar y degradado... y no voy a ser yo...
-Yo tampoco, Teniente Coronel.
-Comprendido: de aquí no sale nada si no lo aprueba el General Mejías...
-O yo personalmente, dijo Carmenate.
-O usted... permiso para retirarme...
-Puede... cumpla su trabajo con la eficiencia que lo hace siempre... esa que nosotros conocemos...

-Estabas absolutamente claro, Dago...
-Te lo dije, coño... Lorenzo, si tenías alguna duda de lo que te expliqué, esta orden del EMG te dice mucho más que todo lo que te puedo haber dicho yo...
-Nos están controlando de cerca...
-Pero no nos van a joder...
-Oye, Dago, ellos están en la capital, tienen los medios de difusión, el

Partido...
-El Partido está fuera del juego en esta situación, Lorenzo... en esta guerra lo que cuentan no son los *militan-tes* sino los *militan-ques*...
-¿Y el respaldo popular...? Pueden hablar por radio y televisión cuando quieran, decir lo que quieran...
-Le pedí al Jefe de Comunicaciones que averiguara si podemos salirnos de la cadena de radio... en televisión no se puede... con las emisoras de radio parece que se puede intentar, tal vez podemos, y con eso movilizamos todo Oriente...
El Jefe de Estado Mayor continuaba analizando la correlación de fuerzas:
-Sí, bien, pero el Ministro, Furry, Pérez Márquez tienen respaldo político... son cuadros...
-Lorenzo, dentro de un rato tenemos por aquí a Ramiro Valdés, y quien sabe si a otro Comandante de la Revolución...
-Uh, eso es un respaldo moral fuerte... y un mando fuerte también...
-Respaldo sí, mando no... vienen como lo que son, cuadros políticos, figuras históricas de la Revolución, para que no puedan monopolizar en La Habana el legado de Fidel, la herencia de la Revolución... pero en el mando no están, somos tú y yo... yo soy el jefe, tu eres el segundo, eso está muy claro...
-Son gente de prestigio, Dago, han sido altos jefes...
-Pero llevan muchos años fuera de las FAR... lo que menos quisiera ahora es ver a Ramiro o a Almeida dirigiendo uno de mis batallones de tanques...
-¿Almeida viene también...?
-No se, hay que esperar que llegue Ramiro... tal vez venga Almeida también... o Guillermo, no se, hay que esperar...
-Coño, pero eso sí es respaldo de verdad...
-Del bueno...
-Dago, tu sabes, me la iba a jugar a tu lado, como siempre me la jugué, pero convencido de que nos iban a descojonar...
-¿Y ahora...?
-Ahora me la juego convencido de que podemos ganar nosotros...
-Vamos a llamar al mulato Bustelo ahora mismo... y al Jefe del Cuerpo de Camagüey...

Residencia del Senador, Afueras del Baltimore-Washington International Airport, Maryland
Nueve y treinta y nueve minutos de la mañana

-Señor Peguero, la información que usted me ha transmitido es altamente sensible, pero usted sabe que tenemos que verificar algunas cosas...

-Naturalmente, Senador... algunos detalles son fáciles de verificar...

-Póngame un ejemplo...

-Tiene que haber movilización militar en este momento en gran escala... eso se puede verificar fácilmente... la radiodifusión debe estar en cadena con himnos y marchas... también es fácil de verificar...

-Relativamente fácil, pero eso de por sí no significa...

-Lo entiendo, Senador, pero hay mas cosas...

Pero al Senador le preocupaba ahora otro aspecto:

-¿Usted no tiene indicación, señor Peguero, de cuando se hará público el anuncio de la muerte de Fidel Castro...?

-Ninguna...

-¿Puede usted intentar conseguir esa información...?

-Senador, tal vez usted no me crea, pero en mi condición, tengo canales para recibir, pero no canales para transmitir...

Difícil de argumentar.

-¿Usted pretende decirme que lo único que usted hace en estos casos es transmitir determinados mensajes sensibles, pero nada más...?

-Para eso he estado designado durante treinta y cinco años...

-¿Puedo preguntarle cuantos mensajes sensibles ha transmitido usted en estos treinta y cinco años...?

-Dos solamente, Senador...

El Senador se sorprendió.

-¿Y no sensibles...?

-Ninguno...

-¿Este es el segundo o el tercero...?

-El segundo...

El Senador se mostró incrédulo:

-Entonces hasta ahora solo uno en treinta y cinco años... ¿puedo preguntarle cual fue el otro, señor Peguero...?

-Esas son preguntas que no deben responderse, Senador, pero si no logro que usted me crea no me queda demasiado futuro en mi vida después de esta entrevista...

Peguero sabía que era un momento decisivo para él.

-Dígame cual fue...

-En 1991, durante la administración del Presidente Bush padre...

-Me puede precisar un poco más...

-Me temo que no, Senador... pero usted tiene vías para saberlo si averigua...

-Déme un poco más de luz, señor Peguero... una pista... para buscar...

-Tiene que ver con la ubicación de un puesto de mando de un jefe de estado en un país árabe...

-¿Era altamente sensible esa información en ese momento...?

-Calcule usted, dos semanas antes de la primera Guerra del Golfo...

El Senador alzó las cejas:

-¿Y por qué el señor Fidel Castro haría una cosa así...?

-Yo no puedo saberlo, Senador... y me temo que ya es demasiado tarde para que usted pueda preguntarle a él...

CAPITULO NUEVE

Oficinas del Ministro de las FAR
Nueve y veintiocho minutos de la mañana

El General Alfredo Valdivieso, Jefe del EMG, portando ya los grados de General de Cuerpo de Ejército, acompañado del General Miguel Téllez, Segundo Jefe de Contrainteligencia Militar, pidió permiso para entrar al despacho de Raúl Castro, que se encontraba con Furry…
-Traemos una bomba, Ministro…
-Que no vaya a explotar aquí…
-El Coronel Jacinto Castillo, Jefe de Inteligencia Militar del Ejército de Oriente…
-¿Qué pasó con Castillo…?
-Tuvo una reunión en la Base Naval de Guantánamo…
-¿Comooooo…?
-Cojones, Raúl, ¿como puede pasar una cosa así en este momento…?
-Yo que voy a saber… Valdivieso, Téllez, díganme lo que saben de esta situación…
-Carmenate llamó al General Fernández Cuesta cinco minutos antes que Castillo llegara a la Brigada Fronteriza…
-Sigue…
-Y le dijo que la orden venía de La Habana, que había que facilitarle que pasara…
-Y Fernández Cuesta estaba comiendo mierda…
-No, Furry… si el Jefe del Ejército le dice que va autorizado por mí… estamos en alarma, o alerta incrementada, para el caso es igual… Fernández Cuesta no sabe lo que está pasando aquí…
-Podía haber verificado…
-General Colomé, Carmenate le avisó cinco minutos antes que llegara el helicóptero…
-Así que fue con helicóptero y todo…
-Eso lo hace parecer más real, General … y gana mucho más tiempo que mandándolo por tierra…
-Este guajiro es un hijo de puta de verdad…
-Bien, ¿qué ha dicho este Castillo en los interrogatorios…?
-No hay interrogatorios…
-¿General Téllez, que está usted esperando…? en un caso como este…
-No se puede, se escapó…

Raúl Castro dio un puñetazo sobre la mesa y se puso de pie:

-Cojones, que cosa es eso... están comiendo mierda todos, todos... ¿para qué queremos un Coronel de Contrainteligencia en la Brigada si pasa una cosa como ésta... qué es lo que está pasando aquí, coño... donde estaba ese comemierda...?

-Estaba con un agente en el terreno, compañero Ministro... un agente importante... está en alerta incrementada... estaba haciendo su trabajo...

-Su trabajo es impedir que pasen cosas como estas...

-La información de los agentes es lo que nos permite impedir cosas como estas...

-En este caso no sirvió para un carajo... coño, esto se complica...

-Furry, hay que coger preso a este cabrón...

-¿A Carmenate...?

-A este hijo de puta que entró en la Base... General Míguez, ¿donde puede estar este hombre a esta hora...?

-Posiblemente con el General Carmenate, informándole de la reunión...

-Se nos adelantó con los americanos...

-¿Como dijo, Ministro...? no entendí...

-No te preocupes, General...

-¿Qué ordena usted, Ministro...?

-Sigue trabajando, déjame pensar un poco... después te llamo, puedes retirarte...

Puesto de Mando del Ejército Oriental, afueras de Holguín
Nueve y cuarenta y tres minutos de la mañana

-Falka...

-*Dago, esto está que arde...*

-Todo el país está que arde...

-*Está confirmada la noticia., Dago, eres un cabrón, te la llevaste en el aire...*

-Dime, Falka, ¿tu has visto algún movimiento raro en tu territorio...?

-*¿De que tipo...?*

-Coño, si supiera ya no sería raro...

-*No, no tengo nada...*

-¿Tu confías en tu Jefe de Inteligencia Militar...?

-*Estuvo conmigo en el Congo, en Brazaville, después, no cuando el Che...*

-¿Pero confías en él en una situación como esta...?

-*Coño, Dago, tu sabes que con esta gente nunca se sabe todo... ¿qué es lo que hay...?*

-Es muy posible que del EMG le hayan dado la orden de chequear tus unidades, los movimientos de tus unidades, quieren saber si nos estamos preparando...
-¿De todas las unidades o de algunas...?
-En medio de esta alerta no tienen recursos para todas las unidades... las más fuertes, las que ellos les temen de verdad... me imagino que La Paloma...
-Bueno, o la División de Cárdenas...
-O las dos, no se... averigua... si te dice que sí ya sabes lo que está pasando, se están preparando para chocar con nosotros...
-¿Y si me dice que no...?
-Es muy posible que te esté engañando...
-Deja averiguar... yo te llamo...
-Sí, está bien, ahora está llegando aquí el helicóptero con mi Jefe de Inteligencia, necesito coordinar con él...
-Hablamos después...

Oficinas de Raúl Castro, MINFAR
Nueve y cuarenta y nueve minutos de la mañana

Furry le dijo a Raúl Castro:
-Trata de hablar con Carmenate a ver que podemos saber de esa reunión en la Base...
-¿Qué podemos saber de que...?
-De que fue lo que pasó, de por que lo mandó... no es que nos vaya a decir nada claro, pero al menos podemos tantear la situación, ver como están las cosas... explorar... enterarnos de algo...¿quién sabe...?
-No creo que podamos lograr mucho con eso, pero vamos a ver. Dile a Azcuy que me comunique con Carmenate.

-Ordene, Ministro
-Carmenate, aquí estoy con Furry, él también está oyendo...
-Saludos, General...
-Bueno, Carmenate, ¿qué historia es esa de tu Jefe de Inteligencia Militar en la Base...? ¿quién autorizó eso...?
-Yo lo autoricé, Ministro...
-¿En base a qué fue esta autorización...?
-Estoy cumpliendo la misión que me asignó el Comandante en Jefe...
-¿Qué misión te asignó el Comandante en Jefe que yo no conozco...?

-Sí la conoce, Ministro...es la misión de siempre, de defender el territorio del Ejército Oriental frente a los enemigos externos e internos de la Revolución...
-En esa misión no está incluido darle el culo a los americanos...
-Nadie ha hecho eso, Ministro...
-¿Y que fue a hacer ese comemierda a la Base...?
-Lo que yo le ordené...
-¿Qué cojones fue lo que le ordenaste, Carmenate...?
-Ministro, no hace falta hablar así... si los americanos se enteran que el Comandante en Jefe falleció y ven esta movilización gigantesca podrían tener un error de apreciación y pensar que nos estamos preparando para atacarlos...
-Vas demasiado rápido, Carmenate... ¿de dónde sacaste que el Comandante en Jefe falleció...? ¿qué te garantiza que tu recadito a los americanos bastaría para resolver ese problema...? ¿y, sobre todo, quien te dio facultades para hacer eso...?
-Yo soy un Jefe de Ejército en una situación de guerra... neutralizar un frente tan peligroso como la Base americana, o por lo menos garantizar que no se eleven las tensiones allí, es parte de mis obligaciones...
-Para eso estoy yo, no tú... si hubiera considerado que debía hablar con los americanos de la Base, tengo a Fernández Cuesta en la Brigada Fronteriza, no necesito a tu Jefe de Inteligencia Militar... ni a ti... has violado todas las órdenes, has puesto en peligro la seguridad de nuestro país...
-No soy yo quien está poniendo en peligro la seguridad de nuestro país, Ministro...
-¿No me diga, General...? ¿Ahora va a comenzar a decirnos lo que tenemos que hacer...? ¿O a lo mejor se le ocurre llamar a la Casa Blanca dentro de un rato...? Y decirle a Bush que venga a dirigirnos...
-Ministro, usted sabe que eso no es así...
-Eso es traición...
-Traición ni un carajo... está bueno ya... yo no empecé en esto ayer... era muy jovencito cuando me alcé con el Comandante en Jefe... soy combatiente de Girón... cuando me plantearon la misión de Guinea Bissau no pregunté ni por qué ni tuve dudas, arranqué para allá... lo mismo cuando me mandaron para Etiopía, cuando me mandaron para Angola, cuando fui a Venezuela... para todas las misiones que me han planteado... ¿cuál es la traición...?
-Insubordinarse en tiempos de guerra... desobedecer al mando... poner en peligro la Revolución...
-Estoy haciendo lo que tengo que hacer...

-¿Tú te crees que tú eres un gorila argentino, que se mete en los problemas de gobierno cuándo le da la gana y hace lo que se le ocurra y quita y pone gobiernos...?

-*Así no hay manera de entenderse, Ministro... tenemos que resolver este asunto usted y yo con el Comandante en Jefe...*

-El Comandante en Jefe soy yo ahora...

-*Eso no fue lo que usted me dijo cuando me llamó anteriormente a plantearme la misión...*

-Te lo estoy diciendo ahora...

-*¿El Ministro de las Fuerzas Armadas le miente al Jefe de Ejército y ahora lo quiere acusar de traición...? ¿Es eso lo que está pasando...?*

-General, estás en rebeldía...

-*Siempre, vinimos todos del Ejército Rebelde...*

-Estás destituido como Jefe del Ejército...

-*Pero no por esto, estaba destituido desde que el Comandante en Jefe falleció, usted lo sabe mejor que yo...*

-Vas a terminar en los tribunales militares...

-*Sí, como no... ¿va a venir a meterme preso usted mismo, o quiere mandar a Furry... o a Valdivieso...?*

-Eso no es asunto tuyo...

-*Entonces espero por el que sea... y otra cosa, no se olvide nunca de esto: usted podrá ser el Jefe Supremo de las FAR, el Jefe máximo, el Generalísimo yo que coño se... pero Comandante en Jefe es uno solo... uno solo... y ya no lo tenemos con nosotros...*

-Vete al carajo, Carmenate...

CAPITULO DIEZ

Miami, Florida
Diez y tres minutos de la mañana

Las emisoras de radio de Amplitud Modulada (AM) transmitían desde Miami su programación habitual en español como todas las mañanas. Los programas de micrófono abierto daban curso a las llamadas de los oyentes...
-Buenos días, está usted en el aire...
-Aló...
-Sí, buenos días, está usted en el aire...
-Oye... yo quiero opinar...
-Si señor, está en el aire, diga su opinión...
-Ah, es que yo creía...
-Diga, señor, diga...
-Ven acá, chico yo no se qué se piensan los políticos estos... ahora vienen con el cuento de los impuestos de la propiedad para volverlos a subir... ¿hasta donde vamos a llegar...? ¿tú sabes lo que te estoy diciendo, no...?
-Continúe, por favor... diga su opinión...
-No, no, eso que te dije... esto es un descaro...

Oficinas de Raúl Castro, MINFAR
Diez y tres minutos de la mañana

-Furry, este *hijoe'puta* complicó la cosa... el pitazo le llega a los americanos por Carmenate, no por nosotros... y, además, Carmenate se alzó completo...
-No necesariamente llega antes... la inteligencia militar funciona más despacio... el general de la Base tiene que tirar para el Comando Norte, de ahí al Estado Mayor, el Secretario de Defensa... no tiene que llegarle al tipo antes que la nuestra, si nuestro agente logró llegar a tiempo al Senador...
-Pero eso no podemos saberlo...
-De ninguna manera, Raúl...
-Si lo de Carmenate llega primero le van a dar todo el apoyo a él... no a nosotros... son capaces de ayudarlo a que nos descojone...
-Carmenate no va a pedir ni va a aceptar apoyo de los americanos para enfrentarse a nosotros... no, no... no lo creo... se enfrenta él, pero no pide ayuda a los americanos en ninguna circunstancia...
-No se si adelantando o atrasando el comunicado en la televisión le quitamos

el efecto al pitazo de Carmenate...
-Tenemos el riesgo de que también pierda efecto nuestro mensaje...

Todas las emisoras de radio y televisión de Cuba
Diez y cuatro minutos de la mañana

La radio y televisión nacional en Cuba, con todas las emisoras en cadena, fueron bajando el volumen de la Marcha del 26 de Julio, que en ese momento repetían por quien sabe cuantas veces, como había sido con el Himno Invasor, el Himno de las Milicias y otras marchas militares.

Con cara sombría, el nudo de la corbata apresuradamente mal abrochado y mirando hacia la cámara sin mover los ojos, Randy Alonso, comenzó a dirigirse a la población cubana que esperaba con ansiedad las noticias, sin salirse de la nota escrita por Machado Ventura, sin preámbulos, saludos o comentarios, sin abandonar las impertérritas costumbres oficiales cubanas de renunciar al uso de la primera persona del singular y conjugar equivocadamente en plural:
-Compañeras y compañeros:
Vamos a dar lectura a un comunicado de la dirección de la Revolución. Dice así:
El flamante comentarista, la estrella de turno en la insoportable Mesa Redonda de la Televisión Cubana, quien gozaba de las simpatías del Comandante en Jefe por su estilo y sus comentarios que tanto le agradaban, había agregado su aporte personal a la nota oficial, al utilizar sin autorización de 'las instancias correspondientes' dos palabras que no estaban escritas en la nota que le dieron a leer: las palabras 'dice así'.

Miami, Florida
Diez y catorce minutos d la mañana

-Bien, gracias por llamar... vamos a pasar a otra llamada... buenos días, está en el aire...
-*Ay que bueno... oye, buenos días... ¿estoy en el aire...?*
-Sí, adelante, opine...
-*No, no es una opinión, es una noticia...*
-Diga usted...
-*Mira, acabo de hablar con mi esposa, que está en Cuba... aquello está muy raro... está pasando algo... dice mi mujer que todas las emisoras de radio y*

televisión están en cadena...

-Eso pasa a menudo en Cuba, más que en Venezuela...

-Sí, sí, pero no... es distinto... nada más que están poniendo musiquita y cantos de esos de la revolución, marchas... y están diciendo constantemente que van a dar un comunicado, que van a leer una declaración, pero no dicen nada... llevan más de dos horas así... musiquita y musiquita, pero no dicen nada... ¿qué es lo que está pasando, chico...?

-Bueno yo no tengo información de eso... hay que ver si en el departamento de noticias saben algo... gracias por su llamada.... No se que será lo que dice este señor... veamos otra llamada... aló, adelante, está usted en el aire...

-Oye, mira, es para opinar sobre el asunto este de los impuestos de las casas... el Presidente dice que va a bajar los impuestos y ahora nos quieren subir los impuestos de las casas...

-No, eso es diferente...

-No, no, es lo mismo, nos van a subir los 'taxis'... Bush dice una cosa y ahora hace otra...

-Lo de los impuestos de las casas no tiene que ver con el Presidente...

-¿Ah, no...? mira que yo ví los debates por televisión y hablaban de eso muchas veces...

-Gracias por su llamada... ¿cómo...? ¿qué tenemos...? O.K. Me informan que tenemos en el teléfono a la conocida odontóloga Dra. Silvia Nogueras Ibarguengoitía, de la Concertación Feminista Libertaria Cubana y quien es una reconocida experta en el tema cubano... buenos días Silvia...

-Buenos días... gracias a tu emisora por permitirme participar...

-Es un honor tener a una autoridad como usted en la línea... gracias a usted... dígame, ¿qué está pasando en Cuba...?

-Es una buena pregunta... le voy a dar un criterio que tal vez le sorprenda, pero en mi opinión personal la salud del tirano en este momentos puede ser como la suya o la mía, o mejor, porque estoy saliendo del flu...

-Pero dicen que hay un comunicado oficial...

-El tirano puede decir lo que quiera en sus comunicados... como en Cuba no hay libertad de prensa, nadie puede cuestionar esas cosas...

-Usted es alguien de mucha experiencia en estos temas y por lo que parece, nos está dando una primicia... ¿dígame por que usted tiene esa opinión...?

-La situación de Cuba es muy complicada... la economía está por el piso, las personas están desencantadas... yo soy del criterio que existen las condiciones para un gigantesco levantamiento popular como en el 94 en el Malecón...

-Pero este comunicado, de ser falso, facilitaria las condiciones para que decenas de miles de cubanos se lanzaran otra vez a la calle como hicieron en el 'maleconazo'...

-No, porque de inmediato van a desatar la represión, meter presas a las personas y apretar la mano en la economía... seguro... poner más restricciones, apretar las tuercas... y después reaparece Castro vivito y coleando...

-¿Y así como si nada...?

-Sí, Castro dirá que fueron excesos de los militares... y Raúl Castro dirá que fueron los militares... sabemos muy bien que en Cuba los militares son partidarios de medidas drásticas para conservar el poder, de incrementar la represión... y hasta de desatar un ataque contra Estados Unidos...

-¿Contra Estados Unidos...?

-Sí, el ejército está débil comparado con años atrás, pero podrían muy fácilmente atacar la Base Naval de Guantánamo, una provocación... es probable que en estos momentos estén haciendo planes para atacar la Base Naval de Guantánamo...

-De acuerdo a como son las cosas en Cuba, si Castro se apartara del poder por alguna razón, la que fuera, es Raúl Castro quien está al frente de todas las actividades de gobierno en ese momento... ¿Raúl Castro puede contar con el respaldo absoluto de los militares para una acción represiva como esa...?

-Naturalmente... la institución más unida y monolítica de Cuba comunista no es ni el partido, ni la seguridad, ni ninguna otra... las fuerzas armadas son el puño de Raúl Castro, sus incondicionales, y lo van a respaldar en todo lo que haga falta... no se hagan ilusiones de otra cosa...

-Gracias por sus comentarios, querida Doctora Silvia Nogueras Ibarguengoitía, profesora universitaria, líder de Concentración Feminista Libertaria Cubana y reconocida experta en el tema cubano... y ustedes quédense ahí mismo, que regreso en unos instantes después de esta pausa comercial con otras interesantísimas entrevistas... no se muevan...

Oficinas de Raúl Castro, MINFAR
Diez y dieciséis minutos de la mañana

-Furry ¿a ti no te preocupa que el mensaje de Carmenate llegue primero...?
-Más me preocupa que van a llegar dos mensajes...
-Y los americanos van a pensar que no tenemos el control y que se puede formar la descojonación en un instante...
-Si piensan así están claros, porque puede pasar en un instante...

-¿A ti te parece, Furry, que piensan así, que van a esperar a ver quien controla la cosa...?

-Sería lógico pensar así, ¿tú no crees...?

-Pero quienes...

-Coño, Raúl, no se... la CIA va a querer esperar a ver que pasa... un día o dos aunque sea... pero el Pentágono se va a poner nervioso... el fantasma de los balseros, la inestabilidad, éxodo masivo, desórdenes...

-Aunque les hayamos asegurado que no va a pasar...

-Haber recibido dos mensajes le quita fuerza a cualquier cosa que podamos decir... y ni siquiera sabemos lo que puede haber dicho Carmenate...

-No, no, eso no puede suceder... localízame a Alarcón... para que hable con la SINA... ahora mismo... que despierte a Carlson si hace falta...

-No va a tener que despertarlo, ya son más de las diez...

Miami, Florida
Diez y veintidós minutos de la mañana

-Buenos días, estás en el aire...

-*Oye, hace falta que ustedes averigüen, ustedes se pueden enterar de todo, ustedes tienen los medios, los recursos...*

-Dime, ¿qué pasa...?

-*Algo grande está pasando... la cosa en Cuba está en candela... se están moviendo las unidades militares, hay tremendo alboroto...*

-Eso no está confirmado todavía...

-*Yo no se si está confirmado o no... pero mira yo vivo aquí en Hialeah y mi vecina acaba de hablar con su marido, que está de visita en Cuba... tu sabes, a llevarle cosas a la familia... y dice el tipo que se ven los carros en las calles de corre-corre, mucha gente de aquí para allá y la televisión diciendo que van a decir algo, una mesa redonda, una cosa de esas...*

-Estamos investigando eso, pero no tenemos nada concreto... no podemos estar dando noticias sin confirmar, somos una emisora responsable... tan pronto tengamos algo ustedes serán los primeros en saberlo... vamos a pasar a otra llamada... a ver, estás en el aire, dime...

-*Oye, sí, lo que dijo este hombre ahora es verdad... yo acabo de hablar con mis parientes en Coliseo... dice que él venía para su casa al amanecer y los tanques se están moviendo, que había una bulla del carajo...*

-Bueno, les repito, no tenemos nada confirmado, estamos trabajando en eso... vamos a otra llamada   aló, estás en el aire...

-*Buenos días...*

-Buenos días, señora, diga...
-*Oye, de verdad que vos estás inventando noticias siempre... ustedes los cubanos se creen que lo único importante es Fidel Castro... ¿Por qué no hablás de otras cosas, de otros temas... de modas, de artistas, de otra cosa...? Total, si al final resulta que todo lo que tenés es bobería y todo son rumores siempre... ¿Cuántas veces has anunciado vos la muerte de Fidel Castro...? Habla de otra cosa más interesante...*

Palacio de Miraflores, Caracas, Venezuela
Diez y veintidós minutos de la mañana

El Coronel Leonardo Pereda, jefe de la unidad de inteligencia independiente creada por los servicios de seguridad cubanos en Caracas para actuar paralelamente a los órganos de seguridad del gobierno venezolano y respaldar a Hugo Chávez, salió a toda prisa desde su apartamento en Sabana Grande hacia el Palacio de Miraflores. Un minuto antes se había comunicado con el ayudante militar del Presidente Chávez y le había requerido una entrevista de extrema urgencia para un asunto de la más alta prioridad. Tras un minuto de consultas con el Presidente, el ayudante le había comunicado al Coronel que viniera lo antes posible, pues él partiría para Falcón un poco más tarde y no podría verle hasta el día siguiente ni no llegaba de inmediato.

Sin muchas ceremonias protocolares el Coronel llegó hasta la antesala de la oficina presidencial en Miraflores, tras haber saludado a su paso a varios oficiales cubanos y venezolanos entrenados en Cuba, que integraban la protección del Presidente.

En la antesala se encontraban el ayudante militar, la secretaria del Presidente y el Teniente Coronel cubano Luis Manuel del Campo, jefe de la escolta del Presidente Hugo Chávez...

-¿Como estás, Luisito...? Sería bueno que pudieras escuchar lo que tengo que decirle al Presidente... ven conmigo...

No se le ocurrió pensar que el Presidente debería autorizar la presencia de otra persona.

Lo pasaron a la oficina del Presidente Hugo Chávez:

-Buenos días, Presidente...

-¿Cómo te va, Leo...? Ven, pasa y siéntate, vamos a tomarnos un café... tienes algo urgente que decirme, ¿no...?

-Urgente y de extrema importancia...

-Dime qué cosa es...

En breves palabras el Coronel Pereda le comunicó al Presidente Chávez la misma información que se movía en el comunicado oficial de Raúl Castro, agregando posteriormente detalles en la medida que Chávez preguntaba.

-¿A qué hora fue la vaina esta...?

-A las tres de la mañana más o menos...

-A las tres de la mañana...

-Esto es lo que se está informando en todas partes por ahora, pero las cosas van mucho más allá...

-¿Qué más tienes que decirme...?

-Es un problema de salud catastrófico, definitivo... el Comandante en Jefe ha quedado incapacitado para dirigir el país...

-¿Cómo que Fidel va a estar incapacitado...?

-Clínicamente incapacitado... con carácter irreversible... se están aplicando las medidas previstas para esta situación... el General de Ejército Raúl Castro está al frente del país y de las Fuerzas Armadas...

-Esto es una gran desgracia para Cuba, para todos los cubanos, pero también para Venezuela, para el pueblo venezolano y muy especialmente para mí personalmente... Fidel Castro representa la antorcha revolucionaria, la bandera que guía la revolución latinoamericana, los sueños bolivarianos que estamos realizando... Fidel Castro representa para América Latina la más...

-Presidente, sabemos que esta noticia le crea consternación y preocupación y por eso necesito explicarle algunas cosas...

-Dime, Leo, dime...

-Como le mencioné, teníamos un plan previsto para esta situación, para evitar que los enemigos de la Revolución puedan actuar... ese plan se ha comenzado a aplicar...se está llevando a cabo...

-Es lógico tener planes para casos como estos...

-Exacto... estamos en estado de alerta incrementada en todas las fuerzas armadas y el MININT...

-Muy lógico también... ¿necesitan ayuda...? ¿necesitan que mande tropas...?

-No, no, no es eso...

-¿Qué quieren los cubanos que yo haga...?

-Primero, garantizar que no haya baches en los suministros de petróleo... no podemos quedarnos sin combustible en esta situación...

-Claro que no... no es problema, yo puedo incluso ordenar el incremento de los suministros... mandar más barcos, acelerar las cosas... ustedes necesitan ahora estar preparados para cualquier cosa... vamos a incrementar los suministros... hasta donde ustedes puedan recibir los embarques y refinar... tal vez podamos hasta enviarle un tanquero o dos con gasolina ya refinada...

-Eso sería excelente… pero me han ordenado que le plantee una precisión de extraordinaria importancia…

-¿Cuál es…? ¿qué pasa…?

-Me han dicho que debo indicarle con tóda claridad que los barcos deben dirigirse a los puertos occidentales del país, solamente, hacia La Habana, Mariel, Cabañas, Santa Cruz…

-O.K., a los puertos occidentales nada más… me imagino que entonces será hasta Matanzas, Cárdenas y Cienfuegos nada más…

-No, ahí es donde está el detalle…

-¿Qué pasa…?

-Solo a los que le mencioné… Cabañas, Mariel, Habana, Santa Cruz… pudiera ser La Coloma, pero no hay calado para eso…

-Se puede transbordar en caso de emergencia…

-Pero lo que no se puede hacer bajo ninguna circunstancia es enviarlo a los demás puertos… ni a Matanzas, ni Cárdenas, ni Cienfuegos… y mucho menos más allá: Santiago, Manzanillo, Nuevitas, esos puertos no existen ahora…

-Allí hay refinerías…

-Pero la orden que me han dado es estricta… y me la confirmaron por segunda vez en el mensaje codificado que recibí…

-¿Cuál es la vaina…? ¿qué está pasando por esa parte…?

-No me han informado nada, Presidente, no se decirle…

-Bueno ya nos enteraremos… voy a llamar a Raúl…

-Recuerde que en estos momentos el Ministro está en los puestos de mando dirigiendo la movilización del país y asumiendo todos los controles… tal vez sería mejor esperar un poco antes de llamar…

-Sí, es verdad…

-El segundo punto, Presidente…

-Dime, Leo…

-El Alto Mando me pidió que le comunicara que no deje de tener en cuenta que Venezuela y Cuba están estrechamente unidas, como países y gobiernos hermanos…

-Así es…

-Y que de la misma forma que sabemos que los enemigos de la Revolución cubana, en sus delirios contrarrevolucionarios, pudieran querer aprovechar esta dolorosa circunstancia para destruirnos, es posible que quisieran intentar lo mismo con la Revolución bolivariana, aprovechando las confusiones y complicaciones que se crean en todo esto…

-Los muy hijos de puta quisieran aprovechar para acabar con nosotros…

-Correcto...

-Vamos a tomar medidas... vamos a acuartelar algunas unidades... y vamos a activar los círculos bolivarianos...

-Pero sin chocar con la gente, para evitar disturbios...

-No, no, activarlos solamente, ponerlos en la calle, que sepan que si se lanzan en algo estamos preparados...

-Pero con cuidado, una vez que los círculos se desenfrenan...

-No hay manera de controlarlos, yo lo se... pero eso es cuando queremos... sí de verdad no se pueden descontrolar yo me encargo de que sea de esa manera...

-Muy bien... entonces informaré de esta conversación...

-Sí y dile a Raúl que estoy consternado con todo esto, que le deseo al Comandante en Jefe una pronta recuperación...

-No existen posibilidades clínicas de una recuperación para el Comandante en Jefe, Presidente...

-Nunca se sabe, Leo, nunca se sabe...

-Le pido permiso para retirarme...

-Sí, vamos... oye, coño, dime una cosa... no se como está el cronograma diario, pero es posible que tengamos petróleo navegando para Nuevitas, para Santiago o para Cienfuegos en estos momentos... hay que averiguar eso...

-Si estuvieran en camino hacia esos lugares hay que desviarlos de todas maneras...

-Desviarlos si no han llegado...

-Si llegaron hay que ordenarles que se retiren de inmediato...

-Tal vez estén hasta descargando...

-Habría que ordenarles lanzar el petróleo al mar...

-¿Cómo que al mar...? se forma una cagazón... un desastre ecológico...

-Tal vez sería menos grave...

-¿Menos grave que qué...?

-Presidente, ni se que decirle... déjeme consultar eso...

-Yo voy para Falcón... Germán o tú me avisan allá...

-Nuestro embajador no está informado todavía de la situación... yo voy ahora para la Embajada a reunirme con él...

-O.K., Leo... me avisan...

Chávez se dirigió a su ayudante militar:

-José Vicente que venga ahora mismo para acá... y comunícame con Pedevesa inmediatamente... ahora mismo, ahora mismo...

Oficinas de Raúl Castro, MINFAR
Dioz y vcinticuatro de la mañana

Raúl Castro se dirigía imperativamente a Alarcón:
-Tiene que ser ahora mismo... explícaselo bien a Carlson... y que transmita todo eso para allá inmediatamente...
-Los canales de la SINA son lentos...
-Que se los vuele, esto no es cosa de juego... que tire directo al Departamento de Estado y más alto si puede...
-Carlson no va a acceder fácilmente...
-Sabiendo de lo que se trata sabe que se tiene que apurar... y si lo suyo llega tarde su gobierno puede pensar que para que les sirve él aquí...
-Podríamos usar nuestra gente en la ONU... una segunda vía...
-Si se filtra algo antes de tiempo es un problema... dejemos lo de la ONU fuera...
-No puedo recibir a Carlson en el Palacio de la Revolución... está tomado militarmente... yo vine por el túnel...
-Para eso se hicieron esos túneles, para cuando hubiera que moverse por debajo de la tierra entre el MINFAR, el MININT y el Palacio de la Revolución... regresa por ahí si hace falta...
-Está bien, pero Carlson vería en el Palacio un ambiente que no nos conviene...
-No, allí no...
-La Asamblea es muy lejos, no hay tiempo...
-Cítalo para el MINREX... que Azcuy te ponga un carro que te lleve al MINREX...el Ministerio de Relaciones Exteriores es el lugar lógico para 0recibir los diplomáticos... vete directamente de aquí para allá...
-Pérez Roque está de viaje...
-Mejor, así no estorba...
-Estaría el Vice Ministro Primero...
-No quiero más nadie ahí... ni traductores... tu hablas inglés, Carlson entiende español...
-Es que hay normas...
-Te cagas en las normas... hazlo como te digo...
-El ya debe saber lo del comunicado cuando llegue a verme... no hay tiempo de decirle nada antes...
-No importa, lo que tu le vas a informar no está en el comunicado... le estamos informando oficialmente con anticipación a los americanos... el comunicado es para consumo interno, lo de verdad se lo estás poniendo tú... no se puede quejar...
-Bueno, tenemos también lo de Lula...
-Esto no es momento para visitas... vamos a cancelarla...
-Lula debe llevar como tres horas volando desde Brasilia para acá... con un

avión cargado de periodistas... la que se forma es grande...
-Si aterriza es peor, Alarcón... va a querer visitar a Fidel...
-Está temporalmente separado de las funciones oficiales por órdenes médicas...
-Eso se lo podemos decir a un Embajador, pero no a un Presidente... querrá verlo, a título personal, aunque sea para decirle... ¿Fidel, tudo bem...? ¿Qué pasa, mi velho, está doente...?
-Y tenemos que decirle que no, que no puede...
-Y entonces la que se forma es peor...
-O decirle todo a Lula desde que se baje del avión, Ministro...
-Y a los diez minutos la televisión en Brasil está formando la cagazón...
-¿Qué hacemos, Ministro...?
-¿Qué tu crees, Furry...?
-Está difícil esto... lo mejor sería que no viniera... o cambiarle todo el programa... decirle cualquier cosa, que Fidel se siente mal ahora, que lo recibirá por la noche, por la madrugada... ¿a que hora se va...?
-Tarde en la noche, como a las once, General...
-Entonces podemos decirle que Fidel lo va a recibir por la noche, antes de irse...
-No le va a hacer mucha gracia...
-No tiene alternativa, Alarcón, pero nosotros ganamos doce horas... y entonces tal vez en ese momento las cosas sean muy diferentes a como están ahora...
-Furry, ojalá Lula se quiera llevar al guajiro para Brasil...
-No entendí eso del guajiro, Ministro...
-No te preocupes, Alarcón... era un chiste... arranca a ver a Carlson...

Oficina del Vice Presidente de Estados Unidos, Washington, D. C.
Diez y veintiséis minutos de la mañana

El Vicepresidente Dick Cheney escuchó la narración del Senador por la línea de seguridad casi sin interrumpirlo, con algunas preguntas intercaladas solo para pedir algunas aclaraciones sobre alguno de los puntos...
-¿No tenemos nada confirmado todavía...?
-Pero se puede confirmar relativamente rápido...
-Esto es algo muy serio... sabíamos que podía pasar de un momento a otro y hemos tratado de estar preparados para esta situación... afortunadamente, por lo que tu me dices parece que los cubanos tienen controlada la situación, espero que no haya disturbios en esta transición... y si de verdad están

interesados en conversar eso va a resultar muy positivo...
-*Coincido contigo*...
-Senador, el Presidente está en estos momentos desayunando con el Primer Ministro Berlusconi, tan pronto yo tenga acceso a él le comunico de esta situación y del interés de los cubanos en que el mensaje llegue directamente a él... mientras tanto, voy a pasar esta información por los canales normales para que los servicios de inteligencia la analicen en detalle...
-*Dick, creo que la prensa no debía comenzar a alborotar con esto demasiado temprano*...
-Estoy de acuerdo, Senador... por aquí no será... cuida tú que no haya liqueos por tu parte...
-*Si señor*...
-Gracias por haberme llamado... nos mantendremos en contacto... si recibes algo más de interés sobre este asunto, por esta vía o por cualquiera, déjame saber...
-*Como no, gracias*...
El Vicepresidente se dirigió a su ayudante:
-Quiero hablar con Don en el Pentágono y con el Consejo de Seguridad Nacional ahora mismo. Si puedes conseguirme a Rumsfeld primero, mejor...

CAPITULO ONCE

Oficinas de Raúl Castro, MINFAR
Diez y veintiocho minutos de la mañana

El Coronel Azcuy entró al despacho:

-Ministro, los partes del Dr. Salazar siguen llegando cada quince minutos, lo único que dicen es que no hay cambios...

-Bueno, no se si es bueno o no, pero es lo que tenemos...

-Machado Ventura está al teléfono, quiere hablarle con urgencia...

-Enseguida... dime, Machadito...

Escuchó con interés a Machado Ventura:

-Machado, ahora no podemos estar en esas cosas... tú y Lazo tienen que encargarse de todo eso... en una situación como la que estamos y con el país en plena movilización y unos cuantos tormentos que tenemos por aquí, ¿qué vamos a resolver con eso...?

Mira, tu eres el cuadro del Partido en estos momentos, el que tiene que resolver eso, el Partido eres tú en este momento... no dejes salir a nadie de ahí hasta que yo te avise que se puede... es lo mismo que conectar a Radio Bemba... hasta que no resolvamos algunas situaciones que tenemos por aquí no pueden salir...

Toda esa gente que tienes en el Comité Central y no tiene nada que hacer, mándalos para los comités militares a que ayuden en la movilización, pero cuando te autoricemos... llenando papeles, no molestando... o los pones a hacer lo que tu quieras, donde no estorben... encuéntrale trabajo al Partido, que para eso estas ahí... pero que no vayan a joder en los Consejos de Defensa... ¿estamos claros...?

Cuernavaca, México
Nueve y treinta minutos de la mañana (diez y treinta minutos de la mañana en Cuba)

Al final de una pequeña calle adoquinada que ascendía desde la avenida de la plaza hasta una enorme pared, una pequeña puerta que apenas se distinguía entre el follaje de las enredaderas se abrió a los perentorios toques de Lazarito Cadenas.

Alguien abrió la puerta y Lazarito entró rápidamente a una casa de descanso de su padre, seleccionada en función del agradable clima de Cuernavaca.

Tras un pequeño recibidor aparecía una espaciosa sala con un ventanal de cristales que daba a la piscina y a la izquierda una enorme puerta de madera marcaba la entrada a una amplia biblioteca-oficina.

-Buenos días... su señor padre lo está esperando, señor Lázaro... está en la biblioteca...

Lazarito abrió la enorme puerta sin tocar y entró rápidamente. Cuaothemox Cadenas y su asistente Danilo Pantoja conversaban...

-Buenos días, padre...

-Buenos días, Lazarito... pasa y siéntate, tenemos que hablar...

-No digo yo... ¿han podido confirmar algo...?

-Todavía no es definitivo, pero parece que es cierto, que si no está muerto está muy grave...

-Hijo de la chingada... venir a morirse ahora...

-Híjole, ¿que es eso...?

-Es que se nos complican bastante las cosas...

-Pero no hay que expresarse así... tu estás pensando solamente en la parte financiera, pero yo veo también la otra parte, la política... pero no me expreso así...

-Es una gran chingadera esto...

-Tenemos que ver como vamos a manejar las cosas... Fidel siempre nos ayudó con el Partido y bien que nos financiaba, además del apoyo político y las informaciones que nos pasaba sobre el PRI y ahora después sobre el PAN...

-Yo lo sé, padre...

-Híjole, cuando jodió al Fox con la grabación esa que le sacó nos ayudó a mejorar nuestra posición, aunque no lo haya hecho para eso... pero no sabemos como van a ser las cosas ahora con Raúl... aunque él quiera ayudarnos, nunca será igual... el genio político de Fidel no lo tiene Raúl, ni más nadie en Cuba...

-Eso está claro, yo lo sé, padre...

-Danilo, vuélvete a llamar a la gente nuestra en la Embajada en La Habana a ver si podemos confirmar algo... pero a nuestra gente, no a esos pinches del PAN que sólo nos van a dar declaraciones oficiales...

-Padre, no podemos olvidarnos de los negocios que se nos pueden afectar, que son bastantes... ¿Danilo, cuanto dinero tenemos en el aire ahora...?

-Señor Lázaro, yo no diría que en el aire... en definitiva está invertido en las compañías de los cubanos y aunque el Comandante falleciera debemos pensar que esos negocios no tienen por que dejar de funcionar... son compañías legales, que funcionan abiertamente...

-Si, compañías legales que funcionan abiertamente, pero con ellos hacemos

una serie de cosas que aquí en México, por ejemplo, están prohibidas...
-En realidad no sólo en México, señor... los cubanos tienen unos conceptos
sobre el comercio internacional y el financiamiento que son ilegales en casi
todas partes del mundo, pero se las arreglan para conseguir dinero...
-Pero estos cubanos son unos chingados, nos pueden enredar las cosas si no
lo atendemos bien...
-¿Cuanto dinero está en este asunto, Danilo...?
-Son más de treinta millones de dólares, señor Cuaothemox... casi treinta y
uno... en pesos mexicanos sería...
-No, no, ahí está incluido lo del Grupo de Monterrey... yo digo de nuestro
dinero... del de nosotros... exactamente...
-Señor Cuaothemox, el dinero de ustedes en este momento es un poco más
de dos millones setecientos mil dólares...
-Subió bastante, yo creía que no llegábamos a dos y medio...
-Es que yo puse casi doscientos mil hace tres días, padre...
-Yo no se lo había informado, señor Cuaothemox, porque no habíamos
despachado...
-¿De donde sacaste ese dinero, Lazarito...?
-De otras inversiones, de lo que quitamos de Venezuela... esos malinches de
Pedevesa querían la mordida continuamente...
-Demasiado corruptos, están desenfrenados...
-Chávez debía aprender de los mexicanos... se muerde, pero más suave...
-Bueno, sin perder tiempo... Danilo, trata de averiguar en La Habana...
-Enseguida...
-Y tú, Lazarito, ve pensando que tal vez tengas que arrancar para La Habana
hoy mismo o mañana...
-Vamos a dejar esperando a la gente de Guanajuato que se querían reunir con
nosotros mañana... esa mierda de los ejidos...
-Que esperen, que es bastante dinero ese que tenemos allá y quiero estar
seguro que los cubanos no nos lo van a chingar...

*Oficina del Secretario de Defensa de Estados Unidos, Pentágono,
Washington, D. C.*
Diez y cuarenta minutos de la mañana

El Vicepresidente Richard Cheney hablaba por línea de seguridad con
Donald Rumsfeld, Secretario de Defensa:
-Don, hay algo muy raro en todo esto... ¿qué está sucediendo?
  Dick, es evidente que las unidades todas se están movilizando... no hay

ninguno indicio de algún tipo de actividad en contra de nosotros, pero no cabe duda de que se están movilizando
-Como si fuera un problema entre ellos...
-Exactamente... o una maniobra... eso es lo que parece hasta ahora... en eso estamos de acuerdo...
-¿Cuál es el problema...?
-En esa información que te han pasado los cubanos...
-¿Qué pasa...?
-Aquí conmigo está el Jefe de la Junta de de Jefes de Estado Mayor... déjame abrir el speaker para que podamos conversar los tres...
-Sí, como no, ábrelo... buenos días, General Myers...
-Buenos días, señor Vicepresidente...
-Cual es el punto en que tenemos confusión, General...
-No tenemos dudas que los cubanos se han movilizado... hay varias vías que nos confirman ese punto... podemos darlo por seguro...
-Entonces...
-Parece, por lo que tenemos hasta ahora, que nada de esto está dirigido hacia nosotros, que no hay intenciones ofensivas hacia nosotros... de todas formas, como medidas de precaución habituales, elevamos el nivel de alerta de la Base Aérca de Homestead, lo que hacemos normalmente cuando estas cosas suceden, ordenamos a cuatro unidades de superficie acercarse un poco más a la Isla, a suficiente distancia para que no surjan complicaciones, y tenemos en reserva dos batallones de la Guardia Nacional que están movilizados en entrenamientos, uno en Georgia y otro en Puerto Rico, que podrían utilizarse en casos de emergencia...
-O.K., ¿A dónde nos lleva todo eso...?
-Nos lleva al punto de la contradicción...
-Dígame cuál es ese punto, general...
-El mensaje que usted ha recibido y que nos acaba de comunicar...
-¿En que sentido...?
-Nosotros hemos recibido información por nuestras vías, no información tecnológica, sino de personas, de seres humanos, que nos hacen pensar que las cosas no son exactamente como dice su mensaje...
-¿En que sentido, general...?
-Un grupo de oficiales en sedición hizo contacto con nuestra gente en la Base Naval de Guantánamo...
-¿Qué tipo de contactos...?
-Contactos directos, personales... un Coronel cubano estuvo en la Base Naval, enviado por el Jefe de Ejército... parece que un grupo de oficiales liderados por el general Jefe del Ejército Oriental, al este del país, no

reconoce la autoridad de Raúl Castro como líder del país tras la muerte de Castro…

-¿Qué sabemos de ese grupo…?

-Me temo que mucho menos de lo que quisiéramos saber en este momento….

-¿Nos ha tomado por sorpresa esta situación con este General…?

-Este reto, por el momento, si… no creo que definitivamente, pero al menos en este instante no puedo darle demasiada información sobre este punto, porque no la conozco… necesito informarme…

-Vamos a recapitular… sabemos con certeza que los ejércitos cubanos están movilizados… hay muchas probabilidades de que esta movilización esté relacionada con la muerte, o al menos la incapacidad para gobernar, de Fidel Castro… y sabemos que Raúl Castro reclama haber asumido los poderes máximos en Cuba y que nos solicita no una tregua, sino como una distensión para poder consolidarse y nos ofrece la posibilidad de sentarnos a conversar posteriormente, una vez que haya consolidado su poder… ¿hasta aquí estamos de acuerdo…?

-Completamente…

-El elemento extraño en todo esto es que ustedes han recibido información que determinados oficiales del este del país contactaron a nuestra gente en la Bahía de Guantánamo y reclaman legitimidad, se niegan a aceptar la sucesión de Raúl Castro como líder y anuncian que van a enfrentarlo… ¿correcto?

-Correcto…

-Y tenemos una situación en que la información sobre estos sediciosos al este del país es de bastante poco conocimiento para nosotros… nada sabemos de sus intenciones, de su programa, si es que tienen alguno, de sus propuestas, de sus peticiones… ¿es correcto…?

-Es así exactamente….

-Lo cual nos impide tomar una decisión fundamentada en todo esto…

-De acuerdo, señor Vicepresidente…

-Entonces no necesito decirle que es imprescindible buscar la mayor información posible sobre estos oficiales con la mayor urgencia…

-Ya hemos comenzado a trabajar en esa dirección, señor…

-No tengo dudas sobre eso, general… pero quisiera preguntarle a usted y a Don como ha sido posible que surja una situación de esta naturaleza…

Donald Rumsfeld respondió:

-Los escenarios, Dick…

-¿Los escenarios…?

-Sí, Dick, los escenarios… hemos supuesto durante mucho tiempo que un resquebrajamiento de la estructura militar cubana era muy improbable, por no decir imposible, que los ejércitos todos estarían controlados por Raúl Castro en caso de faltar Fidel Castro...

-Una suposición arriesgada...

-Evidentemente, esta situación lo está demostrando...

-Díganme una cosa, tú y el General, y no pretendo responsabilizarlos a ustedes con esto ni mucho menos... tal vez esas suposiciones erróneas que hemos estado manteniendo por tanto tiempo, ¿coinciden con las evaluaciones que nos daba aquella espía cubana nacida en Alemania, que fue detectada por nuestra inteligencia poco después del once de Septiembre...?

El General Richard Myers respondió:

-Sí señor... y lo significativo es que nos preocupamos mucho tratando de saber que información nos podía haber robado y nos estamos dando cuenta ahora, demasiado tarde, que no atendimos suficientemente el nivel de desinformación sobre los ejércitos cubanos que logró que asimiláramos...

-Está bien, General... gracias por su tiempo... tengo que pasar todo esto al Consejo de Seguridad Nacional inmediatamente... espero que en el "breefing" de las once de la mañana tengamos algo más concreto que lo que tenemos ahora, que es muy poco... gracias a ti también, Don...

Largo y ancho de la Isla de Cuba
Diez y cuarenta de la mañana

Cuba entera era un hervidero de San Antonio a Maisí... entre la movilización por la alerta incrementada y el trasiego de comentarios, rumores y opiniones, prácticamente nadie se dedicaba a sus labores habituales, con excepción de las Fuerzas Armadas y de los órganos de Contrainteligencia, que continuaban haciendo lo que mejor saben hacer: aplicando la represión a lo largo y ancho del país...

Los Consejos de Defensa, dirigidos por el Partido, se reunían en los municipios y comenzaban sus labores de prepararse para no se sabía qué exactamente en estos momentos...

El Partido a nivel municipal se reunía con las 'organizaciones de masas' para precisar las instrucciones sobre como actuar en las condiciones de alerta incrementada...

Los Comités de Defensa de la Revolución y la Federación de Mujeres Cubanas, por iniciativa de sus propias direcciones, visitaban a las amas de casa y retirados de cada cuadra para explicarles los peligros de la 'inminente agresión imperialista' que se estaba preparando y para firmar documentos deseándole al Comandante en Jefe una pronta recuperación para volver a sus tareas al frente del país...

La televisión transmitía documentales de Santiago Álvarez, de insoportable longitud, sobre los interminables viajes del Comandante en Jefe a los países amigos y la ONU, así como documentales de la Sección Fílmica del MINFAR donde se magnificaba la figura de Raúl Castro.

La edición del Periódico Granma traía a ocho columnas el título del comunicado, que ocupaba toda la primera página del rotativo: la única diferencia entre la información de Granma y la información de la radio y la televisión es que Granma llegaba más tarde.

La Unión de Jóvenes Comunistas, la Federación de Estudiantes de la Enseñanza Media y la Federación de Estudiantes Universitarios realizaban mítines de reafirmación y apoyo, donde juraban defender hasta la muerte las conquistas de la Revolución y aseguraban estar listos para enfrentarse en cualquier momento al imperialismo yanki bajo la consigna 'Para lo que sea, donde sea y como sea, Comandante en Jefe, Ordene...'

Los Comités Militares movilizaban oficiales de la reserva, comunicadores, exploradores, buscaban en las casas y los centros de trabajo a las personas requeridas y los llamaban a los puntos de movilización.

Los escasos medios de transporte del país comenzaban a ser requisados para la Reserva Militar del Transporte, interrumpiéndose la carga y descarga de mercancías, el transporte de materiales, la recogida de basura y el acopio de productos agropecuarios. Cualquiera que fuera el desenlace de los acontecimientos, los cubanos sentirían los efectos de esta movilización desde muy pronto, al ver menguadas sus ya limitadísimas posibilidades de obtener artículos de primera necesidad.

Las líneas de comunicaciones civiles destinadas a la defensa iban siendo tomadas por las Fuerzas Armadas y las comunicaciones particulares de la población se reducían mucho más aún.

La 'dirección revolucionaria' de Cuba se estaba preparando para la guerra con hombres, armas, equipos y recursos.

Lo único que se necesitaba ahora era un enemigo...

CAPITULO DOCE

Oficina del Ministro de Relaciones Exteriores, El Vedado, Ciudad Habana
Once y doce minutos de la mañana

-Esta es la situación, James...
-Te agradezco la información, Ricardo... esto es algo duro para los cubanos...
-Muy duro...
-Voy a transmitir esta información inmediatamente a mi gobierno...
-De eso quiero hablarte... hay gran interés de parte de mi gobierno...
-Ricardo, dadas las circunstancias actuales, ¿qué quieres decir exactamente con 'tu gobierno'...?
-El general de Ejército Raúl Castro Ruz...
-Comprendo... continúa, por favor...
-Hay mucho interés, decía, en que esta información que te he comunicado fluya hacia arriba lo más rápidamente posible...
-Te acabo de informar que voy a transmitir inmediatamente...
-No, no así, no a un Subsecretario, después al Departamento, al Secretario y todo eso... que vaya directo al centro...
-¿Qué quiere decir el centro...?
-Al mayor nivel, al Presidente...
-Yo no tengo autoridad para hacer eso...
-Yo supongo que puedes tener alguna vía para acercarte a ese nivel...
-Yo no puedo...
-No nos interesa que los Wayne Smiths del Departamento...
-El señor Wayne Smith ya no trabaja en el Departamento de...
-Los equivalentes de Wayne Smith, quiero decir, la burocracia... la importancia de la situación no permite que la burocracia cocine todas estas cosas...
-Eso que se le llama burocracia es lo que posibilita muchas cosas...
-Pero no posibilita decisiones rápidas cuando hacen falta...
-¿Por qué sientes tanta urgencia...?
-Porque es imprescindible que todos sepan inmediatamente dónde es que está el control... y lo acepten...
-Ricardo, se suponen que todos lo sepan...
-Nunca está de más reiterarlo...
-¿Es que hay alguien que no esté de acuerdo con el desarrollo de los

acontecimientos...?
-Es que nos interesa que todos lo sepan, James...
-¿Y es que hay alguien que no lo sepa...?
-No, no lo hay...
-Porque en caso de que alguien no lo sepa, o no quiera admitirlo, no creo que vaya a cambiar de opinión fácilmente si Estados Unidos piensa de manera diferente...
-No es el caso...
-Entonces no hay que preocuparse... de todas maneras, trataré que esta información se mueva hacia arriba lo más rápidamente posible...
-Gracias, James...
-Hay otra cosa que quiero mencionarte, Ricardo. Hemos estado recibiendo durante toda la mañana decenas de llamadas de esposas y familiares de ciudadanos que denuncian que las fuerzas de seguridad los han detenido y que...
-James, en esta situación de emergencia que tenemos es lógico tomar medidas preventivas... ustedes lo hacen con los árabes en su país...
-Pero estos cubanos no son sospechosos de terrorismo... ni están vinculados con actividades violentas...
-Hagamos una cosa, para no perder de vista otras... encárgate primero de que este mensaje del General Raúl Castro vaya a donde debe ir y después te pones en contacto con el Vice Ministro Primero de Relaciones Exteriores y le das la información detallada de estos casos que me mencionas...
-Pero vamos a tener una respuesta rápida...
-Como no, ¿O. K.?
-O. K....

El Vedado, Ciudad de La Habana
Diez y treinta y ocho de la mañana

La Habana, (CNN) Rocío Oldman, corresponsal. Los cubanos han amanecido con la noticia, transmitida por todas las emisoras oficiales en cadena, de que el Presidente Fidel Castro ha tenido un fuerte quebranto de salud y ha debido retirarse provisionalmente de sus actividades cotidianas. El General de Ejército Raúl Castro, Vicepresidente de los Consejos de Estado y de Ministros, ha asumido interinamente las funciones de Jefe de Estado y de Gobierno.
Las llamadas realizadas a las oficinas del Vicepresidente cubano, General Raúl Castro, para comentar sobre esta información no fueron respondidas...

ningún Ministro del gobierno o funcionario estatal ha podido ser contactado... Líderes de las organizaciones opositoras que funcionan con carácter semi-legal en el país tampoco han estado disponibles para comentar sobre esta situación y se rumora que algunos de ellos han sido detenidos.

Según el comunicado transmitido por la radiodifusión oficial, única que opera en el país, una movilización militar ha sido decretada desde las primeras horas de la madrugada, como medida de prevención. Según rumores que no han podido ser confirmados, algunos líderes opositores han sido interrogados por la policía.

El Presidente de Brasil, Luiz Ignacio da Silva, Lula, es esperado en el país al filo del mediodía, en visita oficial de 10 horas de duración. No está claro, en las actuales circunstancias, si la visita será cancelada o, en caso de no serlo, la forma en que se llevará a cabo.

El estado de salud del Presidente Fidel Castro...

La Habana, (EFE), por Santiago del Toro. Agregando incertidumbre a una ya complicada situación, el Presidente cubano Fidel Castro se ha separado temporalmente de sus funciones para enfrentar la recuperación de su estado de salud, agravado en las últimas horas.

En un comunicado oficial transmitido por la televisión cubana...

La Habana, (AFP), Jacques de Lavendré. El estado de salud del Presidente Fidel Castro empeoró repentinamente en las últimas horas y el General Raúl Castro ha asumido las funciones gubernamentales cubanas con carácter provisional.

En un comunicado hecho público por la televisión cubana hace algunos minutos...

Ministerio de Asuntos Exteriores, Madrid, España
Cinco y dos minutos de la tarde (Once y dos minutos de la mañana en Cuba)

El Ministro de Asuntos Exteriores de España, Miguel Ángel Moratinos, hablaba en su despacho con el Coronel Florentino Cisneros, de los servicios de inteligencia españoles, quien había llegado vestido con un impecable traje de El Corte Inglés.

-En definitiva, no podemos estar seguros si Fidel Castro está vivo en este momento...

-Absolutamente seguros, no... ¿Qué tenéis ustedes de la embajada en La

Habana…?

-El informe general, el texto del comunicado oficial y las apreciaciones de mi gente allá y de la suya, Coronel, la que está en la embajada…

-El informe oficial de los cubanos es una cuchufleta…

-No es mucho lo que se consigue con estos gobiernos por esa vía…

-Estos regímenes totalitarios no tienen nada que ver con la transparencia, señor Ministro… consideran la información a su población como un privilegio que les otorgan cada vez que consideran necesario hacerlo y el resto del tiempo son todas las bobadas oficiales y la prensa amordazada…

-¿Qué tenéis vosotros que pueda sernos útil…?

-Nada que vosotros no tengáis… usted sabe mejor que yo que ayer en la tarde nuestro embajador se reunió con Fidel Castro… hasta ahí estaba vivo… ¿hubo alguna indicación en el reporte sobre el estado de salud…? Además, supongo que vosotros habéis conversado a partir de las noticias de esta mañana…

-El Embajador me dijo lo mismo que decía en el reporte de ayer… que se veía cansado y agotado, que estaba limitado por las fracturas que le había provocado aquella caída estrepitosa… que no estaba de muy buen humor… y que el stress se le notaba en la cara…

-Eso puede haber conducido a Castro a cualquier cosa… a que no sucediera nada, al desmayo oficial, una embolia, una trombosis, un infarto… hay muchas posibilidades…

-Es de importancia estratégica para nosotros saber exactamente la situación, Coronel Cisneros…

-¿A que le teméis…? Nuestros intereses no deben estar en peligro si Raúl Castro controla el poder, como se supone que sería…

-La entrevista de ayer con el embajador era algo mucho más delicado… tiene que ver con una operación financiera muy delicada…

-¿La de la Filial en Curazao del Banco español Santander-Las Tres Hermanas…?

-Exactamente…

-Entiendo que hay trescientos cincuenta millones de euros en esa operación, ¿no…?

-Trescientos cincuenta y dos…

-¿Dónde está el problema…?

-El Presidente del Consejo autorizó un Decreto especial de Gobierno con el cual garantizamos el préstamo a Castro… es secreto, no debe salir a la luz pública… pero en caso de Cuba no cumplir con sus compromisos el gobierno debería respaldar el préstamo…

-Habéis corrido un gran riesgo, Zapatero y todos vosotros… en tiempos

normales Castro es muy mala paga, aunque deba tres perras gordas... pero si está enfermo tiene un pretexto adicional mucho mejor para la morosidad...
-Exactamente...
-Y muerto sería el mejor pretexto para no pagar... ¿Por qué el Gobierno de España se complica en algo así...?
-Teníamos interés en ayudarlo, la situación económica de Cuba es muy difícil... todo esto de las sanciones de la Unión Europea ha disgustado mucho a Castro... con este préstamo garantizado y las gestiones de España ante la Unión para levantar esas sanciones que se le impusieron estábamos obteniendo dos cosas...
-Una es, naturalmente, una posición privilegiada para nuestros intereses en la Isla...
-En la siempre fiel Isla de Cuba... pero había mucho más... Castro nos había hecho saber a través de una escritora muy popular en estos tiempos...
-Yo se quien es...
-Nos había hecho saber, decía, que si se concretaba lo del préstamo haría algunos movimientos de liberar disidentes encarcelados para que todo apareciera como un resultado de las gestiones del Gobierno de España... para que España ganara reconocimiento internacional y nacional por ese éxito...
-¿Un triunfo para España o para Zapatero...?
-Para España en definitiva... esa era la operación...
-Los tratos con verdugos y carceleros siempre son delicados...
-Pero por eso necesitamos saber la situación actual, Coronel... si Castro muere y esto queda en el aire se destapa un escándalo de padre y muy señor mío... los de Aznar se darían banquete atacándonos... tenemos que recuperar ese dinero, saber donde está... no sabemos quien más puede saber de esto en Cuba... necesitamos saber lo que está pasando...
-No se que pasa con todos vosotros, por qué les encanta hacer transacciones financieras dudosas con cuanto gilipollas aparece en América gritándole insultos a los americanos. No solo el gobierno actual. Está ese asunto del Banco de Vizcaya con Chávez...
-Eso es diferente, y Castro no es un gilipollas...
-No, es peor...¿cuándo llegó ese dinero a manos de Castro...?
-Hace tres días...
-Lo más probable es que esté en alguna cuenta secreta...
-Habría que llegar hasta ella...
-Hum, si Castro murió es muy complicado... normalmente solo él sabe de esas cuentas...

-No me diga usted eso... alguien más tiene que saber de la cuenta... alguna persona...

-Naturalmente, pero nadie sabe quien es esa persona...

-Joder, eso es imposible... Raúl Castro debe saber...

-Castro no confía en nadie...

-Raúl Castro es su hermano...

-Cuando digo nadie, es nadie... Raúl Castro sabe que existen esas cuentas, pero no tiene acceso a ellas... ni siquiera sabe donde están...

-Coronel, cuando Arafat falleció...

-Arafat era un parvulito de creche comparado con Castro... yo estoy asignado a Cuba hace muchos años, desde el gobierno de Felipe González... hemos tratado de seguir sus ramificaciones financieras... si usted supiera lo que yo sé, se sorprendería... o se asustaría... ¿usted se piensa que son bancos suizos y ya, como Arafat...?

-¿Cómo es...?

-Es una tela de araña, cubriendo una geografía casi impensable: Liechtenstein, Panamá, Curazao, Bahrein, Ciudad del Cabo, Manila...

-¿Para qué quiere Castro cuentas en Manila...?

-Para que usted crea que eso es imposible y no busque en esa dirección...

-¿Usted me está diciendo, Coronel, que esos trescientos cincuenta y dos millones de euros...?

-Le pueden provocar un grandísimo dolor de cabeza a su Gobierno, Señor Ministro...

-¿Usted puede ayudarnos con esto...? Quiero decir, más allá de la colaboración oficial de su servicio...

-Siempre cooperamos...

-Yo lo sé, Coronel... ¿puede usted recibir mi solicitud, además de oficialmente, como la petición de un favor personal...?

-Sí, puedo... pero para poder obtener la información que necesitamos ahora no me basta con nuestros recursos... voy a tener que coordinar con alguna potencia amiga...

-Eso no es nada desacostumbrado...

-No, lo hacemos a menudo en todas direcciones, para allá y para acá, de acuerdo a las situaciones... ya estoy pensando en una vía que puede ser rápida...

-¿Puedo tener la osadía de preguntar cuál es esa vía, Coronel...?

-Puede preguntar cuanto desee, señor Ministro... eso no quiere decir que yo le vaya a responder su pregunta...

Bujumbura, Burundi
Siete y cuatro minutos de la noche (Once y cuatro minutos de la
mañana en La Habana)

Felipe Pérez Roque llegaba procedente de Malawi, como parte de una gira por África que incluía a Botswana, Swazilandia, Níger, Burkina Faso y Camerún.
Abordado por los periodistas en el aeropuerto, el canciller cubano declaró:
-La información que tengo en estos momentos es la misma que han recibido ustedes. No hay ningún motivo para alarmarse. El Presidente Fidel Castro es un ser humano excepcional, muy por encima de todos nosotros, pero un ser humano. El exceso de trabajo y actividades le han obligado a descansar, nada más que eso... no hay necesidad de formar tanto alboroto...
El corresponsal de la Agencia Reuters preguntó:
-Pero no se trata de que haya tomado vacaciones, sino de que ha sufrido un desmayo... y ya ha pasado anteriormente... ¿Cuál es la situación de salud exactamente...?
-Si usted se hubiera leído con cuidado el comunicado de nuestro gobierno no tendría necesidad de hacer esa pregunta, pues ahí se explica claramente...
-No es un comunicado del Gobierno cubano, está firmado por 'la dirección de la Revolución'... ¿que significa eso...?
-Significa que tenemos instituciones colectivas para dirigir nuestro proceso revolucionario, no significa nada más que eso...
El corresponsal de ANSA preguntó al canciller:
-¿Puede usted asegurarme que la salud del Presidente Fidel Castro no representa un peligro para su vida...?
-Puedo asegurarle que yo mismo desearía que mi estado de salud fuera como el del Comandante en Jefe... ¿no leyó usted las declaraciones de su médico personal hace varias semanas...? como quisieran los enemigos del Presidente Fidel Castro gozar de la salud que él disfruta en estos momentos...
Y continuó hacia el carro que lo llevaría en la comitiva oficial.

Aeropuerto Internacional Jorge Chávez, Lima, Perú
Diez de la mañana (Once de la mañana en La Habana)

Procedente de Santo Domingo, República Dominicana, arribaba Lázaro Barredo, funcionario de Relaciones Exteriores de la Asamblea Nacional del Poder Popular de Cuba, 'escritor' por encargo,   asalariado del gobierno cubano, comúnmente utilizado para insultar y denigrar opositores al gobierno.

La información del comunicado oficial se había producido mientras el avión volaba hacia Lima y no la conocía. Un periodista del diario 'El Comercio' lo interpeló:

-Hay noticias de que el Presidente Fidel Castro ha sufrido otro quebranto de su salud... ¿Qué puede usted comentar sobre eso...?

-Los enemigos de la Revolución siempre andan propagando noticias diversionistas sobre la salud del Comandante en Jefe... eso no es nada nuevo...

-Lo dice un comunicado oficial cubano... lo transmitió la televisión cubana...

-¿Usted lo vio...?

-Está en todos los cables, lo dice todo el mundo...

-¿Para que me pregunta si lo dice todo el mundo...?

-Para saber cuales son sus comentarios...

-Yo no tengo ninguna duda sobre nuestro Comandante en Jefe...

-¿Cómo...? Yo no hablo de dudas, le pregunto sobre la salud del Presidente Fidel Castro... ¿el Presidente Castro está enfermo... está vivo en estos momentos...?

-¿Me lo está preguntando...?

-Se lo he preguntado... ¿está vivo...?

-Déjeme responderle como García Márquez... 'los muertos que vos matáis gozan de buena salud'...

-Eso no lo dijo García Márquez...

-Pero se lo estoy diciendo yo...

El responsable de las relaciones internacionales del parlamento cubano continuó su camino hacia donde lo esperaba el diputado comunista peruano Francisco Almaguer.

CAPITULO TRECE

Coral Gables-Miami, Florida
Once y veintitrés de la mañana

Desde el piso catorce de un moderno edificio ubicado en Miracle Mile, Gonzalo Norniella dirigía día tras día las operaciones de 'Tropical Caribe Modern Construction', la empresa constructora que había levantado durante treinta años. Desde su oficina hablaba diariamente con Grecia o Turquía para discutir precios de mosaicos especiales, con Italia para pedir muestras de mármoles finos, con América Central averiguando sobre maderas especiales, o con New York para discutir sobre la Bolsa de Valores y sus inversiones.

En este momento hablaba, sin embargo, a Washington y de algo muy ajeno a su negocio cotidiano, con el Congresista Lincoln Díaz-Balart, Representante al Congreso Federal por el estado de La Florida.

-... y entonces toda esta situación puede alcanzar un ritmo imprevisible, porque una euforia descontrolada puede llevar a mucha gente a perder la perspectiva...

-Sí, Gonzalo, estoy de acuerdo contigo... una cosa es que el loco endemoniado pueda haber fallecido y otra muy distinta es que eso represente el fin de la dictadura... tenemos que ver cómo se desarrollan los acontecimientos, lo que pueden hacer los...

-Lincoln, pero primero tenemos que tener una confirmación de las noticias, que no tenemos ahora...

-Sí, claro, en eso estamos ya... y ver entonces, te decía, que dicen los disidentes, la sociedad civil cubana, como se mueven las cosas en Cuba... que hace el Partido, la Iglesia...

-Y los militares y el Ministerio del Interior...

-Los militares deben estar apoyando a Raúl...es lo que dicen aquí los expertos del Senado... en el Ministerio del Interior tal vez pueda suceder algo sorpresivo... es una opinión... hay que esperar a ver como se desarrollan las cosas...

-Lincoln, me imagino que ya pensaste que sería bueno una declaración llamando a la cordura...

-Mira, Gonzalo ya me llamaron Pérez Roura, de Radio Martí y Jorge Rodríguez, de La Poderosa, pero a los dos le dije que no quería en esta situación una declaración mía solamente, sino conjunta...

-Me parece muy buena idea... de los tres Congresistas...

-*De los cuatro... ya hablé con Bob Menéndez y estuvo de acuerdo, naturalmente...*

-Mucho mejor... un llamado a la cordura, esto no es solo una fiesta en la Calle Ocho y pensar que todo está resuelto en Cuba...

-*Naturalmente... no le vamos a prohibir a las personas que salgan y hablen, o griten, o lo que quieran... pero les vamos a reiterar que la muerte del tirano, si se confirma, no es la solución del problema de Cuba...*

-Y que no nos vayamos a volver locos y formar un problema aquí con los americanos en este momento...

-*De acuerdo... Ileana viene para acá y trae a mi hermano Mario... Bob se demora un poco porque tenía un breefing del bloque Demócrata, viene cuando termine...*

-¿Y el Senador...?

-*Estaba reunido con Otto Reich, no se si habrán terminado... pero queremos hablar con él...*

-Muy bueno...

-*Gonzalo, te dejo, tengo varias cosas y los periodistas aquí me están acosando para la televisión en inglés... los voy a aguantar, igual que en español, para hacer algo conjunto... seguimos en contacto... gracias...*

-Un abrazo, Lincoln...

Carretera del Circuito Sur, Suroeste de la Provincia de Matanzas. Once y cuarenta y tres minutos de la mañana

Debajo de una mata de mangos junto a la cerca de alambre de púas que se encontraba a la orilla del camino a unos cien metros de las curvas de la carretera del Circuito Sur cuando va entrando a Matanzas, el General Bustelo conversaba con el Coronel Julio 'Verocos' Cruz, Jefe del Regimiento Independiente de Tanques de La Paloma, ubicado en el límite noreste de las provincias de Matanzas y Villaclara, y el Jefe de Artillería del Ejército, Coronel Demetrio Colás. Un mapa a escala 1:50,000 estaba colocado entre los tres.

-Con esta situación las cosas se han complicado enormemente, Julio... Por primera vez en más de cuarenta años en las FAR tengo la sensación de que se puede producir un choque frontal entre nuestras mismas unidades, entre nosotros mismos...

-Eso es una tragedia, Beni... no tenemos tiempo ni de llorar a Fidel y ya nos vamos a tener que matar entre nosotros...

-¿Tu te acuerdas en Angola cuando la jodienda de Nito Alves, que por poco

terminamos entrándonos a cañonazos con los que debían ser nuestros aliados…? es así mismo…
-O en Etiopía con los eritreos, la misma mierda…
-No la misma mierda, Colás, no la misma mierda… peor…
-Dime que tú quieres que haga, General…
-Varias cosas, Verocos, y con mucho cuidado…
-Dime…
-Y te tienes que enmascarar como cuando les pasamos por debajo de las narices a los surafricanos…
-Te entiendo, como si estos hijos de puta fueran los surafricanos…
-Como si lo fueran… mira, hay que andar con cuidado, del MINFAR le pidieron a mi jefe de Inteligencia Militar que informara de cualquier movimiento en La Paloma…
-Porque tiene miedo que arranquemos para arriba de ellos y les partamos los verocos…
-Por eso o porque nos quieren coger por sorpresa y jodernos…
-No me van a coger a mí de Base Material de Estudios… no te preocupes, sigue…
-No podemos saber de seguro que es lo que pueden hacer… pero haciendo una apreciación de lo que podría hacer el enemigo…
-Los cabrones en La Habana…
-Sí, increíble, pero ese sería ahora el enemigo…
-Del carajo…
-Bueno, si yo fuera el enemigo y con esta situación, puedo hacer varias cosas…
-Dime cuales, General…
-Lanzar los aviones contra el Ejército…
-Sí pueden, sí… aunque sería demasiado escandaloso… y con ese Congreso de no se que mierda que hay en Varadero y Cárdenas, hay como quinientos extranjeros entre delegados, periodistas y michelines dando vueltas por todo esto…
-O podría mandar un Regimiento de Tropas Especiales en una operación comando…
-Pero tienen el riesgo de que se forme una cagazón si los estamos esperando y les echamos los tanques arriba…
-O dar un golpe demoledor, que de una vez controle todo el Ejército, que lo deje sin disposición combativa…
-¿Cómo…?
-Con una unidad que pueda golpear fuerte y muy rápido y que deje al Ejército paralizado…

-¿Qué unidad...?

-Un Regimiento de tanques de la División Blindada, Verocos...

-Están cerca y conocen el terreno, porque tienen una dirección de contragolpe en Matanzas...

-Exactamente...

-O sea, General, que tú piensas que nos pueden lanzar el Regimiento de tanques del flanco derecho de la Blindada...

-Ese mismo... no es que lo vayan a hacer... pero tenemos que estar preparados...

-No me gustaría apuntar con mis cañones a esta gente, Beni... el Jefe de ese Regimiento es el Coronel Quintana... él y yo combatimos juntos en Girón, estábamos cerca en el norte de Angola en el setenta y seis, juntos en Cuito Canavale, en Siria cuando la guerra del setenta y tres, fuimos juntos a Venezuela el año pasado, coincidimos en Nicaragua como tres meses y cada vez que teníamos un chance nos bajábamos una botella de 'Flor de Caña' juntos o salíamos a tratar de ligar alguna nica... no me imagino apuntándole a sus tanques... mucho menos disparando...

-Yo tampoco, Verocos yo tampoco... no quiero que pase, estoy haciendo todo lo que se pueda porque no pase... no quiero que pase... es más, he dado mi palabra de a hombre de que no seré el primero en disparar... pero si me vienen pa'rriba...

-Beni, una cosa es que no queremos, que no queremos hacerlo y otra es abrir las nalgas y virarnos de culo si nos vienen para pa'rriba... si nos quieren joder tendremos que fajarnos... y si nos fajamos, entonces es en serio... pero no fuimos nosotros los que formamos la jodienda...

-Así mismo, Verocos, así mismo... y toda mi artillería te va a estar apoyando...

-Espérate, Colás... Verocos, quiero que muevas por lo menos una compañía de tanques, bien enmascarados, Verocos, bien enmascarados... y si pudieran ser dos mejor todavía, pero por lo menos una compañía...

-¿Necesitas una o dos...?

-Por lo menos una... depende de cómo puedas asegurar que no te detecten... si puedes enmascararlas bien para moverte, necesito dos...

-Yo me las arreglo, General... y con la movilización que hay ahora hay tanto movimiento de personal y armamento y transporte que es más fácil hacerlo...

-Por lo menos una tienes que garantizar...

-Y las dos también yo me las arreglo... ¿para donde hay que moverse...?

-Mira el mapa, Verocos... quiero que bajes como por el Circuito Sur, hacia el oeste, hacia Matanzas, hacia La Habana...

-¿Hacia La Habana...?

-Sí, Verocos, hacia La Habana... mira aquí en el mapa... por aquí, en esta dirección...

-¿Hasta donde...?

-Lo más cerca que puedas aquí en el límite entre La Habana y Matanzas, pegándote a San Nicolás de Bari... por aquí, fíjate... aquí... aquí mismo...

-¿Para que...?

-Yo voy a mover para esa área dos baterías de cañones 57, una batería antiaérea, dos pelotones de infantería y un pelotón de zapadores... con eso y con tus tanques vamos a crear un Destacamento Avanzado a esta altura más o menos... casi en el límite de la provincia......

-Para si vienen las columnas de tanques de ellos...

-Eso mismo...

-Partirles los verocos...

-Obligarlos a que se desplieguen... para que pierdan tiempo y no sigan avanzando...

-Los paramos...

-No hables mierda, Verocos, con eso en la mano ni tú ni nadie puede parar un Regimiento de tanques y tú lo sabes igual que yo y que el General... pero podemos demorarlos, detenerles el ritmo, obligarlos a desplegarse, ponerles la cosa difícil... demorarlos...

-Para después entrarles...

-Eso mismo, Coroneles...

-Con todos mis tanques...

-Y mis cañones...

-Y un Regimiento de Infantería de Cárdenas que voy a incluir...

-Los jodemos, no digo yo... los jodemos...

-Mira, Verocos, si no los paramos a ellos y los demoramos, los tanques de La Paloma no llegan a tiempo... ellos se van a acercar demasiado a la ciudad, los tanques tuyos chocarían con ellos del lado de acá de la ciudad, ¿ves...? y se forma una descojonación en Matanzas...

-No digo yo... pero yo puedo acercar más los tanques, todos, hasta aquí...

-No, porque nos van a detectar y eso es lo que no quiero... si nos detectan ese movimiento pueden mandar los aviones, o presentarnos a nosotros como que los queremos atacar... no puede ser...

-Plantéame la misión clarita, General, para entenderte bien...

-Mira, Verocos, voy a crear un Destacamento Avanzado a esta altura, en esta línea, mira el mapa... con dos compañías de tanques tuyas, dos baterías de cañones antitanque de cincuenta y siete milímetros, una batería antiaérea, dos pelotones de infantería y un pelotón de zapadores...

-Me gustaría más una compañía de infantería en vez de dos pelotones, General... habría más lanzacohetes, ametralladoras... y se pueden enmascarar fácil...

-Puede ser... sí, está bien...

-Perfecto...

-El Jefe de ese Destacamento Avanzado es tu Jefe de Batallón que envía las dos compañías de Tanques... ¿Quién sería...?

-Para eso prefiero a 'Matraca'...

-Coño, quítate esa costumbre...

-Para eso designo al Teniente Coronel José Eduardo Rosales, compañero General...

-No jodas... me parece bien, de acuerdo...

-Rosales entonces...

-Bien... la misión del Destacamento Avanzado es detener las columnas de tanques que avanzan sobre Matanzas, obligarlos a desplegarse antes de entrar a la provincia y asegurarle una línea de despliegue a las unidades del contraataque aquí a esta altura...... mira el mapa...

-Que sería el Regimiento de Verocos y un Regimiento de infantería de la División de Cárdenas, ¿no, General...?

-El Regimiento de Tanques menos las dos compañías que están en el Destacamento... y el Regimiento de Infantería de Jovellanos exactamente, Colás, para bajarlo por el Circuito Sur también...

-¿Y que hacen mis cañones 122 en esa historia...?

-Colás, tú tienes que acercar una batería de cañones de 122 milímetros hasta aquí, por esta zona, para apoyar al Destacamento, que hagan barreras de fuego delante del Destacamento y presionen a los tanques de ellos para desplegarse y desbaratar las columnas...

-Podemos planificar dos o tres barreras... en esta altura, por aquí...o aquí...

-Las otras dos baterías de 122 tendrían que apoyar el despliegue de los tanques nuestros, habría que emplazarlas por aquí...

-Un poquito más adelante, por esta área hay mucho monte, las puedo enmascarar mejor...

-Bueno, tú tienes que definir el lugar exacto... eso te toca a ti... pero garantizar barreras de fuego en todo este frente, fíjate en el mapa, en toda esta línea...

-¿Oye, Colás, a las barreras de fuego es a lo que se pone nombre de ciudades enemigas...?

-No, Verocos, eso es al fuego masivo... ¿por qué...?

-Te iba a decir que les pusieras Habana, Marianao y Guanabacoa... esas son las ciudades enemigas ahora...

-No jodas, Verocos...
-Una cosa que le digo a los dos y no puede haber la más mínima confusión...
es una orden estricta y soy capaz de fusilar al que la incumpla,
¿entienden...?
-Coño, General, usted nunca nos habla así...
-Esta vez sí, porque es de vida o muerte... no vida o muerte nuestra, vida o
muerte de la Revolución... ¿está claro...?
-Clarísimo...
-En ninguna circunstancia, en ninguna, repito por tercera vez, en ninguna
circunstancia vamos a disparar primero nosotros... ¿eso está claro...?
-No, para decir verdad, no estoy claro... ¿si nos vienen para arriba, pero no
han disparado, los vamos a dejar que nos aplasten...?
-Claro que no, pero eso de 'si nos vienen para arriba' no es cuando estén a
diez kilómetros de aquí...
Verocos quería saber exactamente cuando podía disparar.
-¿Cuando podríamos disparar si nos están viniendo para arriba...?
-Cuando pasen el límite que divide las provincias de La Habana y
Matanzas... cuando pasen esta línea aquí en el mapa...
-Ya estarían muy cerca de nosotros, General, a menos de mil metros casi...
es peligroso...
-Verocos, pero es mucho menos peligroso que ser nosotros quienes
desatamos una carnicería entre cubanos... ¿me entienden...?
-Clarísimo...
-Clarito, clarito...
-Vamos a mandar dos escuadras de exploración, dos personas cada una, con
radios ligeros, que se acerquen lo más posible a donde está dislocado el
Regimiento de la Blindada...
-Para saber sus movimientos...
-Exacto, bien enmascarados...
-Los puedo vestir de civil... motos civiles...
-¿De dónde vas a sacar motos civiles, Verocos...?
-Déjeme eso a mí, general...
-Aprobado, Verocos, resuélvelo... que no hablen por radio por gusto...
-No tienen que hablar nada... una sola vez, cuando los tanques arranquen los
motores...
-Perfecto... métele...
-Resuelto, no se preocupe...
-Esa es la idea, Coroneles... ¿entendieron...?
-Está claro, Beni... ¿cuándo hay que estar listos...?
-Ayer, Verocos, ayer... lo más rápido posible... arrancas ahora mismo con

Colás a reconocer el terreno... yo voy para Loma de Fine a ver como andan las cosas por la División...

-A la orden...

-Ese Regimiento de la División Blindada se disloca muy cerca de nosotros, puede llegar muy rápido... ¿cuándo podemos tener el Destacamento en disposición combativa...? los tanques, que es lo que más demora...

-Los tengo dislocados en Coliseo... son los que más rápido llegan... dos o tres horas para estar listos para entrarse a cañonazos...

-Colás, ¿y tus cañones...?

-¿Los 122...? menos todavía... hora, hora y media...

-Yo me encargo con la Brigada de Matanzas de las baterías antitanques, la infantería y los zapadores...

-Andando, Colás, vamos...

-Verocos, los tanques son los que más demoran, por la distancia y el enmascaramiento... no más de tres horas, no más de tres horas...

-¿Qué hora es general?

-Doce y cinco...

-General Bustelo, a las tres de la tarde ese Destacamento se puede batir con Masantín el Torero si viene por ahí... por mis verocos... yo se lo aseguro...

-A las tres, Verocos, a las tres en punto y que se fortifiquen bien... si ese Destacamento tuyo se bate de verdad tenemos tiempo de llegar con el contraataque de tus tanques y el Regimiento de Cárdenas...

-Y los jodemos, General, los jodemos...

-¿De a hombre...?

-Por mis santos verocos...

-Arranquen, no pierdan tiempo... yo voy a decirle al General Cuétara que mande al Jefe de Regimiento de la División de Infantería a encontrarse contigo en la División de Unión de Reyes para que reconozcan toda el área de despliegue para el contraataque, que tiene que ser aquí, mira bien el mapa, en esta línea que va de Guanábana a Alacranes... la Brigada Independiente de Matanzas va a mandar la infantería, los 57, la batería antiaérea y los zapadores para el Destacamento Avanzado...

El General Bustelo insistía:

Llama a tu Jefe de Estado Mayor y que mande al Jefe del Destacamento para donde van ustedes... en el área donde van a estar... ¿cómo es que se llama...?

-¿Matraca? Se llama Rosales, Eduardo Rosales...

-Y tu, Colás, manda a buscar al Jefe de la Batería de 122 que vayas a utilizar... ¿ya decidiste cuál va a ser...?

-Hace rato...

-¿No será otro 'matraca'…?
-No, tiene un nombre fino, es el Mayor Miguel Ángel Sánchez del Campo…
-Menos mal…
-Sí, Colás, pero dile al General como es que le dicen a Campito…
-Que jodedor es este Verocos… le dicen Campito Florido, General…
-Váyanse los dos al carajo, arranquen…

Consejo Nacional de Seguridad, La Casa Blanca, Washington, D. C. Once y treinta y dos minutos de la mañana

El *breefing* del Consejo Nacional de Seguridad había comenzado a las once y veinte y cinco de la mañana con una seria reprimenda por parte de Jacob Walenski, encargado de los asuntos cubanos, y con nuevas informaciones que se recibían.
-¿Entonces, damas y caballeros, que más sabemos sobre los generales sublevados en el este de Cuba…?
Fue el representante de la Agencia de Inteligencia de la Defensa quien le respondió:
-Prácticamente le acabo de informar todo lo que sabemos…
-Coronel, por favor, lo que usted me acaba de informar yo podría encontrarlo en un Who's Who si los cubanos publicaran alguno, o en algunas de sus publicaciones oficiales, aunque ahora no tienen muchas… que está cerca de Fidel Castro desde la Sierra Maestra, que estudió en Academias Militares en Cuba y la Unión Soviética, que estuvo al frente de agrupaciones militares cubanas en África, que es Jefe del Ejército Oriental cubano hace más de diez años…
Ahora estamos con la situación de una casi segura muerte de Fidel Castro o por lo menos de una incapacidad general para gobernar. .. como si ya no fuera el hombre fuerte en Cuba… eso parece ser casi seguro, de una forma u otra…
Lo que me interesa saber ahora es ya que Fidel Castro estaría fuera del juego, sí tenemos noticias de alguna actividad conspirativa de los generales cubanos anteriormente, si sabemos algo de las ideas o la ideología de este general, si tenemos un motivo sólido para entender la visita de su representante a la Base de Guantánamo, si sabemos cuales son sus relaciones con otros generales cubanos, si sabemos algo de sus relaciones con Raúl Castro… esas son las preguntas para las cuales necesitamos respuesta…
El representante de la CIA intervino:

-Nosotros hemos asumido como algo incuestionable que los altos oficiales cubanos se agruparían monolíticamente alrededor de Raúl Castro en el evento del fallecimiento de Fidel Castro...

-Esa fue la versión de desinformación que...

-Exactamente, que nos presentó durante mucho tiempo aquella topo que Castro logró colocar en las juntas de análisis del Pentágono... y nos ha hecho mucho más daño del que creímos inicialmente... y logró colocarnos bastante desinformación... no operativa, básica, sino estratégica, de evaluación, de análisis... pero no fue solamente ella... diversos desertores cubanos de experiencia y cercanamente vinculados al régimen nos habían presentado una versión más o menos concordante con esas líneas generales... éstos no nos desinformaron concientemente, sino que nos dieron su versión...y nosotros la asumimos...

-¿Qué significa 'nosotros'...? ¿quiénes...?

-La comunidad de inteligencia toda... todos asumimos ese criterio...

-Todos asumimos erróneamente entonces...

-Lamentablemente...

Un tenso silencio recorrió la mesa circular. El Asesor de Seguridad Nacional del Presidente preguntó:

-¿Entonces ahora tenemos un grupo de oficiales, un general cubano disidente, que nos hace saber que desconoce la autoridad de Raúl Castro como sucesor de Fidel Castro, que lo reta y que pide respaldo moral internacional para su enfrentamiento y no sabemos si estamos ante un patriota, un nacionalista, un castrista desilusionado o un provocador...?

-Hay algunos indicios...

-No me hablen de indicios ahora, de eso se habla en los análisis antes de venir al *breefing*... ¿sabemos o no sabemos...?

-No sabemos...

-Increíble...

Un joven Capitán de Fragata, representante de la Marina, intervino:

-Me parece que con el lenguaje que estamos utilizando aquí podemos confundirnos más...

-Explíquese, por favor...

-Estamos refiriéndonos a 'un general sublevado' y esto puede ser peligroso para nosotros...

-¿En que sentido...?

-El Ejército Oriental cubano es mucho más que un grupo de militares o un general... es el segundo ejército cubano en poder de fuego y además de la Brigada de Infantería reforzada de la Base Naval de Guantánamo, cuenta con una División permanente de Infantería Mecanizada, un Regimiento

Independiente de Tanques, varios batallones de tanques, más de quince divisiones de infantería de reservistas, Regimientos de artillería...
Añadió, sin detenerse:
-Y, además, señor, artillería coheteril táctica, fuerza aérea, aeropuertos, bases aéreas, navales, ingeniería militar, comunicaciones, unidades de la marina que coordinan con las tropas terrestres, protección de guerra química, exploradores, inteligencia, contrainteligencia, logística, puestos de mando fortificados, trincheras reforzadas, refugios... esto no es un general de una república bananera dando gritos en una lejana provincia contra el gobierno central para conseguir prebendas...
Los participantes escuchaban con atención...
-Permítanme mostrarles el mapa para que se entienda mejor: cubren la mitad del país, es una geografía singular, la Sierra Maestra, montañas al este y al norte, llanos al occidente, las llanuras de Camagüey, pantanos al sur de esas provincias, polígonos de maniobras de tiro de combate en el norte...
Todos miraban con atención el mapa de Cuba que señalaba el oficial.
-Es un territorio de más de treinta mil millas cuadradas bajo su jurisdicción, que abarca siete de las catorce provincias cubanas, vean aquí, comparen el país completo y el territorio de ese Ejército...
Los ojos no se despegaban del mapa.
-Cuando se despliega totalmente movilizado tiene alrededor de doscientos mil hombres incluyendo reservas, más de 400 tanques, cientos de cañones... ese es el Ejército Oriental cubano del que estamos hablando...
Las caras en la mesa denotaban preocupación. El joven oficial estaba sacando a la luz información que magnificaba el craso error con que se había estado moviendo el Consejo Nacional de Seguridad durante todos estos años.
-El Ejército Oriental debe tener al menos siete generales: el Jefe del Ejército y el del Estado Mayor, el de la Brigada de la Base, los Jefes de Cuerpo de Ejército, el de la División Permanente... no se exactamente, pero puedo pensar en alrededor de 30 coroneles o más, y quien sabe cuantos tenientes coroneles, cuantos mayores y capitanes...
-Un equipo fuerte...
-No solo fuerte en número, sino experimentado... el Jefe de ese Ejército dirigió las ofensivas etíopes que desplazaron a los somalíes del Ogaden a finales de los años setenta en el Cuerno Africano, ofensivas de gran tamaño y recursos en el este y el sur de Angola en los años ochenta... pasó escuelas de estados mayores y de mando por varios años en la entonces Unión Soviética...
Experiencia no faltaba, sin dudas.

-Y por si les parece poco, es miembro del Politburó del Comité Central del Partido Comunista Cubano...y los otros generales que le rodean también `acumulan hojas de servicio de este corte...
El Asesor de Seguridad Nacional del Presidente preguntó:
-¿Cuál es la fuente de toda esa información...?
-En más del ochenta por ciento es información pública, señor, procesada de publicaciones cubanas y de informaciones militares especializadas de carácter internacional...
La atmósfera del salón pesaba como si fuera sólida. Todos callaban.
El Asesor del Presidente volvió a preguntar:
-¿A dónde nos lleva todo esto...? ¿qué nos quiere demostrar...?
-Que es casi imposible que ese General se haya rebelado por sí solo... es decir, sin el apoyo de una buena parte de ese Ejército, o de los oficiales de ese Ejército...
-Es decir, ¿que usted considera que en esa sublevación pueden estar implicadas varias unidades y varios oficiales de alto rango...?
-Casi seguramente... generales y coroneles y también varias unidades importantes, decisivas... puede ser la División permanente, el Regimiento de Tanques... o ambos a la vez...
-¿Cuál es la proporción de las fuerzas de ese ejército comparadas con las que pueden mantenerse fieles a Raúl Castro...?
-Eso es más difícil de precisar, depende de todos los que se hubieran sumado a esa rebelión... pero puedo ofrecer un dato más exacto... las fuerzas armadas cubanas que no forman parte de ese Ejército Oriental, o que no están controladas por el Ejército Oriental, deben ser menos del setenta por ciento de todas las fuerza armadas...
-Es decir, que estos señores que se han sublevado pueden constituir hasta el treinta por ciento de las fuerzas armadas cubanas...
-Hablando aproximadamente puedo responderle que sí, que esa cifra es muy realista...
-¿Y en el supuesto caso que estas facciones se enfrentaran en combate, cuales serían las posibilidades de las unidades sublevadas...? La proporción favorece dos a uno a Raúl Castro...
-Eso depende del tipo de acciones combativas que se desarrollen... el Ejército Oriental no está en condiciones de atacar a las unidades fieles a Raúl Castro en el centro y el occidente del país...
-Pero los hombres de Raúl Castro los podrían atacar a ellos...
-Relativamente... si los sublevados controlan las bases aéreas del oriente del país, la fuerza aérea de Castro no está en condiciones de volar continuamente desde el occidente del país hasta el territorio del Ejército

Oriental, combatir y regresar al occidente... y el poder de fuego de la Marina de Guerra no alcanza a penetrar las costas hasta donde se dislocan las unidades del Ejército Oriental. Mover por tierra grandes unidades de tanques hasta ese territorio supone un recorrido muy largo, complicado, desgastador... y requiere varios días...

La representante del Departamento de Estado intervino desde el otro lado de la mesa:

-En la forma que usted lo describe, no parece haber un bando capaz de prevalecer a pesar de que hay marcadas diferencias de poder y armamentos...

-En las primeras cuarenta y ocho o setenta y dos horas no me parece probable que se pueda lograr una definición violenta de ningún bando, una victoria, que uno de los dos pueda prevalecer...

-¿Y después de esas setenta y dos horas...?

-Las cosas pueden haber cambiado mucho y pueden haber empeorado bastante para Raúl Castro... él necesita una acción inmediata, consolidar el poder, demostrar su liderazgo, dar un mensaje interno y externo de que todo está bajo control, que no se le escaparán de las manos las cosas...

-Así debe haber estado planeado desde hace mucho...

-Sin dudas estaba planeado así... pero si como nos explicó el Capitán de Fragata la mitad del país, o al menos si una parte importante del Ejército Oriental cuestiona el liderazgo de Raúl Castro, es una situación totalmente diferente...

-Diferente sin dudas... inesperada... yo creo que Raúl Castro estaba preparado para asumir la sucesión de Fidel Castro a su muerte, o para aplastar una rebelión en las Fuerzas Armadas, pero no para las dos cosas a la vez...

-Lo entiendo...

-La imagen que necesita Raúl Castro, de que él es el hombre fuerte y las cosas están bajo control, de que hay una transición controlada, se comenzará a desmoronar nacional e internacionalmente...

-Sin dudas...

-Cada hora que transcurre debe favorecer al grupo de los orientales, sí realmente han logrado agrupar fuerzas de consideración para retar el liderazgo de Raúl Castro... si se pueden mantener más de veinticuatro horas será muy difícil derrotarlos... si se mantienen setenta y dos horas Raúl Castro está perdido...

-Perdido en cuanto a su poder absoluto...

-Exactamente, no le quedará más remedio que negociar...

El representante del Departamento de Seguridad Interior intervino:

-El análisis que estoy escuchando ahora me parece extremadamente interesante y significativo... nos ayuda mucho para comprender muchas cosas... pero hay un factor que considero no podemos olvidar: Raúl Castro ha sido una figura pública cubana por más de cuarenta años, los cubanos lo conocen y saben que es el sucesor designado por Fidel Castro, además de su hermano menor...

-De acuerdo...

-Acumula en su persona los mismos cargos que Castro en condición de segundo al mando, ahora de primero... ha tenido que ver con la designación de jefes militares y de responsables políticos... el Partido, el Gobierno, las instituciones cubanas...

-Por eso...

-Del otro lado tenemos un general del cual conocemos muy poco más allá de su nombre y datos generales... supongo que una parte importante de la población cubana pueda estar en las mismas condiciones informativas que nosotros respecto a este general... en estas condiciones, me pregunto, Raúl Castro podría utilizar estos factores favorables para restar apoyo a estos militares de manera que la balanza se inclinara a su favor...

La representante del Departamento de Estado tomó la palabra:

-Bueno, es evidente que lo que usted ha señalado es un factor de mucho peso en el análisis y yo no tengo dudas de que Raúl Castro lo utilizará para tratar de acercar la sardina a su brasa... pero mirando esto desde un punto de vista alternativo, tal vez lo que constituye una indiscutida fortaleza a su favor pueda resultar a la vez una gran debilidad...

-Explíquese, por favor...

-Sí... las condiciones de vida de la población cubana son extremadamente difíciles, demasiadas limitaciones, escasez, represión... hay hambre, desnutrición, falta de condiciones sanitarias, falta de transporte, de electricidad... y las provincias orientales han llevado la parte más dura de este calvario...

-O.K.

-Si estos militares tienen adoptan un enfoque de liderazgo y no solo de enfrentamiento armado, pueden vincular a Raúl Castro a la responsabilidad por todas estas dificultades y necesidades de todos estos años... no solo responsabilidad de Fidel Castro, sino también de su hermano...

-Es muy posible, sí...

-En definitiva, Raúl Castro era el segundo de a bordo de la persona que fue llevando a Cuba hasta esta situación actual... si logran transmitir ese mensaje, las ventajas de Raúl Castro por todos sus años de vida pública se convierten en una extraordinaria carga de desgaste y debilidad...

-¿Sabemos si estos militares tienen algún proyecto político, algún programa que ofrecer a la población para enfrentarla a Raúl Castro, o al menos para que Raúl no pueda aprovechar esa ventaja...?

-No, yo no tengo esa información, no creo que, de acuerdo a como se han desarrollado las cosas, podamos tener esa información...

-Eso no nos conviene...

El joven oficial de la Marina habló nuevamente:

-Puede ser muy difícil que tengamos esa información en estos momentos, pero también me parece hasta poco probable que esos oficiales la tengan... tal vez ni ellos mismos deben haber diseñado un proyecto, un programa, ni nada por el estilo...

-¿Entonces, qué le dirían a la población...?

-Cualquier cosa, lo que se les ocurra, lo que quieran decir... libertad de comercio privado, libertad de los campesinos para sembrar, medidas excepcionales a favor de la población, facilitar las cosas para que los cubanos de aquí envíen dinero, cualquier cosa que pueda mejorar los bajísimos niveles de vida de la población serían cosas agradablemente recibidas por los cubanos...

-¿Pero que van a resolver con eso...?

-Mucho... ¿qué puede ofrecerle Raúl Castro a los cubanos en estas circunstancias...?

-Explíquemelo...

-Nada... más de lo mismo... lo que ha ido llevando a los cubanos al hambre, a la miseria, la separación de las familias, la represión, el terror, las necesidades, la insalubridad... nada que no sea más de lo mismo, nada que los cubanos estén dispuestos a aceptar...

-¿A pesar de haberlas aceptado sin sublevarse durante tantos años...?

-Las aceptaron, o no les quedó otra opción que aceptarlas, porque el magnetismo, la personalidad y el liderazgo de Fidel Castro jugaron un papel extraordinario en todo eso, arrastraron a la población tras él, a los líderes, a los militares... junto con la más brutal represión, por supuesto... con razón o sin razón, por convicción o por temor, los cubanos aceptaban la mano de hierro de Fidel Castro...

-¿Pero usted considera que Raúl Castro no puede lograr eso, que los cubanos no aceptarían nunca eso y verían la muerte de Fidel Castro como la oportunidad de salirse de todo eso ahora mismo...que las únicas posibilidades de Raúl Castro de prevalecer serían si se impone por la fuerza y el terror...?

-No tengo la menor duda...

-Y necesita las fuerzas armadas en su puño...

-Así es...

-¿Y usted considera que Raúl Castro no vacilará en recurrir a esos recursos de terror y poderío militar que hemos mencionado para prevalecer...?

-Tampoco tengo la menor duda sobre eso...

-Entonces, ¿si los militares sublevados logran mantenerse por setenta y dos horas y desarrollan hábilmente un esfuerzo para atraerse simpatías de la población, es posible que puedan prevalecer...?

-Si manejan las cosas con habilidad no sería solamente posible, sino también sería probable... los días de Raúl Castro estarían contados...

-Aunque eso no nos garantiza que Cuba se acerque a nosotros y se encamine hacia la democracia...

-Pero nos garantiza que Cuba no siga por la senda de Corea del Norte o los ayatolas... y la posibilidad de que un nuevo gobierno cubano no tenga que vernos necesariamente como el diablo imperialista... y si logramos eso, podemos sentirnos muy satisfechos de esta etapa...

El Asesor del Presidente volvió a hablar:

-Todo este análisis parece inclinarse a darle el apoyo solicitado a los militares sublevados y desconocer la petición de Raúl Castro en este sentido... ¿es así...?

El representante de la CIA intervino:

-Aparentemente sería así, pero pienso que necesitamos un poco más de tiempo, saber más sobre este grupo disidente, quienes son, lo que quieren realmente, si han hecho pronunciamientos públicos, si han tratado de aliarse con figuras políticas cubanas, si envían otro mensaje a través de la Base Naval...

-¿Cuál es su idea...?

-Yo propongo que esperemos un poco antes de elevar una recomendación al Presidente... tener algunas horas, buscar más información... no debemos precipitarnos, ese apoyo público, aunque solo sea moral, puede inclinar la balanza a un lado o al otro... si seleccionamos la opción equivocada sería fatal... debemos profundizar un poco más...

La representante del Departamento de Estado:

-Yo estoy de acuerdo con esperar y buscar más información... es sensato...

Ahora fue el representante de la Agencia de Seguridad Nacional, acostumbrado a procesar y tomar decisiones a un ritmo vertiginoso:

-Buscar más información es muy lógico, mientras no estemos buscando información cuando ya los cubanos se estén lanzando las bombas, o cuando sea tan tarde que no podamos evitarlo... si llegamos al punto de no retorno sin una decisión hemos perdido el tiempo y habremos perdido una oportunidad irrepetible...

-Naturalmente...

-Parece que todos los antecedentes de la situación se manejaron de una forma que no pueden enorgullecer a nadie aquí, pero al menos ahora vamos a tratar de hacer las cosas como deben hacerse... si estamos analizando todo esto es porque creemos que puede haber soluciones que no constituyan una desgracia mayor para los cubanos...

-Ni para nosotros...

-Por supuesto... pero si vamos a esperar que se despedacen entre sí para luego aceptar a quien prevalezca tendríamos que hacer un análisis diferente... y no he percibido en esta sala que ese sea el espíritu... en mi opinión, en el *breefing* de las tres de la tarde tenemos que llegar a conclusiones...

El Asesor del Presidente preguntó:

-¿Estamos de acuerdo con esta percepción...?

Nadie se opuso.

-Entonces le informaré al Presidente que esta tarde le presentaré nuestras recomendaciones sobre este caso. Les agradezco su participación... volvamos a nuestras otras actividades, trabajemos rápido, sin perder tiempo... esto se puede complicar... busquen más información... y nos vemos nuevamente a las dos y media de la tarde...gracias.

CAPITULO CATORCE

El Capitolio, Washington, D. C.
Doce y tres minutos de la tarde

El Doctor Otto Reich, ex Sub Secretario de Estado para América Latina y Asesor del Presidente George W. Bush, se puso de pie y le dijo al Senador:
-Necesito alguna confirmación más segura... voy a moverme un poco con algunos contactos a ver lo que se puede conseguir...
-Otto, ¿con qué cubanos podemos conversar, además de los Congresistas...?
-¿Cubanos del gobierno...?
-No, no, cubanos de aquí, del exilio... pero no de los que se ponen a dar gritos, que son más emocionales que racionales...
-Senador, algunos son nada más que emocionales, solo emocionales, no les queda nada de racionales...
-Pero los hay muy racionales, muy analíticos, muy profundos en sus razonamientos... algunos con mucha información, hay otros con mucha capacidad de análisis... yo conozco algunos, he hablado con algunos de ellos más, pero me gustaría tener la posibilidad de escuchar más opiniones, más criterios...
-Si, naturalmente.... hablar con gente de diferentes posiciones, de diferentes criterios, aunque no estemos de acuerdo con ellos... pero gente seria, de esos que no forman mucho escándalo...
-No, esos no son escandalosos...
-Pero los hay que de verdad que saben analizar... si, tengo algunos nombres...
-Dámelos...
Otto reich volvió a sentarse:
-Ahora mismo... y sus teléfonos también...

Miami, Florida
Doce y treinta de la tarde

Muy buenas tardes, amigos radioescuchas. Como siempre, nuestra emisora con lo primero y lo mejor en información. Si quiere estar bien informado y antes que nadie, usted necesita escuchar todas las tardes nuestro programa, desde las doce y treinta del mediodía hasta las tres, por esta emisora. Comencemos con las noticias: como todo el exilio sabe, el tirano sufrió otra crisis esta madrugada y se encuentra retirado de todas las actividades oficiales por orden de su equipo médico. Previendo un inminente levantamiento de la población cubana, las fuerzas armadas y la seguridad del estado han decretado la alarma de combate en todo el país.

Noticias sin confirmar informan que, según testigos que se encontraban muy cerca del lugar de los hechos, un grupo de fuertes explosiones fue escuchado repetidamente en las afueras de La Coloma, en Pinar del Río. Aunque la dictadura no ha hecho comentarios al respecto, los analistas opinan que esto bien pudiera ser alguna acción de sabotaje contra instalaciones del gobierno por parte de comandos radicales que se encuentran en el país. Una columna de camiones de milicianos fue vista en la carretera de Pinar del Río a La Coloma. Hemos tratado de localizar a representantes de las organizaciones disidentes en Pinar del Río para comentar sobre estos hechos, pero ha sido imposible, y yo personalmente no descarto la posibilidad de que hayan pasado a la clandestinidad como parte de algún programa de enfrentamiento con el gobierno comunista en estos momentos. Le daremos seguimiento a esta noticia.

Por otra parte, las tensiones crecen a lo largo de la Base Naval de Guantánamo, debido a un evidente incremento en las acciones agresivas por parte de las tropas cubanas concentradas en ese lugar. No sería extraño que los militares cubanos, deseosos de un enfrentamiento con lo que ellos llaman el imperialismo yanki, aprovecharan la situación de tensión provocada por la alarma de combate para precipitar un encuentro frontal con las tropas norteamericanas.

Noticias de La Habana señalan... ah, ah, esperen... me avisan que tenemos en la línea al señor Gilberto Santana, del Centro de Estudios Estratégicos de Transiciones y Reformas, con sede en Hialeah. Buenas tardes, señor Santana...

-*Buenas tardes, hermano, ¿como te va, amigo...? gracias por permitirme participar...*

-Es un honor para este programa, como siempre... Señor Santana, todos nosotros sabemos de su experiencia y conocimientos en los temas de Cuba, Irak, Corea y el Cono Sur africano, sobre el gobierno local de Miami, la Bolsa de Valores y la NASA... hábleme de Cuba... ¿qué sabe usted, como están las cosas...? ¿Fidel Castro está muy grave, o es algo pasajero...?

-*Yo venía oyendo tu programa y esta noticia de la Base de Guantánamo es muy significativa. Para mí está muy claro que las fuerzas armadas cubanas desean un enfrentamiento en la Base Naval de Guantánamo, sobre todo después de la reelección de Bush.*

-¿Por qué...?

-Porque conocen la situación de los americanos en Irak y en Afganistán y suponen que Bush no desea otro conflicto armado. Entonces han pensado que creando tensiones en la Base le van a restar a nuestro Presidente parte de la popularidad que demostró su reelección...
-Es un enfoque muy interesante, nadie había planteado esto...
-Te estoy dando una exclusiva, hermano...
-Entonces usted opina que los cubanos van a presionar en la Base...
-Los cubanos en general, no, los orientales... se sabe perfectamente que los oficiales del Ejército Oriental son partidarios del enfrentamiento con los americanos... es más, hay serios indicios de que recientemente se produjo una reunión del mando de ese ejército con Fidel y Raúl Castro, donde ese ejército propuso montar una provocación que llevara a un enfrentamiento...
-¿De dónde es esa información...?
-Por favor, no me pidas que revele mis fuentes, sabes que no puedo hacer eso...
-No, no, yo sé, yo sé, lo que quise decir es que si se trataba de algo confirmado o si son solo especulaciones...
-Nunca me has oído en especulaciones, si te lo estoy diciendo es porque tengo motivos suficientes para considerar que puedo hacerlo público...
-O.K., adelante, continúe, señor Santana...
-Te decía que en esa reunión con Fidel y Raúl Castro el mando del Ejército...
-¿Qué quiere decir con el mando del Ejército...?
-El Jefe del Ejército, naturalmente...
-El Jefe del Ejército... continúe, por favor, estoy en suspenso con la noticia...
-Parece que el Jefe del Ejército le propuso a Raúl Castro esta idea de alejar a Fidel provisionalmente con el pretexto de la enfermedad para poder montar y llevar a cabo la provocación...
-¿Con que objetivo...?
-Proteger al déspota... porque si algo sale mal, siempre dicen que Castro no estaba, que estaba enfermo, el cuento de siempre... Fidel Castro nunca sabe nada cuando no le conviene... entonces te decía que, protegiendo al tirano, montarían la provocación, crearían un estado de tensión muy grande, buscando restarle popularidad a Bush...
-Y según usted me dice, Fidel y Raúl Castro aprobaron este plan...
-Así es y no es de extrañar, todos son uña y carne...
-¿Quiénes son uña y carne...?
-Fidel Castro, Raúl y el Jefe del Ejército Oriental...
-Y entonces ellos van a llevar a cabo esta provocación...

-Esa es la idea...
-Lo que me está diciendo es muy serio y muy importante...
-Sí lo es, sí... parece que este fin de semana que terminó y yo se que el Jefe de Ejército estaba en La Habana el domingo, te decía que parece que le dieron el O.K. a su plan, que se estaría ejecutando ahora y que sin dudas va a involucrar a la División 50 y la aviación...
-Me ha dicho varias veces la palabra 'parece', 'parece que'. ¿No tiene esa información confirmada?
-La voy a tener confirmada de un momento a otro... estoy esperando informaciones desde el Ejército Oriental que me confirmen eso...
-¿Directamente del Ejército Oriental...?
-Exacto...
-Quédese en la línea, señor Santana... no se me vaya, tenemos que pasar a comerciales y regresamos enseguida... amigos oyentes, después de la pausa continuamos con el director del Centro de Estudios Estratégicos de Transiciones y Reformas, el especialista en temas cubanos señor Gilberto Santana... no se vayan...

Extremo Sur, Pista de aterrizaje del Aeropuerto de Holguín
Once y treinta y cinco de la mañana

El Segundo Jefe de la Sección Política del Ejército esperaba a los Comandantes de la Revolución Ramiro Valdés y Juan Almeida y al Dr. Arturo Cancela, con dos vehículos listos para partir.
-Comandantes, el General Dagoberto Carmenate me dijo que les explicara que con la movilización del Ejército en plena actividad él no podía venir a recibirlos... que ustedes comprenderían... que tan pronto llegaran al Puesto de Mando los vería a los dos...
-Gracias, Mayor...
-Podemos salir para el Puesto de Mando en cuanto deseen...
-No, Mayor... Almeida y yo estuvimos analizando la situación y pensamos que nuestra presencia en el puesto de mando en este momento, en medio de todo el corre-corre de una movilización, se puede convertir en un estorbo...
-Ni Ramiro ni yo quisiéramos que el General Carmenate se viera forzado a modificar sus actividades o sus planes si llegamos allí en este momento... después lo veremos, cuando las cosas se vayan organizando... tenemos tiempo, vamos a estar por aquí un tiempo... y hay otras cosas que quisiéramos ir adelantando ahora...
-¿Ustedes quieren que los lleve a otro lugar...?

-Sí, Mayor, pero por separado... yo me quedo aquí, necesito ir al local del Partido provincial de Holguín... el Comandante Almeida sigue en el avión para Santiago... Mayor, localice al Secretario del Comité Provincial del Partido de Granma, en Bayamo... que esté listo para que el Comandante Almeida lo recoja...

-¿Algo más...?

-Sí, Mayor, por favor... Ramiro se queda aquí, tiene más tiempo... vaya comunicando con el Secretario General del Partido en Santiago de Cuba y el de Guantánamo y dígales de parte mía...

-De parte del Comandante de la Rev...

-Dígale simplemente de parte de Juan Almeida... que voy para Santiago a coordinar algunas cosas... que nos vemos allá...

-Correcto...

-¿Leoncito sigue de Secretario del Partido en Palma Soriano...?

-El compañero Roberto León, sí, Secretario General...

-Llame a Leoncito y dígale de parte mía que mueva a Guillermo ahora mismo para Santiago, sin perder tiempo, que Almeida lo espera allá... ¿entendido...?

-¿Usted se refiere al Comandante Guillermo García...?

-El mismo

-Entendido, Comandante...

-Sigo en el avión...

-Lo acompaño...

-No, no se moleste... asegure que llega el aviso a Bayamo a tiempo... gracias por su ayuda...

-Mayor, si ya encaminó a Almeida ahora ayúdeme a mí...

-Ordene, Comandante Ramiro Valdés...

-No ordeno, Mayor... solo le pido por favor...

-Dígame...

-Necesito lo mismo con el Secretario del Partido en Las Tunas... dígale de parte mía que venga para Holguín, que estoy aquí...

-Correcto...

-Y necesito que uno de los vehículos lleve al Dr. Cancela hasta donde esté el General Carmenate ahora mismo...

-Enseguida...

-Dígame, Mayor, ¿usted es holguinero...?

-Tunero, Comandante, pero llevo mucho tiempo por aquí...

-¿Usted recuerda al Coronel Cabrera...?

-¿El tanquista...?

No, el que era Delegado del MININT en Holguín, el que se retiró en el 89...

-Lo recuerdo, sí...

-¿Sabe donde vive...?

-No, Comandante... lo siento...

Ramiro Valdés se sacó una pequeña hoja de papel de su bolsillo.

-Esta es la dirección de Cabrerita... cuando me deje a mí en el Partido, siga en ese vehículo y vaya a buscarlo... dígale que yo estoy aquí...

-A la orden...

-La última cosa, Mayor...

-Ordene... diga...

-En ese viaje que usted va a buscar al Coronel Cabrera traiga también al delegado de la radiodifusión... ¿quién es ahora...?

-Es el compañero Bonifacio... Bonifacio Domínguez...

-No lo conozco... ¿otro holguinero...?

-No, no, es un habanero... lo mandaron no hace mucho... trabajaba en la oficina del compañero Machado Ventura en La Habana...

-Hum... está bien, tráigalo...

-Permiso, Comandante, ¿le digo igual que al compañero del MININT...?

-Mayor, sí, sí, dígale lo mismo... es una invitación... pero si por cualquier razón el habanero no puede, o no se decide, o no quiere venir, entonces lo invita con más intensidad...

-¿Qué quiere decir que lo invito con más intensidad, Comandante...?

-Que lo mete preso y me lo trae para acá si no quiere venir... llévese un par de soldados por si acaso...

-A la orden...

Oficina de Ricardo Alarcón, Palacio de la Revolución, La Habana
Doce y cuarenta y cinco de la tarde

Ricardo Alarcón se comunicó telefónicamente con Raúl Castro.

-Ministro, Lula ya fue recibido y en este momento debe estar llegando dentro de poco al CIMEQ con el Ministro de Salud Pública... ya se le explicó que el Comandante en Jefe lo recibiría en la noche haciendo un esfuerzo personal por tratarse de su persona, pues los médicos le habían prohibido todo tipo de actividades oficiales...

-¿Qué dijo Lula...?

-Tuvo que aceptarlo... hizo muchas preguntas sobre la salud del Comandante en Jefe, estaba realmente interesado y le deseó que se recuperara rápidamente y todo eso...

-Está bien...

-Con esto ganamos unas horas, Ministro, pero el problema no está resuelto... quiere ver a Fidel...

-Unas horas que pueden resultar decisivas... yo puedo hablar con él en la noche, ya veremos como le explico la situación... lo que no puede ser es que ahora mismo Lula nos esté metiendo ruido en el sistema... ¿cuál es el programa de Lula...?

-Se va a reunir en lo de Colaboración Económica, de ahí Cabrisas los llevará a todos a la inversión del hotel nuevo y de ahí se van para San Antonio a visitar la Secundaria...

-¿Para dónde dijiste...?

-San Antonio de los Baños... las secundarias en el campo...

-No conviene eso... ¿tu te imaginas el movimiento de aviones, tanques, artillería, BTR, que hay en estos momentos en toda esa zona...? y puede ser peor después... va a creerse que estamos en guerra... no, no, hay que llevarlo a otro lugar...

-Ya está organizada la visita... Lula lo sabe... el Ministro de Educación lo coordinó todo...

-Hay que cambiarla...

-Eso es tremendo enredo...

-Lo que sea, Alarcón, lo que sea, pero no deben llevarlo allá... si no hay otra Escuela en otra zona lejos de ahí habla con Vecino y se lo llevan para una Universidad... que se ponga a jugar futbol o a bailar samba... o llévenselo a la CTC y háganle un homenaje... él fue dirigente sindical...

-¿Un homenaje...?

-Alarcón, un escándalo o un homenaje, yo que sé, lo que haga falta... lo que quiero que tengas claro es que no pueden llevarlo por esa zona de San Antonio... resuelvan eso como les de la gana... en definitiva todo eso es mierda, puro protocolo, no resuelve nada... encárgate tú de eso...

Comité Provincial del Partido Comunista de Cuba, Holguín
Doce y cuarenta y siete de la tarde

Desde el Buró de Héctor Gual, Primer Secretario del Partido en Holguín, Ramiro Valdés llamó al General Carmenate. Frente a él estaban sentados el Primer Secretario y el Coronel retirado Facundo Cabrera, ex-delegado del MININT en Holguín, que fue jubilado forzosamente en 1989 durante la purga posterior a los casos de los Generales Arnaldo Ochoa y José Abrahantes, como tantos oficiales del MININT pasados al Plan Payama.

-General Carmenate...

-Comandante Ramiro Valdés, que gusto saludarlo... ¿dónde está usted ahora...?
-Aquí en la oficina de Gual... en su buró para ser exactos... me lo cogí...
-A mi no me molesta eso, Comandante...
-Gracias, Gual... General... ¿Cómo va la movilización...?
-Las unidades fundamentales ya casi están en plena disposición combativa... la División 50, el Regimiento de Tanques, las antiaéreas, los grupos de artillería... la Brigada Fronteriza siempre está lista... lo más lento son las Divisiones Territoriales...
-Son un hueval...
-Diecisiete, Comandante...
-Coño...
-Desde Ciego hasta Baracoa, Comandante... necesito dos o tres horas más...
-¿Y como son las cosas con el Regimiento del MININT...?
-¿Tropas Especiales...?
-Anjá... ¿puede haber problemas...?
-No, ningún problema... el Jefe del Regimiento es Figueroa...
-¿'Caballo loco'...?
-No, el otro Figueroa, el de la columna de Lalo Sardiñas... era mi Jefe de Operaciones en el Ejército, pero desde el ochenta y nueve está de Jefe de Tropas...
-Ah, bueno, sí, ya sé quien es... bueno, entonces por ahí no hay problemas...
-No, todo va bien...
-El músico siguió para Santiago... él va a coordinar las cosas con Santiago, Guantánamo y Granma...
-¿Qué músico...?
-Almeida...
-Anjá...
-Ya viene para acá el secretario del Partido de Tunas... voy a mandar a buscar al de Camagüey ahora... ¿podrá tener un helicóptero para que llegue rápido...?
-La Base de Camagüey la controla la DAAFAR... ellos no pueden utilizarla, está neutralizada, tengo tropas ahí, pero por ahí no puedo resolver sin fajarnos a los tiros... pero con uno de los aviones de fumigación de las arroceras...
-¿Aviones de fumigación...?
-No hay pan, Comandante, se resuelve con casabe...
-Como sea...
-¿Qué más...?

-Guillermo debe ir para Santiago con Almeida dentro de un rato...

-*¿Guillermo García...?*

-Sí, tu socio de la Columna Uno...

-*Bárbaro...*

-General, dos cosas... tenemos que vernos después... quiero que me expliques tu idea de maniobra para defender todo esto en caso de que te atacaran...

-*Está bien... usted sabe que no es fácil atacarnos por tierra...*

-Yo se, ni por mar... pero por aire sí...

-*Por aire sí...*

-No te podrían ocupar, pero te podrían dar muy fuerte...

-*La técnica y las tropas tienen refugios...*

-No, no, estoy pensando en ti... que te quieran joder a ti directamente...

-*Yo tengo instinto de gato...*

-Pero te pueden joder... cuídate de eso... hablamos después sobre eso... lo otro es lo del radio...

-*Podemos cortar la cadena... ya lo se de seguro, me lo dijo el Jefe de Comunicaciones...*

-A mí ya me lo dijo el tipo de radiodifusión de aquí...

-*¿El habanero...?*

-Sí... al principio estaba un poco majadero, pero se convenció, nos va a ayudar...

-*Coño, que bueno, yo pensaba que ese tipo no nos ayudaría...*

-Bueno, no de muy buena gana, pero nos va a ayudar...

-*Eso es muy bueno...*

-General, necesito que mandes para acá tu Jefe de Comunicaciones ya, para que coordine con el habanero y preparar lo de la cadena... lo del rompimiento de la cadena...

-*Lo mando para allá ahora mismo...*

-Hablamos después, General...

-*Hablamos después...*

Ramiro Valdés habló al Coronel retirado Facundo Cabrera como cuando él era Ministro del Interior y Cabrera el Delegado del MININT:

-Cabrerita...

-Ordene, Comandante...

-Cuando llegue el Jefe de Comunicaciones del Ejército te vas con él y el tipo de la radiodifusión a preparar las cosas... hay que sacar a todo Oriente de la cadena de radiodifusión para poder transmitir nosotros desde aquí .

-¿Qué quiere hacer usted exactamente...?

-Sacar esta mierda del aire... que no siga en cadena... sacar todo Oriente...

y transmitir desde aquí...
-¿Completo...? ¿se puede hacer...?
-Sí, se puede... cuando estabas aquí no, pero ahora se puede... y Holguín es el centro de enlace de las conexiones para Oriente... desde aquí cortamos todo Oriente...y transmitimos nosotros... tú eres el jefe de esa misión... ¿a quién necesitas para la cosa técnica...?
-Al caballo de Atila...
-¿Miguelito el loco...?
-El único caballo de Atila del Ministerio...
-Mándalo a buscar ahora mismo...
-Yo se quien es... siga usted con el Comandante, Cabrera, yo me encargo de eso...
-Gracias, Gual... Cabrerita, salimos de la cadena, hacemos una cadena para todo Oriente... pero seguimos tirando con marchas revolucionarias y con himnos... pero diferentes, que se sepa que es diferente a lo que está transmitiendo La Habana...
-Comprendido...
-A las dos de la tarde lo vamos a hacer... tenemos que hacerlo... no podemos demorarnos... no quiero los MIG de La Habana echando abajo la emisora...
-De acuerdo, a las dos...
-Y entonces vamos a leer una arenga... hace falta un buen locutor....
-Eso no es problema... ¿dónde está esa arenga...?
-Yo la tengo, pero quiero que Guillermo la vea primero con Almeida y que estemos los tres de acuerdo... te la doy después...
-Está bien...
-¿Tienes alguna duda...?
-Ninguna...
-Tú me respondes a mí personalmente por el cumplimiento de esta misión... es decisiva... me respondes personalmente...
-Como siempre, Comandante... comprendido...
-Héctor, mira, busca alguno de tus catetos... dale esta hoja y regresa para acá... necesito que me traiga a estas cinco personas para acá lo más rápido posible...
-¿Presos...?
-No, que va... esos son de nosotros... esos son los que nos van a ayudar a meter presos a unos cuantos hijos de puta de por aquí si hace falta...

CAPITULO QUINCE

Aeropuerto de Ezeiza, Buenos Aires, Argentina
Una y cincuenta y cuatro minutos de la tarde (Doce y cincuenta y
cuatro minutos de la tarde en La Habana)

La señora Hebe de Bonaffini, líder de los grupos vinculados a las Madres de la Plaza de Mayo, la misma que declaró sentirse "muy feliz" cuando supo de los atentados terroristas del 11 de Septiembre en New York y Washington y que había convertido el Movimiento en un instrumento de su (muy buena) vida, esperaba para abordar el avión que le llevaría a París... un periodista de la radio local la abordó...

-Señora, ¿tiene tiempo para algunas palabras...?

-Como no, con esto de las medidas antiterroristas hay demoras en los aeropuertos...

-Son medidas de protección necesarias...

-Si arrestaran a Bush y su camarilla y los metieran en la cárcel no quedarían terroristas sueltos...

-¿Va para Europa...?

-París, Trípoli, Roma... y después La Habana, Caracas y Sao Paolo...

-¿Hay tantas actividades internacionales en estos momentos sobre los desaparecidos en Argentina...?

-No, estas actividades no se relacionan directamente con eso... nos ayudan en nuestra causa, pero son paralelas, no son directamente relacionadas con los desaparecidos...

-¿Cuál es el programa...?

-En París voy a participar en el Congreso Femenino Antifascista Europeo, donde se van a denunciar las constantes violaciones de derechos humanos en Holanda, Dinamarca, Inglaterra y Alemania fundamentalmente, pero en toda Europa en general, con la detención de ciudadanos musulmanes, quienes son acusados de terroristas con cualquier pretexto para coartar sus libertades injustamente, son políticas racistas y antitercermundistas...

Después en Trípoli se celebra el Seminario Internacional de Derechos Humanos, auspiciado por el gobierno de Libia, donde vamos a denunciar una vez más el caso de "Los Cinco Héroes Cubanos Prisioneros del Imperio"...

-¿Esos son los espías de la Red Avispa que condenaron...?

-No son espías, periodista, vos lo sabés, son valientes luchadores antiimperialistas que arriesgaban sus vidas para defender a su país, pero el

imperialismo...
-¿Y en Roma...?
-Es un seminario científico del Centro de Estudios Sociológicos de la
Universidad de Milán sobre el papel de las Brigadas Rojas en la
democratización italiana de posguerra, que promete ser muy interesante por
un conjunto de nuevas revelaciones que podremos conocer...
-¿Después...?
-De ahí tengo que ir a La Habana, voy a estar allí unas dos semanas, invitada
por la Federación de Mujeres Cubanas, para dictar dos conferencias en la
Escuela Internacional de Periodistas, una sobre la dictadura argentina y los
derechos humanos y la otra sobre la imagen de la Revolución Cubana en la
mujer latinoamericana...
Y ya de regreso, con bastante poco tiempo después de tantas actividades, en
Caracas vamos a reunirnos un conjunto de personalidades que prepara un
evento internacional de solidaridad con la revolución bolivariana, y después
en Sao Paolo vamos a chequear la marcha del Comité Latinoamericano de
Solidaridad con la resistencia sandinista... bastantes actividades y
solamente un mes de viaje, una agenda muy cargada...
-¿Resistencia sandinista...?
-Anjá...
-Ahora que mencionó Cuba, señora, ¿usted cree que se podrán desarrollar
esas actividades normalmente ahora que Fidel Castro se encuentra
gravemente enfermo...?
-Sos boludo, periodista... unos días de reposo de Fidel Castro ya los
convertís en 'gravemente enfermo'... ¿qué es eso?
-Es el gobierno cubano quien ha dicho de un desmayo...
-¿Y cuantas burguesas se desmayan cada día en Argentina jugando brigde y
vos no te enterás...? Cuba es un país organizado, la Revolución es muy
fuerte... todos sus dirigentes, tanto civiles como militares, están unidos
como hermanos y trabajan colectivamente...el Comandante en Jefe trabaja
muy duro... se agota un día, como todos los seres humanos... nada más que
eso... no tenés noticia con eso, no tenés...
-Hay muchos rumores...
-Siempre hay rumores... Mirá, a mi regreso me buscás, que te voy a traer
una foto mía con el Comandante...
-¿Una foto reciente, de este viaje...?
-Claro... a ver si después de eso no te preocupás más de su salud y nos
ayudás a divulgar cosas más importantes... ¿te parece...?
-O.K., prometido... gracias por sus palabras...
-Chao...

Oficinas de Raúl Castro, MINFAR
Doce y cincuenta y ocho minutos de la tarde

En la oficina del cuarto piso del MINFAR se encontraban Raúl Castro, Furry y los Generales Julio Casas, Pérez Márquez, Valdivieso y El Moro.

El General Valdivieso, informaba sobre un mapa:

-No hemos detectado movimientos ofensivos de ningún tipo...

-¿Cómo tu defines la visita de ese hijo de puta a la Base...? ¿y la traición de Carmenate es también una actividad ofensiva...? Yo creo que sí...

-Me refería a tropas y técnica: las unidades de tanques y de infantería mecanizada permanecen donde deben estar de acuerdo a la alerta incrementada...

-¿Se refiere a Oriente o el Centro...?

-A los dos Ejércitos... no hay nada que nos haga suponer que tienen intenciones de mover esas unidades...

-Pero por otra parte han asegurado el control de las bases aéreas y los aeropuertos... desde Varadero hasta Baracoa... nos los han tomado, supuestamente es cooperación con la DAAFAR, pero ahí no se puede empinar un papalote sin que ellos lo controlen...

-Eso resulta lógico en esta movilización... haberle pasado esa misión a la DAAFAR es algo completamente nuevo, siempre los Ejércitos participan en eso... no podemos decir que es una actividad ofensiva...

-Pero los han neutralizado...

-Sí, Moro, pero eso no es necesariamente para lanzar una ofensiva... sino para protegerse ellos...

-Se están preparando para que no podamos utilizar esas Bases contra ellos, Valdivieso...

-Es lo que debe hacer un Jefe de Ejército en estas condiciones... no tienen recursos ofensivos en esas Bases, no pueden lanzar ataques contra nosotros, pero se están asegurando de que no sean utilizadas contra ellos...

-Se están preparando para chocar...

-Ministro, yo diría que se están preparando por si hay que chocar, no para chocar...

-Es casi lo mismo, Valdivieso...

-Pero nos lleva a conclusiones diferentes...

-Explícame eso...

-Si el enemigo se está preparando para chocar, lo más sensato es golpearlo antes que se fortalezca...

-Que es lo que vamos a hacer...

-Pero si se está preparando por si tiene que chocar, no quiere decir que

deseen chocar con nosotros...
-Demasiada filosofía... ustedes son Generales, no filósofos...
-Eso es lo que hemos hecho con los yankis por más de cuarenta años, Ministro...
-Eso mismo, prepararnos para chocar...
-No, disculpen, no así... si los yankis hubieran pensando que nos preparábamos para chocar con ello nos hubieran atacado...
-Los soviéticos...
-A partir de 1982 los soviéticos ya nos dijeron que no podían hacer nada si eso pasaba, General... y aunque no lo hubieran dicho antes, quien sabe como hubieran sido algunas cosas de haberse producido un ataque...
-Eso demuestra que nos preparamos para chocar...
-Más bien que nos preparamos por si teníamos que chocar... y afortunadamente no fue necesario...
-Hubiéramos vencido...
-¿A que precio, Moro...?

Palacio del Kremlin, Moscú, Rusia
Nueve de la noche (Una de la tarde en La Habana)

En el amplio salón del Kremlin, tras un imponente buró de madera preciosa siberiana y sobre alfombras rojizas de piel de oso, el Presidente de Rusia, Vladimir Putin, con su experiencia de la KGB, escuchaba en silencio las informaciones que le transmitía el General Kirily Schtemienko, del Servicio de Inteligencia.
-... con la situación actual se nos ha hecho más difícil poder movernos con más rapidez, pero todas las fuentes a las que hemos tenido acceso coinciden en lo básico de la información... nadie nos da indicaciones en otra dirección...
-O está muerto o está en un estado muy grave...
-Pero de ninguna manera puede gobernar...
-Y Raúl Castro se ha hecho cargo de las cosas...
-Raúl Castro está actuando, tomando medidas, tienen todas las unidades movilizadas, la radiodifusión en cadena, los...
-¿Están haciendo todo lo clásico en estos casos, no...?
- Lo clásico Presidente...
-Nosotros sabemos como son estas cosas...
-Sabemos, como no... pero esto es algo triste para los cubanos...
-Pero tal vez algo que nos favorece, General...

-¿Por dónde, Presidente...?

-Si Fidel Castro falta Cuba ya pierde mucho de su importancia estratégica para nosotros y para todo el mundo...

-Absolutamente...

-Ya no será un foco de atención mundial, como en todos estos años...

-Más de cuarenta y tantos años...

-Y podemos discutir con ellos algo que nos interesa mucho...

-¿Defensa o economía...?

-La deuda, General Schtemienko, las deudas... los cubanos nos deben mucho dinero, mucho...

-Miles de millones...

-Y con Fidel Castro no íbamos a cobrar nunca, yo no tengo dudas de eso, nunca...

-Pero Raúl Castro va a recibir una economía en ruinas... no tiene dinero para pagar, él tampoco...

-Es diferente... Fidel no pagaba y ya... pero Raúl Castro y los que controlen el país a partir de ahora van a estar más débiles, como quiera que salgan de ésta, que Fidel...

-Deben ser más débiles... no es la personalidad de Fidel, no... pero no van a tener mucho dinero...

-Tendrán que buscar soluciones para pagarnos... buscar dinero...

-No les va a ser fácil...

-Ese no es nuestro problema, General... es de ellos... vamos a apretarle los tornillos, a fondo...

-Ordene, Presidente, ¿Cuáles son sus instrucciones...?

-Vamos a pensar despacio... más adelante... pero bastante dinero le han costado a Rusia los cubanos con todas sus locuras... casi nos llevan a una guerra nuclear con los americanos en el sesenta y dos, nos metieron en dolores de cabeza en África... nos deben miles de millones de rublos desde hace mucho tiempo... hasta aquí, General... no vamos a soportarles más...

-Hasta aquí, Presidente...

-Hasta aquí, si. Vamos a apretarles los tornillos de verdad a los cubanos... a partir de ahora, si ya Fidel Castro murió... apretar de verdad...

-¿Al estilo ruso...?

-Al estilo ruso...

-¿Hasta qué...?

-Hasta que salte la rosca, General... hasta que salte...

-Comprendido...

Oficinas de Raúl Castro, MINFAR
Una y diez de la tarde

-¿Bueno, pero que coño es esto...? Parece una universidad en vez de un puesto de mando de combate... filosofía, historia, política exterior, moral y cívica, y la guerra andando... ¿qué pasa, generales...?

-Ministro, estábamos analizando...

-Hemos analizado bastante, hay que tomar decisiones...

Tomó nuevamente el estilo de mando:

-Jefe de Estado Mayor General, infórmele al Ministro: ¿en que estado de disposición combativa se encuentra el Regimiento de Tanques de la dirección Matanzas...?

-Antes de quince minutos ya debe estar listo... la División Blindada completa debe estar lista en cuarenta y cinco minutos más...

-¿Qué tiempo demora ese Regimiento en llegar a Matanzas y cumplir su misión cuando le demos la orden...?

-Entre una hora y media y una hora y cuarenta y cinco minutos para llegar, más unas dos horas para cumplir la misión, ocupar las áreas asignadas y fortificarse para la defensa...

-¿Y si fuera necesario mandar otro Regimiento de tanques, o uno o dos Batallones, en un segundo escalón...?

-Desde donde están dislocados necesitan casi tres horas... para llegar...

-¿Qué tiempo demoran los tanques de La Paloma para llegar allí...?

-Un poco menos de dos horas...

-O sea, que llegamos primero...

-Si salimos a la vez, sí, llegamos primero...

-¿Como está la correlación de fuerzas...?

-Tenemos superioridad, Ministro, pero no es nada impresionante... estamos mejor en tanques, transportadores blindados y tropa...

-¿En que nos superan ellos...?

-En que nos pueden estar esperando, tienen mucho más conocimiento y dominio del terreno y usted sabe muy bien que tienen un buen sistema de defensa antitanques...

-Estoy suponiendo que si de verdad sorprendemos a los matanceros y actuamos muy rápido, tal vez no tengamos que fajarnos con Carmenate, que recapaciten y depongan las armas, que no quieran combatir...

-¿Qué lo que vean en Matanzas los ayude a pensar...?

-Exacto, pero para eso tienen que ver en Matanzas una gran descojonación... que sorprendemos a todos, que neutralizamos al Regimiento de La Paloma... que la División de Cárdenas no se pueda

mover… un mensaje que diga: después vamos para ustedes, vean lo que les pasó a sus amigos…
-Entonces habría que darles muy rápido…
-Rapidísimo… ¿podemos reforzar ese Regimiento con otro batallón de tanques de la División Blindada…? Yo se que podemos, lo que pregunto es si habría tiempo…
-Parece que se podría, hay que hacer los cálculos…
-Entonces agregamos un Batallón de Tanques y el Grupo de Cañones 85 milímetros…
-¿El grupo de cañones también…?
-¿No dijimos que había que paralizarlos…? Entonces vamos a paralizarlos de verdad…
-Pero va a ser un golpe simultáneo en Matanzas y Oriente… no hay tiempo de recapacitar… los orientales ni se van a enterar de lo que pasa en Matanzas y ya tienen las bombas en la cabeza…
-Sí, es verdad, tiene que ser simultáneo, los dos Ejércitos a la vez… pero de todas maneras vamos a reforzar el Regimiento de tanques…

Hacienda La Palomita, Chinandega, Nicaragua
Doce y seis minutos de la tarde (Una y seis minutos de la tarde en La Habana)

Daniel Ortega, dando vueltas a un vaso con Flor de Caña en su mano, hablaba con Tomás Borge en la terraza de la casa conseguida en la piñata sandinista:
-Tomás, ¿qué es lo que vos sabés exactamente…?
-¿Exactamente…? Nada, nada… Fidel murió, o está muy grave… no está dirigiendo el país… pero no se más nada…
-Raúl agarró el poder…
-Sí, claro, como está previsto…
-No se nos va a caer la plata que nos manda Fidel…
-Nunca ha fallado… ni con Barbarroja, ni con Ulises… ni cuando fusilaron al Jimagua… ni con Furry… ¿Por qué iría a fallar ahora…?
-Tal vez debíamos salir para Cuba, para La Habana, ver alguna manera como podemos ayudarlo…
-Tal vez no, debemos esperar un poco… hay que esperar…
-¿Por qué…? Los gusanos no van a poder…
-Los gusanos se acaban al primer pijazo que les de Raúl, que ya se los debe haber dado…

-¿Por qué decís de esperar entonces...?
-Para darle tiempo a que se afinque... se consolide...
-Si vos decís que los gusanos se fueron a la primera pescoza, ¿cuál es el problema, los gringos...?
-No, los mismos cubanos...
-¿La población...?
-Nos, los militares...
-¿Los militares...?
-Los militares, Daniel... los generales, los históricos... no todos van a aceptar a Raúl tan fácilmente...
-Nunca lo han cuestionado de verdad...
-Con Fidel vivito y coleando no, Daniel, con Fidel allí no, pero ahora vos te podés sorprender...
-¿Tomás, te lo imaginás, o es algo que vos sabés...?
-Lo sé, Daniel y Humberto también lo sabe... no me lo estoy imaginando... lo sé... no se nada concreto, pero se que puede haber problemas... vos vas a ver...
-¿Tenés manera ahora mismo de averiguar un poco más...?
-Ya lo estoy haciendo, Daniel... cuando sepa, te digo...
-No te demorés...
-No depende de mí, Daniel...

Oficinas de Raúl Castro, MINFAR
Una y diecinueve minutos de la tarde

-¿Bien, cómo están las cosas con la DAAFAR...?
-El Batallón de Paracaidistas está listo para lanzarlo sobre el aeropuerto de Camagüey, Ministro... demoran en llegar una hora y media más o menos... en unas dos horas podríamos tener asegurado el aeropuerto...
-Si no lo ha tomado Carmenate antes que nosotros... ¿qué más necesitamos entonces...?
-El aseguramiento para los aviones, Ministro, el combustible, armamento...
-Saldrían artillados desde aquí... que los carguen con bombas hasta el fondo...
-Para la primera misión sí, Ministro... después todo depende de lo que tengamos allá en Holguín y Camagüey... lo que podamos poner allá...
-¿Como podemos garantizar eso...?
-Necesitamos infantería y transporte... podríamos usar batallones de los Regimientos de Tropas Especiales de aquí de La Habana... reforzarlos con

artillería antitanque...

-¿Cómo los movemos para allá...?

-Aviones civiles, Raúl, como empezamos en Angola...

-Furry, que se muevan para Rancho Boyeros... ahí está la gente de Soler... que empiecen a coordinar...

-¿Cuántos hombres vamos a mandar...?

-Todos los que quepan en los aviones, Furry, todos los que quepan...

-Y utilizamos la Marina para el aseguramiento...

-Valdivieso tiene razón, una parte puede ser por la Marina, si...

-Pero de todas formas hay que moverse por tierra...

-De todas formas...

Raúl Castro habló sin dirigirse a nadie:

-Entonces necesitamos controlar el Centro para mover todo el aseguramiento por tierra y después de meterle mano a Carmenate poder asegurar todo aquello en Oriente...

-Eso es lo ideal...

-¿Y que estamos esperando para proceder con todo esto, Generales...?

-Ministro, que usted de la orden para mover el Regimiento de tanques, los paracaidistas, la aviación... la operación completa... por la velocidad de los medios, los paracaidistas salen primero, después los tanques, después los aviones...

-Los americanos pueden pensar que los queremos golpear cuando vean los aviones volando hacia Oriente...

-Bueno, Raúl, están avisados de que no es con ellos... y un golpe a ellos debía ser desde Oriente o Camagüey, no desde La Habana, ¿no es así...?

-Sí, Furry, es más lógico desde allá...

-Puedo continuar, Ministro...?

-Tenemos que correr ese riesgo... ¿qué hora es...?

-Una y veintidós, Ministro...

Raúl cambió el tema:

-Hum, ya debe estar Lula dando vueltas por el CIMEQ... como si no fuera bastante lo que tenemos aquí para esta visita de Estado ahora... Alarcón y Lage van a tener que volverse magos...

-Alarcón tiene experiencia en eso de meter cuentos, Raúl...

-¿Tenemos alguna información sobre estos flamantes generales...? ¿Sabemos sí van a venir para la Oficina del Ministro como se les ha ordenado...? ¿O habrán decidido traicionar a su Patria y sublevarse...?

-No tenemos ninguna información, Ministro...

De pronto cambió de tema otra vez:

-¿Cómo va la recogida de escombros, Furry...?

-Casi terminando... falta poco... muy poco... casi nada... casos aislados...
-Buen trabajo... excelente... a ver si traemos para acá a toda esa gente de la Contrainteligencia... nos van a hacer mucha falta en el Centro y Oriente después que controlemos todo eso...
-En cuanto terminen...
-Atiendan acá... veamos esto, lo que tenemos aquí: ahora es la una y treinta casi, a las dos movemos el Regimiento de tanques y está sobre las tres de la tarde en Matanzas, un poco después de las tres, así que antes de las seis tenemos ocupado todo aquello...
Iba indicando de lejos en el mapa:
A las dos arrancan los paracaidistas y se tiran en los aeropuertos de Holguín y Camagüey a las tres y media... a las dos y media despegan los Migs para que resuelvan lo de Carmenate... si las cosas nos salen bien, por la noche puedo recibir a Lula con todos estos problemas resueltos...
-O tal vez Carmenate se aconseja a última hora y no hace falta seguir golpeando...
-No lo creo... además, ha jodido bastante, no vendría mal sonarlo un poco de todas formas...
-Si el General Bustelo no se nos atraviesa, Ministro...
-Valdivieso, con todas las medidas de enmascaramiento establecidas, ¿qué tiempo podemos mover el Regimiento de Tanques sin que Bustelo se de cuenta de lo que estamos haciendo...?
-Diez minutos... no más...
-Eso y la diferencia de hora en mover La Paloma nos permite llegar media hora antes... es una ventaja para nosotros...
-Nos viene muy bien, Ministro...
Julio Casas preguntó:
-¿Cómo le vamos a llamar a esta operación...?
Raúl respondió enseguida:
-Eso está claro... 'Operación Corazón'
Fue Furry quien dijo:
-Suena a cirugía... operación del corazón...
-Es cirugía, Furry, cirugía... vamos a extirpar tumores malignos... antes de que vayan a hacer metástasis...

CAPITULO DIECISEIS

King Ata Tag, República Popular China, cerca de la frontera con Tayikistán
Once y catorce minutos de la noche (Doce y catorce minutos de la tarde en La Habana)

-Cuando lo ví en La Habana me pareció que su salud estaba muy deteriorada y nuestros médicos me lo confirmaron... ¿eso es público ya, o todavía...?
-Todavía, camarada Presidente Hu... público es una nota oficial que habla de fatiga y alejamiento temporal para reposo, pero la Embajada en Cuba lo confirmó... es muerte clínica...
Hu Jintao, Presidente de la República Popular China, miró al cielo estrellado y habló sin cambiar la vista de las estrellas:
-Fue una personalidad sorprendente... en política exterior tenía habilidades impresionantes... nos ayudó mucho en los últimos años para entrar en América Latina... conocía todos los caminos y todas las debilidades de los gobernantes y de sus ministros... convencía, intrigaba, razonaba, compraba, lo que fuera necesario hacer... nuestra entrada en Panamá tuvo que ver mucho con su ayuda, y después en Venezuela y Argentina...
-Y en Ecuador...
-Pero en los asuntos de la economía se mantenía tan cerrado como nuestros amigos coreanos... en el fondo, piensan que pierden poder si modernizan el país... y se niegan a eso... pero ponen sus economías en un estado tan frágil, que en realidad son más débiles... es una pena... pero, bueno, nosotros lo aprendimos con Deng...
-Y ellos no tienen un Deng...
-General, ¿Raúl Castro tiene atadas todas las cuerdas en el país ya en este momento...?
-Las está atando, camarada Presidente...
-¿Está teniendo dificultades...?
-Es muy pronto para saber...
-Estuve pensando en invitar a Raúl Castro a estas maniobras en la frontera, pero después cambiamos de idea para no estarlo uniendo con los coreanos... Y me alegro, si esto sucede con él aquí hubiera sido un problema para los cubanos... Bueno, General, tal vez con Raúl Castro no tendremos ese genio y experiencia de Fidel para la política internacional, pero supongo que podrá pensar un poco más modernamente en las cuestiones de la economía de su país... y nuestras relaciones económicas podrán desarrollarse más todavía...

-Algunas habilidades habrá aprendido en tanto tiempo junto a Fidel... y si el gato caza ratones, no tiene importancia el color...
-General, el problema en este caso con Raúl Castro es que no sabemos como pueden actuar ahora los ratones con un gato de otro color... manténgame informado sobre todo esto...

Oficinas de Raúl Castro, MINFAR
Una y treinta y cinco de la tarde

-¿Se atreverá Bustelo a chocar con la División Blindada...?
-Lo sabremos con seguridad quince o veinte minutos después de comenzar a movernos, Ministro... si para entonces no comienza a mover los tanques de La Paloma está perdido... ya no puede hacer nada...
-¿Y si decide moverlos y chocar...?
Julio Casas intervino:
-Si se decide a enfrentarse a nosotros entonces la cosa puede ser del carajo...
-Combate de encuentro, el más violento de todas los tipos posibles...
-El más violento, Ministro...
-¿Cuál sería la línea de encuentro con el enemigo...?
-Si podemos definirla nosotros, como usted lo ha ordenado, será más allá de la ciudad de Matanzas, al este, en la salida a Santa Clara...
Pero había un General en Matanzas con sus propias ideas.
-¿Y si puede definirla él...?
-Al oeste de Matanzas, Ministro...acercándose a La Habana...
-¿Dónde se desplegarían los tanques de La Paloma...?
-Deben hacerlo a la altura de esta línea de Cantel-Coliseo, aquí, en esta línea en el mapa... tienen ventaja en eso... pero si ganan tiempo y pueden adelantar, podrían pasar al sur de Matanzas en columnas y desplegarse... si es así se chocaría a la altura de Guanábana-Unión de Reyes...
Julio Casas:
-Esa no es conveniente para nosotros... es muy lejos del Puesto de Mando del Ejército... dificulta cumplir la misión...
-¿Y los nuestros, sí eso pasa...?
-No tienen tiempo de rodear la ciudad, Ministro... tienen que desplegarse en Ceiba Mocha y Cidra y subir como cohetes...
Raúl Castro levantó las cejas, se llevó las manos a la cabeza y preguntó:
-¿Atravesar la ciudad desplegados...?
-Por lo menos dos batallones de tanques, Ministro y la infantería mecanizada...

Raúl Castro volvió a preguntar:
-¿Sesenta o setenta tanques desplegados en combate por el medio de la ciudad de Matanzas...?
-Más los transportadores blindados... y la artillería de Bustelo disparando sobre ellos, Ministro...
-Y nuestra artillería y los tanques disparándoles a ellos...
Se estaba dibujando un panorama complicado.
-Sin contar posibles daños colaterales, Ministro...
-¿Cómo cuáles...?
-Los depósitos de combustible, las plantas químicas, la ciudad histórica, los puentes de la ciudad, la carretera a Varadero...
Furry participó en este punto:
-Militarmente sería mejor no tener que dañar la ciudad de Matanzas... pero haciendo un análisis político, si pasan cosas dentro de la ciudad sería un mensaje claro para los gusanos y todos los que se pongan a inventar...
Julio Casas lo secundó:
-Si se atraviesan, los jodemos...
Valdivieso no podía quedar atrás:
-Vean lo que le pasa a los atravesados...
-Los destruimos...
Julio Casas comentó:
-Pensábamos que el problema más gordo era Oriente y la jodienda grande parece que puede ser en Matanzas...
Pero Raúl Castro respondió de inmediato:
-Es la dinámica de las operaciones militares... por eso el golpe tiene que ser rapidísimo... tal vez evitamos más problemas...
Ahora Furry dijo como hablando para sí mismo:
-¿Será Bustelo tan irresponsable para desatar esa clase de descojonación...? yo creo que no va a poder dormir tranquilo después de eso más nunca...
Pero Raúl Castro fue escueto y directo:
-De ninguna manera va a poder dormir tranquilo.... si se libra de esto termina fusilado... por traidor, pero también por irresponsable...
Furry quiso como que bromear:
-¿Lo fusilamos dos veces...?
Pero la respuesta no fue broma:
-Dos tiros de gracia...
Julio Casas sacó un poco el tema de donde estaba:
-Valdivieso, ¿de cuántos muertos podemos estar hablando...?
-¿Quién sabe...? Si chocamos en la ciudad, miles, miles con seguridad...
Julio Casas volvió:

-Increíble, miles de cubanos estarían matándose entre ellos por la irresponsabilidad de unos ambiciosos generales sublevados... increíble...
Continuó preguntando:
-¿Qué va a estar chocando a las tres de la tarde en Matanzas...?
-Un poco después de las tres, sobre las tres y media...
Insistió:
-¿Qué va a estar chocando a las tres y media sobre Matanzas...?
-No sobre Matanzas por seguro, tal vez sea dentro de Matanzas...
Ya estaba incomodándose:
-Donde sea, Valdivieso, donde sea...
-Van a chocar ciento treinta tanques nuestros, ciento diez de ellos, o sea, doscientos cuarenta tanques, más de cincuenta transportadores blindados entre las dos partes, las baterías antitanques y artillería antiaérea de Bustelo, grupos de Katiushkas nuestros, Bustelo puede utilizar los grupos de cañones 122 y los obuses 152, ahora agregamos al grupo de cañones de 85, miles de soldados... y podría minar algunas partes... tienen un buen sistema ingeniero construido en todos estos años... todo eso a la vez...
Dos comentarios lacónicos:
-Cojones...
-Del carajo...
Raúl Castro afirmó:
-Sería una gran y absoluta descojonación en Matanzas... ni en Angola...
-De madre, Ministro... no se cuantos miles de muertos, de heridos, destrucción...la ciudad de Matanzas no resiste una cosa como esa... se destruye... sí, sí, no hay arreglo, no hay variante, se descojona completa... para siempre...
Raúl Castro tomó entonces una pose histórica:
-Compañeros Generales: no quiero que la historia nos juzgue después por haber tomado estas decisiones precipitadamente... aunque ya los Jefes de Ejército debían estar casi saliendo para acá y aunque podemos considerarlos en rebeldía y declararlos como lo que son, traidores a la Patria, vamos a darle un último chance a la cordura... ¿de acuerdo...?
Julio Casas preguntó:
-¿Qué vamos a hacer...?
Raúl concluyó:
-Vamos a esperar hasta las dos de la tarde... un poco más, hasta las dos y media... a ver si alguno de estos generales se aconseja...
-¿Y si se aconsejan...?
-Habrá que fusilarlos de todas formas, por traición, pero tal vez piensen un poco y se den cuenta que van a provocar un baño de sangre entre cubanos si

tenemos que chocar con ellos... vamos a tratar de evitar esta descojonación en lo que se pueda, en lo que podamos evitarlo... pero no vamos a aflojarnos... si no entran en caja, acabamos con ellos...

Emisora provincial de Radio de Holguín
Dos y tres minutos de la tarde

Se produjo un bache en las transmisiones de radio en la provincia de Holguín, pero también en todas las emisoras de radio de las provincias de Santiago de Cuba, Guantánamo, Las Tunas y Granma. Todas las emisoras de la provincia se habían salido de la cadena de la radiodifusión nacional.

El bache duró unos quince segundos, se escuchaban ruidos de fondo, como de movimientos de metales, pero ninguna voz, ni música, ni otra cosa.

De pronto, volvieron a escucharse las notas del Himno Invasor. En la emisora provincial de Holguín. En todas las emisoras de radio locales de la provincia de Holguín, pero también en todas las emisoras de radio de las provincias de Santiago de Cuba, Guantánamo, Las Tunas y Granma.

Había sido creada una cadena de radio con todas las emisoras de las cinco provincias orientales.

El Coronel retirado Facundo Cabrera, ex-Delegado del MININT en la provincia de Holguín, se dirigió eufórico al Jefe de Comunicaciones del Ejército Oriental y al delegado de la radiodifusión de Holguín.

-Lo hicimos, coño, lo hicimos...

-Se rompió la cadena, Coronel, se rompió...

El delegado de la radiodifusión dijo con frialdad:

-Ya el Comandante tiene su cadena funcionando...

-No, amigo, no... no es la cadena del Comandante, es la cadena de Cuba, de los cubanos... de la Revolución... y suya también, de todos...

-Coronel, avísele a Ramiro que lo logramos...

-Y al General Carmenate también...

-A los dos... es una noticia que les va a gustar...

-No digo yo...

Se comunicó con ambos, brevemente, sin palabras de más ni retórica:

-Lo hicimos, lo tenemos... se jodió la cadena...

-¿La de ellos...?

-Seguro, la de ellos...

-Sigan adelante con el plan... sin perder tiempo... no nos vayan a sacar del aire...

-No pueden, tenemos el control técnico...
-¿Para que te va a servir el control técnico si desde un MIG te ponen un cohete en la cabeza...? ¿O si le dejan caer una bomba de doscientas cincuenta libras a la emisora...?
-Bueno, entonces...
-Nada, no pierdan tiempo, a transmitir la arenga... ahora mismo
-A la orden...
Regresó a la cabina.
-¿Qué hace falta ahora...?
-El locutor... traigan para aquí al locutor... para acá... aquí está la proclama... que la empiece a leer ya...
-Déle unos segundos, Coronel... que la lea primero en silencio, la revise, que ensaye, para que lea correctamente... entiéndanlo... debe estar muy nervioso en estos momentos...
-Que se calme los nervios y la revise... que está siendo protagonista de un momento histórico... como todos nosotros...
-Que la revise rápido...
-Que la revise bien, que la ensaye, todo lo que quiera, pero ya... sin perder tiempo...
Un minuto después, las marchas revolucionarias bajaron de volumen en la transmisión, sin desaparecer del todo...

Base Naval de Guantánamo, Cuba
Dos y tres minutos de la tarde

El sargento de comunicaciones Vladimir de Jesús Escalona, técnico medio en electrónica graduado del Politécnico de Artemisa, balsero cubano del 94, escuchaba aburrido en los audífonos las transmisiones de la radiodifusión cubana que se registraban digitalmente en la computadora XDR-34 del puesto de escucha electrónica de la unidad de marines de la Base Naval de Guantánamo.

Había dejado su trabajo como técnico de reparación de computadoras en una pequeña empresa de Hialeah, a $8.50 la hora y se incorporó a los marines en el 2,000, con la muy seria intención de conseguir que el Tío Sam le pagara por sus estudios de Ingeniería Electrónica al terminar de cumplir sus compromisos con las fuerzas armadas.

Los ataques terroristas contra New York y Washington en Septiembre del 2001 habían cambiado radicalmente la dinámica de la actividad militar. Aunque el sargento Vladimir de Jesús había 'librado' de ir a Afganistán e

Irak por su actividad en los sistemas de radares de Norfolk, Virginia, la asignación a la Base Naval de Guantánamo le había deparado en los últimos cinco meses la aburrida tarea del rastreo auditivo de las transmisiones de la radiodifusión cubana en las emisoras del oriente del país.

-Le ronca esto... me monté en la balsa y me la jugué para librarme de tener que estar oyendo esta mierda... cuando nos sacaron de aquí en el 95 pensé que más nunca vería la Base ni tendría que oír el radio de Cuba con su cantaleta... y ahora tengo las dos cosas... oyendo radio de Cuba ocho horas al día metido aquí en la Base... del carajo, Vladimir, del carajo...

Comprendió de pronto que algo sucedía.

-¿Qué pasa...? Se les cayó la transmisión... ¿y esos ruidos...? Alguna conexión falló... deja ver que pasa... ¿viene o no viene...? ya están de nuevo en el aire... coño, otra vez el Himno del 26 de Julio... después ese comemierda con voz de ganso leyendo la misma mierda desde por la mañana... Ay, Vladi, lo que te ha caído, coño... pero no te quejes, peor hubiera sido Irak o Afganistán... tener que oír aquello... bueno, no yo, que en definitiva yo no habló irakí ni la otra mierda que se hable en Afganistán...

Oficinas de Raúl Castro, MINFAR
Dos y siete minutos de la tarde

-Vamos a ver que pasa, estamos al arrancar... arriba, a moverse... Furry, quédate aquí tú, tú y yo tenemos que hablar...

-Tenemos que hablar...

-Pepito, arranca para tu puesto de mando...

-A la orden...

-Moro, tú para la Guarnición... prepárate para volar a Oriente en cualquier momento... pero no vayas a aterrizar hasta que resolvamos eso allá... no vaya a ser que sea Carmenate el que te vaya a fusilar a ti...

-A la orden...

-General Valdivieso, Jefe del EMG:

No tengo que repetir esta orden de combate que le estoy dando ahora mismo, con todos estos Generales y la historia como testigos:

Primero: Si a las dos y media de la tarde, en punto, no tenemos noticias de que el General Bustelo ha salido para esta oficina, o no se han producido cambios bruscos de la situación operativa, ordene al Regimiento de Tanques reforzado que avance sobre Matanzas y que cumpla su misión: la ocupación de las instalaciones y puestos de mando del Ejército, la neutralización del Regimiento independiente de Tanques de La Paloma, el aseguramiento de

una vía de tránsito para abastecer y asegurar la base aérea de Camagüey y la captura o muerte en combate del Jefe del Ejército...
Segundo: Si a las dos y media de la tarde, en punto, no tenemos noticias de que el General Carmenate ha salido para esta oficina, o no se han producido cambios bruscos de la situación, operativa, ordene a la DAAFAR que envíe al Batallón de Paracaidistas a ocupar las Bases Aéreas de Holguín y Camagüey y asegurar el aterrizaje de los aviones civiles que transportan a las tropas Especiales y
Tercero: Ordene a la Fuerza Aérea que envíe los Migs a bombardear sorpresivamente, volando desde de sur a norte, los Puestos de Mando del Ejército, del Regimiento de Tanques, del Regimiento de Tropas Especiales del MININT de Oriente y el Puesto de mando divisionario y los de los Regimientos de la División 50, asegurando la muerte en combate o captura del Jefe del Ejército.
-¿Necesita algún tipo de esclarecimiento de la misión...?
-Todo está claro, Ministro...
Ya la dirección de la Revolución tenía el enemigo que necesitaba.

CAPITULO DIECISIETE

Todas las emisoras de radio de las cinco provincias orientales
Dos y siete minutos de la tarde

Las notas del Himno Nacional cubano resonaron con fuerza en las transmisiones que realizaba la emisora provincial de radio de Holguín. Al terminar el Himno Nacional, comenzó inmediatamente un tableteo electrónico anunciando una noticia importante:
-Bi, bi, bi, bip.... bi, bi, bi, bip... bi, bi, bi, bip... bi, bi, bi, bip...
De pronto se escuchó el Himno Invasor, se mantuvo durante quince segundos y comenzó a bajar en intensidad, quedando de fondo a una voz grave, fuerte, que comenzó a gritar con emoción frente al micrófono de la emisora de radio de Holguín:
-Atención, mucha atención... Atención, mucha atención...
A continuación una importante declaración conjunta de los Comandantes de la Revolución Juan Almeida, Ramiro Valdés y Guillermo García. Repetimos. Atención: A continuación una importante declaración conjunta de los Comandantes de la Revolución Juan Almeida, Ramiro Valdés y Guillermo García.

Base Naval de Guantánamo, Cuba
Dos y siete minutos de la tarde

El sargento Vladimir de la Caridad dijo:
-Coño, menos mal, esto es nuevo... con bip y todo... como si fuera importante... seguro que la misma cantaleta, pero algo nuevo... a ver con que vienen ahora...

Puesto de Mando de la Brigada Fronteriza, afueras de Guantánamo
Dos y seis minutos de la tarde

El General Marcelo Fernández Cuesta, Jefe de la Brigada Fronteriza ubicada en Caimanera, alrededor del perímetro de la Base Naval de Guantánamo, despachaba con el Jefe de Contrainteligencia de la Brigada Fronteriza, Coronel Marcos Castaño, mientras el radio continuaba con su monotonía de las últimas seis horas...

-Eso es algo que puede ser muy complicado ahora, Marcos, con esta situación... tenemos que tener en cuenta...
El Himno Nacional...
Comenzó el bi, bi, bi ,bip...
-¿Qué pasa ahí...?
Y seguía el bi, bi, bi, bip...
-Deja oír... bueno, algunas noticias... vamos a escuchar...
-... *importante declaración conjunta de los Comandantes de la Revolución Juan Almeida, Ramiro Valdés y Guillermo García. Atención:*

Orientales... Camagüeyanos... Cubanos todos:
Aunque nos duela decirlo, el Comandante en Jefe Fidel Castro ha muerto, Fidel falleció hoy al amanecer.

Durante cincuenta años lo seguimos sin vacilaciones: en el Moncada y la Sierra, Playa Girón y la Crisis de Octubre, en la paz y la guerra, en las buenas y las malas.

Muchas cosas se hicieron mal, hemos vivido con limitaciones extremas, pero no vamos a perder la Revolución guiada por Fidel.

En La Habana se está dando un golpe de estado. No para progresar y mejorar las condiciones de los cubanos, flexibilizar la economía, resolver los problemas, sino para mantener el poder, borrar la historia, que todo siga igual, ignorar los cambios que necesitamos.

Digamos no al golpe de estado, no a estos intentos. Es el momento de transformar el país.

El Ejército Oriental no acepta este golpe de estado, no reconoce a quienes pretenden ignorar nuestra historia.

No habrá sangre de cubanos derramada en este instante en enfrentamientos inútiles. No atacaremos a nadie, defendemos nuestra Patria, nuestros sueños.

Unámonos para derrotar el golpe de estado, progresar, levantar la economía, salir del caos. Vamos a cambiar y crear un país como merecen los cubanos.

Llamamos a todos los oficiales de las FAR y el MININT, a los revolucionarios, al pueblo de Cuba, a unirnos en una sola consigna, como Fidel el Primero de Enero del cincuenta y nueve:
    "REVOLUCION SI, GOLPE DE ESTADO NO"
Firmado en Oriente, Cuna de las revoluciones cubanas, por los Comandantes de la Revolución Juan Almeida Bosque, Ramiro Valdés Menéndez y Guillermo García Frías.

-¿Que coño es esto...? Oficial de Guardia...

-Ordene, General...

-Comunícame con el Ministro ahora mismo, ahora mismo, urgente...

-A la orden

Base Naval de Guantánamo, Cuba
Dos y ocho minutos de la tarde

El sargento Vladimir de Jesús saltó de su silla...

-Coño, que bombazo.... Captain, Captain, sir... Capitán, coño, corra *pa'cá*, Capitán...

-¿What's up, Sargeant...?

-¿What's up...? que se jodió Fidel... eso es lo que what's up...

Las cinco provincias orientales
Dos y ocho minutos de la tarde

Oriente enteró saltó de sus asientos con la arenga de los Comandantes de la Revolución leída desde Holguín para todas las provincias orientales...

-Coñooooooo.......

-Cuidado, que te *cae* del balance...

-Del carajo......

-*Pa'su* madre......

-Lázaraaaaa....

-¿Qué coño es esto....?

-Se jodió Fidel, *pal'carajo*...

-¿Dónde está la cutara...?

-Ven acá, ven acá, oye eto...

-Vamo *pa'la* calle...

¿*Tutá* loco...? Ahora no...

Puesto de Mando del Ejército Oriental, afueras de Holguín
Dos y diez minutos de la tarde

Ramiro Valdés hablaba por teléfono con Juan Almeida y Guillermo García.

-Ahora sí, negro, ahora sí comenzó...

-*Ahora hay que ver como acaba...*

-Es la fiesta del Guatao, se sabe como empieza...
-*Pero no como acaba...*
-Con eso ahora ya no pueden atacar a Oriente...
-*O lo atacan más rápido...*
-Se entera el mundo entero...
-*O se entera que unos tipos se insubordinaron y acabaron con ellos...*
-No lo creo, no pueden...
-*Vamos a esperar... y hay que estar muy alertas...*
-Carmenate tiene toda la artillería antiaérea en alarma máxima...
-*Ojala no tenga que usarla...*
-Ahora si viramos esto de cabeza...
-*Ramiro, acuérdate que lo que queremos no es descojonar todo esto, sino salvarlo... tratar de sumar y sumar, de unir gente... no formar líos, sino ganar gente...*

Oficinas de Raúl Castro, MINFAR
Dos y once minutos de la tarde

-General Fernández Cuesta, ¿qué está pasando...?
-*Eso es lo que le quiero preguntar, Ministro...*
-Estamos comenzando un movimiento grande... dentro de un par de horas vas a verlo todo muy claro...
-*Yo me refiero a lo que está diciendo el radio...*
-¿Qué está diciendo el radio...?
-*Que el Comandante en Jefe falleció...*
-¿De dónde salió eso...?
-*De la declaración conjunta que están leyendo...*
-¿Qué declaración, General, de que me hablas, que declaración...?
-*La de los Comandantes...*
-Yo no sé de que me estás hablando... ¿qué comandantes...?
-Los Comandantes de la Revolución... Almeida, Ramiro, Guillermo García...
-*¿Dónde tú escuchaste eso...?*
-En el radio, aquí en la oficina... por la cadena...
-*¿Pero que locura es esta...? Espérate, Fernández Cuesta, espérate...*
Raúl Castro comenzó a repartir órdenes.
-Valdivieso, localiza a Machado Ventura, urgente... Furry, mira a ver con tu gente que controla el radio... aquí y afuera... no sea que estén tirando algo por Radio Martí o alguna cosa de esas... Azcuy, atiende el radio, vete a ver

lo que está diciendo…

-Ministro, el radio aquí está normal… la cosa oficial…

-Fernández Cuesta… las emisoras están en cadena… y nada de eso lo hemos dado nosotros… no hemos sido nosotros ¿te pueden estar tirando desde la Base esa transmisión…?

-La hubiéramos detectado… es el radio normal, la emisora… no fueron los americanos…

-Nosotros aquí tenemos la transmisión normal… eso es una transmisión pirata…

-Machado Ventura al teléfono, Ministro…

-Que espere un momento… General, tú oíste hablar a Almeida, a Ram…

-No, no, ninguno de los tres habló…

-¿Los mencionaron…?

-Dice que los tres firman la declaración… en Oriente, cuna de las revoluciones cubanas…

-¿Están en Oriente…?

-No sé…

-Espérate… Azcuy, ¿Qué tú sabes de Ramiro o Almeida… donde están…?

-No tengo noticias, Ministro…

-Dame el teléfono… Machado, ¿que es lo que está pasando…?

-Ya me enteré… estoy averiguando… parece que interrumpieron la cadena de radio… y crearon una cadena provincial en todo Oriente…

-¿Cómo que interrumpieron la cadena y crearon otra para todo Oriente…?

-Sí, la interrumpieron en Holguín y generan una transmisión desde allí que se oye en todo Oriente…

-¿Se puede hacer eso…? bueno, claro que se puede, si lo acaban de hacer…

-Se puede, pero es muy complicado…

-¿Cómo lo pueden hacer…?

-Coordinando con la gente del ICRT en Holguín… y otras cosas más…

-¿Otras cosas más como cuáles…?

-Ajustes, derivaciones, puentes, no se bien… cosas que hace la gente de Furry…

-Cosas que hace la gente de Furry…

-Sí, la seguridad…

-Ya… ¿y dónde está el tipo del ICRT de Holguín, qué dice…?

-Me están informando ahora mismo por otro teléfono que fue que vinieron dos soldados y se lo llevaron en un jeep…

-¿Carmenate se los llevó…?

-No se, deja ver… espérate, déjame escuchar el otro teléfono… ¿quién…? ¿estás seguro…?

-¿Qué cosa es, Machado...?
-*Ramirito se los llevó, fue por orden de Ramiro...*
-¿Ramiro Valdés...?
-*Si, Ramiro...*
-Coño, el ICRT y los segurosos... ya están ahí las dos patas que hacían falta para esto... ¿qué más quieres...?
Sin colgar el teléfono con Machado Ventura, se viró a los generales en su oficina y vociferó:
-Atiendan acá...
-Ordene...
-Se complicó esto... Ramiro Valdés está con los sublevados...
-¿Ramirito se alzó...?
-Ramiro, Almeida, Guillermo...
-Cojones...
-¿Qué locura es esta, qué está pasando...?
Furry entró como una tromba a la oficina.
-Es verdad... fue una proclama... ya Radio Martí la está retransmitiendo...
-¿Radio Martí...?
-A toda Cuba, onda media y corta... por todas partes... toda Cuba...
-Coño, Ministro, estamos como el tarrú... que somos los últimos en enterarnos...
-Ni una más, no podemos demorarnos más... Valdivieso...
-Ordene...
-Ahora mismo, ejecuta la orden... manda las unidades...
-¿Los tanques...?
-Los tanques, los aviones, los paracaidistas, las tropas especiales, los pioneros si hacen falta, todo, ahora mismo...
Furry tuvo un rapto de cordura:
-Raúl, ya no es sólo Carmenate, ¿vamos a bombardear a Almeida, a Ramirito, a Guillermo...?
-Y a Cristo también si está allá, Furry... a Cristo también...
-Coño...
-Valdivieso, no te demores más, da la orden, coño, da la orden...
-Enseguida...

CAPITULO DIECIOCHO

Matorrales al suroeste de Güines, Provincia La Habana
Dos y treinta minutos de la tarde

Los exploradores vestidos de civil no necesitaron demasiada atención para escuchar el ruido de los motores de los tanques del Segundo Batallón del Regimiento de Tanques dislocado a cuarenta kilómetros de la provincia de Matanzas.

Se encontraban escondidos bajo unos arbustos a unos 600 metros del área de dislocación, pero cuando treinta y dos tanques T-72 arrancan sus motores casi simultáneamente, hasta un sordo comprende lo que está sucediendo.

El rubio, el más joven de los dos, comunicó de inmediato por radio:

-Coronel Verocos, están arrancando...

-¿Seguro...?

-¿No está oyendo el ruido...?

-Echen para acá ahora mismo...

Montaron inmediatamente en una vieja moto Berjovina conseguida por Verocos nadie sabía donde.

Miami, Florida
Dos y treinta minutos de la tarde

-Está en el aire, diga...

-*Oye, te lo estoy diciendo desde por la mañana y ustedes están en la bobería... se jodió el tipo, se jodió... ahora sí...*

-Estamos buscando la confirmación oficial... esta es una emisora seria y...

-*Que confirmación ni un carajo... lo sabe Cuba entera, lo sabe Miami y tú todavía estás buscando confirmación... ¿Qué periodistas son ustedes...?*

-Eso no es como usted cree. Pasemos a otra llamada. Está en el aire, dígame...

Matorrales al suroeste de Güines, Provincia La Habana
Dos y treinta y un minutos de la tarde

El ruido de los motores de los tanques era ensordecedor... el humo de los escapes salía entre los arbustos de la arboleda haciendo parecer que se incendiaba todo el campo… las esteras de los tanques aplastaban a su paso las raíces de los árboles mayores.

El Coronel Roberto Quintana, Jefe del Tercer Regimiento de Tanques de la División Blindada, se puso el casco de tanquista y se comunicó con el Primer Batallón.

-Adelante, no te pares hasta cumplir la misión…

El tanque del Jefe de Regimiento marchaba con el Segundo Batallón. El Regimiento se movía en columnas de Batallón. La idea de maniobra consistía en sobrepasar la ciudad de Matanzas por el Sur y subir vertiginosamente al Norte para ocupar las áreas al este de la ciudad, emplazarse, ocupar el Puesto de Mando del Ejército, e impedir el paso del Regimiento de Tanques de La Paloma y la infantería mecanizada de la División de Cárdenas.

Base Aérea de San Antonio de los Baños, Sur de La Habana
Dos y treinta minutos de la tarde

Los pilotos de los MIG se dirigían a paso rápido hacia sus aviones, mientras ya los aviones de transporte despegaban con el Batallón de Paracaidistas rumbo a Holguín y Camagüey.

Como los transportes eran más lentos, despegaban primero.

Los MIG despegarían más tarde, para hacer coincidir su llegada al teatro de operaciones de Oriente con el lanzamiento de los paracaidistas en Holguín y Camagüey.

Consejo de Seguridad Nacional, La Casa Blanca, Washington, D. C.
Dos y treinta y un minutos de la tarde

El Asesor de Seguridad Nacional del Presidente de los Estados Unidos hablaba al Consejo de Seguridad Nacional.

-Bien, señores, los eventos están fluyendo a una velocidad increíble… de lo que dejamos hace unas dos horas a lo que tenemos en este momento hay una gran diferencia… hay un gran número de nuevos acontecimientos, muy fluidos y mucha más información… no se realmente si todos los elementos novedosos hacen más fácil entender este rompecabezas o lo hacen más difícil…

Vamos a resumir lo que tenemos, con bastante seguridad…

* Los ejércitos cubanos están movilizados… no hay dudas en este punto

* Vamos a aceptar como algo comprobado la muerte de Fidel Castro, o su incapacidad total. Ya Fidel Castro no gobierna en Cuba…
* Raúl Castro ha proclamado oficialmente haber asumido todos los poderes en La Habana, se encuentra al frente del país…
* Raúl Castro nos hizo saber que no hay intenciones agresivas hacia nuestras tropas, que está intentando consolidar el poder y prometió conversaciones con nosotros tan pronto logre eso…

-¿Podemos dar eso por seguro…?

-Que lo haga, no, no es seguro… pero es seguro que lo prometió…

Continúo con eventos que están prácticamente confirmados…

* El Ejército Oriental se ha rebelado y no acepta el liderazgo de Raúl Castro…
* Tres figuras históricas de la Revolución de Fidel Castro han apoyado públicamente la rebelión y dicen encontrarse en el territorio del Ejército…

-¿Esas figuras históricas son simbólicas o tienen un verdadero poder real…?

-Poder real, militar, no tienen en estos momentos… no tienen mando militar en estos momentos… pero sí tienen un liderazgo moral muy fuerte… no mandan ejércitos, pero pueden influir significativamente en las decisiones de los Jefes de Ejército…

-Usted dirá del Jefe del Ejército Oriental…

-No, en los Jefes de los tres Ejércitos del país…

-Eso complica las cosas…

-Tal vez complica el análisis, pero puede acelerar los acontecimientos en Cuba…

Puesto de Mando del Regimiento Independiente de Tanques (La Paloma) del Ejército Central, Sumidero, Matanzas
Dos y treinta y dos minutos de la tarde

El Coronel Julio 'Verocos' Cruz llamó al Jefe del Destacamento Avanzado.

-¿Matraca? Prepárate, están saliendo…

-*A la orden…*

-Abre bien los ojos…

-*Los tengo bien abiertos… y los oídos…*

-Matraca…

-*Ordene…*

-*Tienes que pararlos de todas maneras… no te vayas a apendejar…*

-¿Tu me conoces a mí por pendejo, Verocos…?

-Yo se que no, pero por si acaso...

Aeropuerto de Rancho Boyeros, La Habana
Dos y treinta y tres minutos de la tarde

El Jefe de Tropas Especiales decía al Jefe del Primer Regimiento:
-Es un viaje corto, menos de una hora, así que van doscientos en cada avión de los grandes... ciento treinta en los pequeños...
-Dos grandes, son cuatrocientos, tres pequeños, trescientos noventa... relleno un poquito y en la primera ola se van ochocientos...

Miami, Florida
Dos y treinta y tres minutos de la tarde

-Oye, locutor... ¿donde están Liana y Lincon...?
-¿Quién dice usted...?
-Liana y Lincon, chico, los Senadores...
-Ah, usted dice los Congresistas, Ileana Ross y Lincoln Díaz-Balart...
-Sí y el otro muchachito... el hermano... ese que también salió...
-Mario Díaz-Balart...
-Ese mismo... bueno, le tienen que decir a Bush pa' hacer como en Irá...
-¿Que tienen que ver los iraníes con esto...?
-¿Qué iraníes ni ocho cuartos... Irá, Sadanjusen...
-¿Qué pasa con Saddam Hussein...?
-No, con Sadanjusen no, con Cuba... que hay que hacer como en Irá, mandar pa'llá los americanos ahora mismo pa'cabar con aquello... tienen que decirle al Presidente que los mande... Liana y los Balar, que se lo digan...
-Bueno, los Congresistas no pueden hacer esas cosas así... ellos pueden pedirle al Presidente...
-¿Por qué pedirle...? Se pueden decir muy clarito, el Presidente sabe que nosòtros lo pusimos, lo relejimos, tiene que hacerlo...
-Señora, déjeme explicarle...
-Y si hace falta ir pa'llá a pelear, aquí estoy yo, cuenten conmigo...
-¿Qué edad tiene usted, señora...?
-Ochenta y tres, pero para pelear por Cuba me siento como si tuviera veinte años, ¿me entiendes...? Hay que decírselo a Liana y a Lincon...

Puesto de Mando del Ejército Central, afueras de Matanzas
Dos y treinta y tres minutos de la tarde

-Dime, Verocos…
-*General, están saliendo…*
-¿Seguro…?
-*Seguro…*
-Coño yo tenía esperanzas de que no fueran a llegar a esto…
-*Es la gran mierda…*
-Bueno, no lo buscamos nosotros… empieza a mover tus tanques… voy a ordenarle al general Cuétara que arranque con los BTR y la infantería…
-*A la orden…*
-Verocos… dime una cosa…
-*Ordene…*
-Este compañero, el Jefe del Destacamento…
-¿*Matraca…?*
-Anjá, dime de verdad… ¿el tipo es cojonú…?
-¿*Cojonú…? Matraca, con cuatro tanques, le dio por el culo a una columna completica del FLEC en Cabinda en enero del 76…*
-Eso es muy bueno… pero el que le viene pa'rriba no es del FLEC…
-*El sabe quien es el que le viene pa'rriba… el que le dio por el culo a Holden Roberto en febrero del 76 y lo tiró pal Congo…*

Miami, Florida
Dos y treinta y cuatro minutos de la tarde

-Gracias por su llamada, señora. Vamos a pasar brevemente a comerciales… ¿como…? ¿sí…? O.K. Me dicen que no hay comerciales ahora, transmisión especial, seguimos con las llamadas de los oyentes en una transmisión especial…. Adelante está en el aire…
-¿*Tu me oyes…?*
-No grite, no grite yo le escucho…
-*Es que aquí hay mucha bulla…*
¿Qué está pasando…?
-*Estoy aquí en la 49 calle de Hialeah… la gente está sonando los claxons y saliendo pa'la calle… ya no hay nadie trabajando… esto es del carajo… hay un alboroto, no se escucha nada…*

Base Aérea de San Antonio de los Baños, La Habana
Dos y treinta y cuatro minutos de la tarde

El General Francisco Soler, Jefe de la DAAFAR, hablaba a los pilotos en un extremo de la pista, cerca de un hangar.

-La Revolución confía plenamente en ustedes, en todos nosotros, en la DAAFAR. Siempre hemos sido y somos la defensa de los cielos de la Patria. No importa que ellos madruguen, si nosotros no dormimos. Siempre estamos listos... La Revolución y el pueblo saben que esta misión es de vital importancia para la Patria y que la vamos a cumplir exitosamente. Vamos a destruir al enemigo, vamos a golpearlo fuerte, vamos a dejarlos sin capacidad combativa...

Aeropuerto de Rancho Boyeros, La Habana
Dos y treinta y cuatro minutos de la tarde

-De acuerdo, rellena un poquito los aviones pequeños, completa ochocientos en la primera ola, dos horas después llegan ochocientos más... son mil seiscientos...
-No van a hacer falta mil seiscientas tropas especiales para esto... en menos de dos horas cumplo la misión...
-Van para allá de todas maneras...
-Mándalos, está bien... pero yo resuelvo esto en la primera vuelta...

Miami, Florida
Dos y treinta y cinco minutos de la tarde

-Bueno, gracias... otra llamada... adelante...
-*¿Estoy en el aire...?*
-Sí, está en el aire... adelante...
-*¿Tú me oyes...?*
-Sí, señor, lo escucho, diga su opinión...
-*Bueno, a nombre de todos los cubanos dignos de los Estados Unidos, no de los caraeguante esos que andan por ahí llevando paqueticos y dinero, a nombre de los cubanos dignos, vamos a venir pa'cá pal Versalles, en la Calle Ocho, a celebrar este triunfo de la democracia y la libertad, a celebrar la muerte del déspota, a bailar hasta por la mañana...*

Consejo de Seguridad Nacional, La Casa Blanca, Washington, D.C.

Dos y treinta y cinco minutos de la tarde

-No necesito explicar que las Bases Aéreas de Homestead, McGill de Tampa y Patrick de Melbourne están en estado de máxima alerta, así como diversas unidades de la Marina y un Regimiento de Infantería de la Guardia Nacional de Louisiana... mucho menos decir que la Base naval de Guantánamo en su totalidad está en completa disposición combativa desde hace más de dos horas... un Batallón de Marines en North Carolina está siendo movilizado en estos momentos hacia las unidades de transporte que los moverían en caso de necesidad...

-¿Todas estas medidas son preventivas...?

-Absolutamente, no sabemos como se pueden desarrollar los acontecimientos... y la situación es muy fluida...

Antes de entrar en detalles sobre todo eso, voy a explicar brevemente un conjunto de medidas imprescindibles que hemos tomado, de acuerdo a los planes de contingencia, para el sur de La Florida, para poder manejar la situación con los cubanos residentes allí...

-¿Cuántos cubanos hay en el sur de la Florida...?

-Más de un millón... la mayoría en Miami...

-Si cuatro cubanos en una fiesta forman un escándalo que a nosotros nos altera, un millón de cubanos celebrando...

-Puede ser peor que cuando llegan los huracanes a la Florida...

-Y no son solo los cubanos... a esas celebraciones se van a sumar los nicaragüenses, los centroamericanos, los venezolanos...

-Y los colombianos, los brasileños y buena parte de los anglos...

El Coronel Manttinni va a darles un resumen de las medidas que se están aplicando para el área específica del Sur de la Florida de acuerdo a lo previsto en los planes de contingencia para una posible situación de este tipo en Cuba. Adelante, Coronel, por favor.

-Las medidas que se están ejecutando en este sentido, de acuerdo a los planes de contingencia aprobados por el Consejo de Seguridad Nacional son las siguientes...

• El Coast Guard está en máxima disposición combativa. El Almirante Burlington tiene la orden y está creando una barrera naval con sus embarcaciones que se extiende desde el sur de las Bahamas hasta ciento cincuenta millas al oeste de Key West dentro del Golfo de México... tiene que impedir a toda costa un éxodo de balseros desde Cuba hacia la Florida y una oleada de familiares de cubanos desde la Florida hacia Cuba... a toda costa... lo que sucedió en 1980 y en 1994 no puede suceder ahora...

* Cuatro condados del sur de La Florida, West Palm Beach, Broward, Miami-Dade y Monroe, que teníamos discretamente en estado de alerta preventiva desde la mañana, desde que llegaron las primeras informaciones, están en máxima alerta desde hace media hora...
* Está en Camino hacia Miami un Batallón de la Guardia Nacional de La Florida, que radica en Gainsville, para apoyar a las autoridades locales en el mantenimiento del orden, básicamente en las áreas de Miami y Hialeah... estamos previendo muchas dificultades...

-Bueno, pero los cubanos solo se alteraron de verdad cuando aquella situación del niño balserito... fue cuando único se pusieron majaderos, unas cuantas horas y no fue nada comparado con otros problemas que hemos tenido con las comunidades afroamericanas, por ejemplo...

-La Guardia Nacional no tendrá que enfrentar disturbios de ese tipo, ni vandalismo, ni saqueos... pero habrá cientos de miles de cubanos por las calles en sus autos, caminando, bailando, cantando, cruzando calles sin respetar semáforos, sonando los claxons, gritando, interfiriendo el tráfico... vamos a tener embotellamientos de verdad serios con esta situación...

-No van a trabajar hoy ni mañana...

-Tal vez en toda la semana... son muy trabajadores, pero con esto es diferente...

-Arengas, discusiones, fiestas... lo que se les ocurra...

-¿Los cubanos son en realidad tan alborotosos...?

-Señora, si cuando los Marlins ganan la Serie Mundial, Miami se vuelve loco, con la muerte de Fidel Castro vamos a presenciar algo que no hemos visto nunca antes...

-Pero el problema no está resuelto... la dictadura se mantiene...

-Esa sería otra celebración... y no se cuál de las dos será más grande...

El Coronel dijo:

-Bien, continuemos, la otra medida de este grupo para el sur de La Florida...

* Estamos visitando los medios de prensa en español para recordarle a los cubanos determinadas normas de comportamiento ético, sobre todo radial, que es donde más influencia tienen... y a las organizaciones de exiliados, con el mismo fin...

-No podemos coartar su libertad de expresión...

-No vamos a coartar nada, ninguna libertad fundamental, de expresión, de prensa, de agrupación, nada, pero les estamos recordando, amigablemente, que la incitación a la violencia o a las actividades armadas, el secuestro de embarcaciones, aunque sea para ir a buscar sus familiares a Cuba, las acciones hostiles contra un país extranjero o contra nacionales de ese país en

Estados Unidos, el saqueo de una agencia que hace viajes a Cuba o envía dinero a los familiares, ese tipo de actividades están prohibidas por las leyes de Estados Unidos... eso es lo que estamos haciendo, nada más que eso...
-Con las emisoras de radio y los medios de difusión es español...
-En general, sí, pero sobre todo donde los cubanos tienen el control... y también en las organizaciones de exiliados...
-¿Cuántas organizaciones de exiliados hay en Miami...?
-Eso es muy difícil de saber... ni ellos mismos tal vez lo sepan...
-¿Por qué...? ¿hay algunas que son clandestinas...?
-No, todo lo contrario, siempre están tratando de dejarse ver... de que los conozcan... que ellos sí tienen la razón y la estrategia correcta... pero cada día que pasa fundan una, unen tres, se separan dos... es difícil saber...
-Bueno, señor Asesor de Seguridad Nacional... yo no veo nada preocupante entonces en que se les explique las cosas de esa manera amigable a los cubanos... ellos son una comunidad respetuosa de nuestras leyes...
-Sí, en general son así... son sólo medidas preventivas...
-¿Quién está a cargo de estas recomendaciones amistosas a los medios de difusión y las organizaciones de exiliados...?
-El Buró Federal de Investigaciones, el FBI...

CAPITULO DIECINUEVE

Base Aérea de San Antonio de los Baños, La Habana
Dos y treinta y cuatro minutos y medio de la tarde

El Jefe de la DAAFAR terminaba su arenga a los pilotos:
-Que nunca se olviden que con los pilotos del Comandante en Jefe no se puede estar jugando... que nunca se olviden que con los pilotos de la Revolución no se puede estar jugando...
Como en Girón, como en Angola, como en Etiopía... ahora en Oriente... adelante, pilotos de la Revolución, Hasta la Victoria Siempre... Patria o Muerte...
-Venceremos...
-Prepárense para despegar...

Aeropuerto de Rancho Boyeros, La Habana
Dos y treinta y cuatro minutos y medio de la tarde

-No te confíes demasiado...
-Quinfandongo fue más difícil... y lo hicimos... somos lo mejor de tropas Especiales...
-Pero aquí no vas a enfrentar mercenarios...
-Yo se, voy a enfrentar al que jodió a los mercenarios...

Puesto de Mando de la División Blindada, afueras de Bejucal, La Habana
Dos y treinta y cuatro minutos de la tarde

Desde el puesto de mando de la División Blindada el General Molina le ordenó al Coronel Quintana:
-No pierdas tiempo por gusto... tienes que estar al sur de la ciudad de Matanzas en menos de dos horas... mientras más rápido se cumpla la misión menos peligro de tener que combatir...
-*Entendido...*
-Pero si tenemos que combatir, entonces les tiras todos tus tanques arriba... los aplastas...

Miami, Florida
Dos y treinta y seis minutos de la tarde

-Otra llamada, está en el aire, diga...
-*Yo lo sabía, se tenía que morir, se tenía que morir, gracias a Dios, al fin, lo estoy diciendo hace tiempo...*
-¿Desde cuando lo está diciendo señora...?
-*Desde hace tiempo, mi hijito, desde hace muchos años, desde que llegué a este país...*
-¿Cuándo llegó usted, señora...?
-*Cuando Camarioca, en el sesenta y cinco...*

Puesto de Mando del Ejército Central, afueras de Matanzas
Dos y treinta y siete minutos de la tarde

-General...
-Dime Verocos...
-*El Segundo Batallón ya está saliendo, el Tercero sale en diez minutos...*
-¿Dónde te estás moviendo tú...?
-*Con la compañía del Primer Batallón que se quedó aquí... las otras dos están en el Destacamento... estoy llevando la compañía como reserva, para lanzarla en la dirección que haga falta cuando choquemos...*
-Muy bien
-*Beni...*
-Dime, Verocos...
-*Vamos a intentar lo que te dije...*
-Oye, yo creo que eso no va a servir para nada...
-*Si no lo intentamos no sabemos...*
-Vamos a esperar un poco... atiende tus tanques ahora...
-*A la orden...*

Miami, Florida
Dos y treinta y siete minutos de la tarde

-Estás en el aire, dime...
-*Oye, tu'tá oyendo lo que anda diciendo el decarao de Aruca ese por radio ahora...*
-Bueno yo de verdad no pierdo mi tiempo oyendo a ese señor...

-¿Qué señor ni señor...? Ese es un decarao... dice que toda esta noticia de la muerte de Fidel es una provocación, que eso no está confirmao... bembaejaiba... comunista e'mierda... es un decarao, eso es lo que es...
-Bien, gracias por su llamada... vamos a pasar a la siguiente... no tenemos comerciales hoy... adelante, usted está en el aire...

Fuerzas Armadas de Estados Unidos
Dos y treinta y cuatro minutos de la tarde

El oficial de exploración electrónica de la Base Naval de Guantánamo llamó al Jefe de Estado Mayor de la Base:
-Sir, hay aviones cubanos despegando de la Base Aérea de San Antonio de los Baños...
-Todo el sistema de misiles antiaéreos en máxima disposición combativa, inmediatamente...

El oficial de inteligencia de guardia en la Base Aérea de Homestead llamó al Jefe de Estado Mayor de la Base:
-Sir, hay aviones cubanos despegando de la Base Aérea de San Antonio de los Baños...
-Que despeguen los F-16 de la avanzada...

El oficial de guardia de los radares de Base Aérea McGill, en Tampa, llamó al Jefe de la Base:
-Sir, hay aviones cubanos despegando de la Base Aérea de San Antonio de los Baños...
-Que despeguen inmediatamente los "Falcón" designados...

El oficial de exploración radioelectrónica de la Base Aérea Patrick, en Melbourne, Florida, llamó al Jefe de Estado Mayor de la Base:
-Sir, hay aviones cubanos despegando de la Base Aérea de San Antonio de los Baños...
-Ordene a los F-8 despegar ahora mismo...

El oficial de rastreo electrónico del Crucero USS Ronald Reagan, navegando en el Mar Caribe 95 millas al Sur de la Ciénega de Zapata llamó al Comandante del Crucero.
-Sir, hay aviones cubanos despegando de la Base Aérea de San Antonio de los Baños...

-Ponga todos los sistemas de missiles en máxima alerta... lisos para disparar...

El oficial de rastreo electrónico del submarino USS Oklahoma, navegando bajo las aguas no tan profundas al sur del Archipiélago de los Canarreos, llamó a su Capitán.

-Sir, hay aviones cubanos despegando de la Base Aérea de San Antonio de los Baños...

-Comuníqueme con el portaaviones...

Amplificadores instalados en Calle Ocho, Pequeña Habana, Miami
Dos y treinta y cuatro minutos de la tarde

-Adelante, está en el aire...

-Gracias... un aviso solamente... El Movimiento Patriótico Internacionalista Democrático y Revolucionario para una Cuba Libre convoca a todos sus integrantes a una reunión de emergencia por la situación creada por la muerte del déspota que ha oprimido nuestra Patria por cuarenta y cinco años, a las ocho de la noche de hoy en nuestra sede central ubicada en la Pequeña Habana, en la Calle Siete del South West y la Avenida...

-Dame dos cortaditos con poca azúcar, muchachita...

-Y una croqueta de jamón, mi vida... por favor...

-Bueno, mi socio, ¿qué te parece lo que está sucediendo...?

-Ahhh yo lo sabía... ¿no te acuerdas que te lo había dicho...?

-Coño, Manolito, brother, tu lo decías todos los días... alguna vez tenías que adivinar...

-Adivinar no, que yo no adivino... esta clarito, lo que tu no te fijaste en la cara que se le veía al tipo el otro día...

-¿Cuándo...?

-El otro día en la televisión...

-Coño, pero dime cuando, si no, no puedo saber...

-No jodas más, Alexei...

-Alexei no, coño, Alex, Alex...

-Aquí están los cortaditos... ¿la croqueta de qué me dijo, señor...?

-Hoy, de cualquier cosa, mi vida... de cualquier cosa...

*Consejo de Seguridad Nacional, La Casa Blanca, Washington, D.C.
Dos y cuarenta y un minutos de la tarde*

Ya hemos visto las acciones que estamos aplicando para que las cosas no se nos vayan de las manos en el Sur de La Florida... vamos a analizar la situación dentro de Cuba ahora... no vamos a repetir lo que ya se habló por la mañana, así que presenten ideas nuevas...
-¿Hemos logrado ampliar la información sobre los sublevados en Oriente...?
-No demasiado... tal vez el Capitán de Navío obtuvo algo más de lo que tenía por la mañana...
-No mucho sobre eso... algunos datos biográficos más que no representarían la diferencia... en ese punto no creo que podamos avanzar mucho más... es evidente que las purgas de 1989 con los casos de los Generales Ochoa, La Guardia, Torralbas y Abrahantes dejaron una situación donde no se propician criterios de disidencia política dentro de las fuerzas armadas... y los pocos que puedan surgir son controlados muy rápidamente por la Contrainteligencia Militar...
-Por el Ministerio del Interior, por...
-No, no es el Ministerio del Interior... recuerde que en Cuba existen dos organismos diferentes, separados... la Dirección General de Contrainteligencia, que es del MININT y la Contrainteligencia Militar, que es del MINFAR.
-El General Colomé controla una y Raúl Castro la otra...
-Eso no es algo típico de los regímenes comunistas...
El representante de la CIA explicaba:
-Solamente era así en Polonia... en todos los demás países del bloque soviético se seguía el modelo de la KGB, donde la Contrainteligencia Militar estaba subordinada al Ministerio de la Seguridad... así era la Stassi alemana, los checos, los húngaros, los búlgaros, rumanos, todos ellos....
-¿Cual es la razón de esta peculiaridad en Polonia y Cuba...?
-No estoy capacitado para hablar de Polonia en este punto... pero en el caso de Cuba está muy claro...
-¿Cuál es la razón en Cuba...?
-Fidel Castro... esa es la razón...
-Explíqueme eso, por favor...
-Castro no tuvo nunca interés en una institución tan poderosa que controlara todos los mecanismos de la Contrainteligencia... si por alguna razón se le escapaba de la mano, su poder omnímodo podía peligrar...
-Y prefirió tener dos organismos en competencia...
-Oficialmente no están en competencia, sino complementación,

especialización en la rama militar... pero en la práctica el poder de estas instituciones se balanceaba...

-Le dio resultado...

-Evidentemente... cuando la crisis de 1989 donde se involucraban los problemas de la droga y las desavenencias del general Ochoa por el curso de la Guerra en Angola, porque Ochoa obtuvo victorias militares que pusieron en ridículo la leyenda de estratega de Fidel Castro...

-¿Esa información no es pública...?

-No, no la saben los reclutas, ni los oficiales subordinados, ni la población civil... naturalmente, la prensa cubana no habla de eso y es muy probable que muchos periodistas ni siquiera conozcan estos detalles... pero donde era peligroso para Castro que se supiera y se sabía, es en el cuerpo de generales de las fuerzas armadas cubanas... déjenme continuar, que no me estoy desviando, sino yendo al centro del problema que tenemos hoy...

-Sí, por favor, esto es muy interesante...

-Vuelvo a donde estaba... cuando aquella crisis se produjo, el MININT no respondió a Castro como él deseaba... muchas razones y muchos deseos, tal vez... pero el hecho fue que Castro consideró que el MININT no estaba resultando lo que él necesitaba...

-Se le iba de las manos el sistema de la seguridad...

-De la seguridad del MININT... cualquier jefe de gobierno en esta situación está perdido... pero Castro contaba con la carta de la Contrainteligencia Militar... y la jugó contra el MININT... lanzó la Contrainteligencia Militar contra el MININT...

-Le dio resultado...

-Fue una jugada diabólica, pero genial... Estados Unidos le pisaba los talones a Castro en el asunto de la droga y Castro veía en Ochoa el fantasma de su humillación...

Ochoa desobedeció a Castro y por eso pudo ganar la guerra... pero esa fue su perdición. De haber sido derrotado, Castro lo hubiera humillado, demovido, degradado, pero no lo hubiera fusilado...

-¿Fusilar a su propio general por haber ganado la guerra...?

-Mientras más se analiza a Castro más sorpresivo resulta...

Castro utilizó la Contrainteligencia Militar y mezcló a Ochoa con los que él sabía que estaban detectados por nosotros en el asunto de las drogas, montó una farsa de juicio sumarísimo en la televisión, los condenó y los fusiló... los que evadieron el fusilamiento recibieron severas penas de cárcel y algunos permanecen todavía en la prisión hasta hoy...

-Eso explica muchas cosas, pero no me explica algo importante...

-Dígame lo que queda pendiente...

-Castro podría sentirse más seguro si su hermano Raúl tuviera todos los órganos de la Contrainteligencia y la seguridad en sus manos, ¿no es así...?

-No, porque esa tesis parte de una suposición errónea... pensemos lo que hubiera sucedido si las cosas se producen a la inversa... si es la Contrainteligencia Militar la que no responde a lo que Castro les demanda y tiene sobre sí las presiones nuestras sobre la droga y el fantasma de Ochoa en Angola...

-Hubiera lanzado al MININT a destrozar la Contrainteligencia Militar...

-Exactamente... porque analizamos Cuba con una premisa errónea...

-¿Cuál es el error...?

-Creer que Castro confiaría en su hermano Raúl al punto de establecer esa dependencia de él...

-Usted considera que no es así...

-Señores, en los asuntos que tienen que ver con el poder absoluto, Fidel Castro no confía ni en su hermano... ni en su hermano...

CAPITULO VEINTE

Puesto de Mando del Ejército Central, afueras de Matanzas
Dos y cuarenta y un minutos de la tarde

-General Bustelo...
-Diga, Sargento...
-Quiero que oiga esto por radio... Radio Martí...
-¿Qué coño es eso del radista estar poniendo Radio Martí en el Puesto de Mando...?
-Es un caso especial, General... está tumbando las emisoras cubanas... están hablando Almeida y esa gente...
-¿Juan Almeida, el Comandante...? ¿En Radio Martí...?
-Sí, General, el Comandante... una declaración... que Fidel se murió...
-Dame acá esos auriculares...

Miami, Florida
Dos y cuarenta y un minutos de la tarde

-Adelante, está usted en el aire, dígame...
-*Oye, mira yo lo que tengo es una pregunta...*
-A ver, dígame, ¿cuál es su pregunta...?
-*Yo lo que quisiera saber es en que es en lo que están pensando los americanos...*
-¿Por qué...?
-*¿Cómo que por qué...? ¿pero tú no estás viviendo lo que está pasando en Cuba...? esos desgraciaos preparándose para atacar este país, un ataque químico o cualquier cosa de esas, que se ve por los movimientos que están haciendo, ahora que están desesperaos porque se murió Fidel y los americanos en la Luna de Valencia, como si no pasara nada... te pones a mirar los noticieros en inglés y no te enteras... yo no se inglés, pero mi nieta me los traduce y lo que están es hablando del tipo ese que mató a la mujer con un cuchillo, que si Hillary Clinton no se que y toda esa bobería... yo no entiendo cómo un país como este pueda estar en esas boberías...*
-Bien, gracias por su opinión... vamos a pasar a otra llamada, no tenemos comerciales esta tarde, una transmisión especial debido a los acontecimientos que están sucediendo en Cuba. Como ustedes saben, hace unos minutos se anunció...

Espacio aéreo cubano, sobre la Ciénega de Zapata
Dos y cuarenta y cuatro de la tarde

-Delta Uno a Nido, Delta Uno a Nido...
-Delta Uno, este es Nido. Adelante...
-Sobre 3345 - 5769 Nido, repito, 3345 - 5769. Todo en tiempo, todo bien...
-Recibido, Delta Uno, recibido...
El Oficial de Guardia del Puesto de Mando de la DAAFAR le informó a
Francisco Soler, Jefe de la DAAFAR.
-General, el primer avión de la flotilla del Batallón de Paracaidistas ya llegó
a la altura de la provincia de Matanzas...
-¿Cómo van en tiempo...?
-De acuerdo al plan...
-Manténgame informado...
-A la orden...

Estación de la Agencia de Seguridad Nacional, Key West, Florida
Dos y cuarenta y cinco de la tarde

Las computadoras interceptaron el breve mensaje enviado de Delta Uno para
Nido, procesaron la descodificación y la reflejaron en los displays.
El oficial de guardia de la Agencia Nacional de Seguridad a cargo de Cuba
llamó al Jefe de Estación.
-Sir, el avión líder de la flotilla cubana que vuela hacia el oriente del país
está entrando en la Ciénega de Zapata...

Puesto de Mando del Ejército Central, afueras de Matanzas
Dos y cuarenta y cuatro minutos de la tarde

-Verocos...
-*Ordene, General...*
-¿Por dónde estás...?
-*A unos diez kilómetros de Unión de Reyes... por la bodeguita del*
entronque...
-Tú sabes, hay una situación nueva en Oriente...
-*¿Qué pasó por allá...;*
-Guillermo, Ramiro y Almeida están allá...
-*¿Se alzaron también...?*
-Leyeron una declaración por radio...

-Cojones, ¿qué dicen...?
-Que Fidel está muerto y que unos tipos quieren dar un golpe de estado en La Habana...
-¿Otro más...?
-No, no, el mismo... y lo está repitiendo Radio Martí, ya toda Cuba lo sabe...
-¿Y por qué esta gente tiene que hablar por Radio Martí...?
-No están hablando... Radio Martí está repitiendo la noticia...
-Entonces ya lo sabe todo el mundo...
-Estaba pensando, Verocos...
-Dime, General...
-Esta noticia pública cambia las cosas por completo...
-No digo yo...
-Lo que me propusiste...
-Anjá, ¿qué quieres...?
-Vamos a meterle a lo que me propusiste...
-¿Estoy autorizado...?
-Sí, dale, no te preocupes... yo te autorizo...
-¿Por las frecuencias de radio de la cooperación...?
-Por donde sea, Verocos, pero vamos a intentarlo...
-Voy pa'llá...
-Mira a ver que pasa...
-Confía en mí, General...

Consejo de Seguridad Nacional, La Casa Blanca, Washington, D.C.
Dos y cuarenta y un minutos de la tarde

-¿Cómo se combinan todos esos factores, que son de indudable interés, para entender la situación que tenemos por delante...?
-A partir de lo que analizamos anteriormente... no vamos a encontrar una disidencia organizada... un Comité de Salvación Nacional ni nada de eso... pero si hay tendencias marcadas...
-¿Cuáles son esas tendencias...?
-El representante del Pentágono nos trae información muy organizada sobre esto. Dejemos que sea él quien lo presente...
-Adelante, general...
-Gracias... no voy a repetir lo que se ha estado diciendo... en las fuerzas armadas cubanas han ido surgiendo con el tiempo tres tendencias...
Están los llamados históricos, los que vienen desde los inicios

revolucionarios siguiendo a Fidel Castro, que ocuparon altas responsabilidades en la guerra y en el gobierno desde los inicios...
-¿Algunos de ellos son los que hoy están en Oriente apoyando la sedición...?
-No se si sedición es la mejor palabra para esta situación, pero digamos que sí, que los tres que están junto al Ejército Oriental en estos momentos forman parte de ese grupo, o la parte fundamental de ese núcleo... Dentro de los mandos activos de las fuerzas armadas cubanas no son muchos los 'históricos' que quedan... se han ido decantando... algunos murieron, otros se alejaron de la Revolución, o están muy viejos o enfermos, otros tenían muy poca instrucción y están en actividades menos importantes y otros están en el MININT o en otras actividades de tipo civil, como el transporte, la industria productiva, operaciones comerciales no demasiado transparentes o en actividades paramilitares presentadas como civiles...
-Comprendo...
-Un segundo grupo, otra tendencia, es la burocracia militar... oficiales de academia, preparados, más cultos que los históricos, de estados mayores, hábiles organizadores, que dominan la computación y están más al día en la modernización...
-¿Podrían ser considerados posibles factores de cambio...?
-Es difícil... su poder es mucho más limitado... parte de ellos han ganado cierto espacio en una estructura de empresas militares que se han ido desarrollando y acumulan cierta experiencia... entienden muchas cosas mejor que otros grupos, pero no tienen un poder real y nunca serían iniciadores reales de un cambio... en todo caso, podrían sumarse a un cambio que fuera liderado por otros...
-Nos queda un grupo...
-Es el tercer grupo, el de los 'africanos'... estos son los oficiales que ascendieron en el firmamento militar cubano con las guerras en África... no constituían el grupo de los históricos y sus rangos militares se movían entre intermedios y altos, sin estar en la cúspide...
-¿Cómo surgieron esos...?
-Después el fracaso de la estrategia guerrillera de Fidel Castro en América Latina, se fue creando un compromiso mayor en el continente africano... parte de estos oficiales fueron enviados en más de una oportunidad a misiones de apoyo a los movimientos nacionalistas de liberación, muchas veces de tendencias marxistas, socialistas, pro-soviéticas, pro-chinas o pro cualquiera de las combinaciones ideológicas que se daban en esos movimientos...
-Que eran muchas...

-Hasta 1974 la participación de Castro en estas actividades se manejaba con cierto disimulo y recato, aunque se conoce de participaciones mucho mayores en los años sesenta en África, al calor de la descolonización: Argelia cuando el conflicto con Marruecos, Congo-Brazaville...

-Desde los sesenta, sí...

-Después de la Revolución de los Claveles en Portugal, Fidel Castro se involucra más abiertamente en los conflictos africanos... un Comandante cubano, póstumamente ascendido a General de Brigada, murió en Cabinda en 1975, en operaciones militares...

-Desde 1975 ya estaban los generales cubanos en África...

-En ese tiempo no tenían grados de General, llegaban hasta Comandante... en 1976 se establecieron los grados de General...

La representante del Departamento de Estado había hecho la aclaración.

El general representante del Pentágono continuó:

-Cuando se generalizó el conflicto entre las facciones angolanas en 1975, Castro tomó partido abiertamente por el grupo de Agostino Neto, todavía en el poder en la actualidad, frente a otros dos grupos rivales y comenzó una movilización sin precedentes de fuerzas militares hacia Angola...

-Una operación en gran escala...

-Quisiera destacar esto... con excepción de Estados Unidos, ningún otro país en la historia del continente americano ha podido enviar esa masividad de tropas y equipos militares hasta otro continente...

-¿Solo nosotros y los cubanos...

-Así es... ningún otro país... ni mucho menos mantenerlos durante varios años, por una década completa...

Oficinas de Raúl Castro, MINFAR
Dos y cuarenta y seis de la tarde

-Valdivieso, ¿por donde van los tanques...?

-Entre Catalina y San Nicolás...

-Dime exactamente...

-Aquí exactamente, Ministro, en esta línea del mapa...

-¿Cuánto les falta para llegar a la provincia de Matanzas...?

-De treinta a treinta y cinco minutos, Ministro...

-¿Y el Batallón de Paracaidistas...?

-En unos diez minutos entran en la provincia de Cienfuegos...

-Cienfuegos, se van acercando...

-Van avanzando, Ministro...

-¿Los MIG cuándo despegan...?

-Cuando el primer avión de los paracaidistas entre en la provincia de Cienfuegos, Ministro...

-En diez minutos...

-En diez minutos, Ministro...

-Azcuy, llámenme a Soler...

Puesto de Mando del Ejército Oriental, afueras de Holguín
Dos y cuarenta y seis de la tarde

El Coronel Rolando Sardiñas, Jefe de Artillería Antiaérea del Ejército Oriental, después de comprobar las informaciones de los radares con los mapas de ploteo y las coordenadas físicas, llamó al General Carmenate.

-*General, hay tres aviones de San Antonio a la altura de la Ciénega de Zapata, moviéndose hacia acá...*

-¿Sabes que tipos de aviones...?

-*Se mueven lentos, no son MIG... carga o transporte...*

-¿Pueden ser los paracaidistas...?

-*Por la velocidad de los aviones, sí, pueden ser...*

-Todo el sistema de defensa antiaérea en máxima disposición combativa, Coronel... pero ya...

-*Ya, General, así estamos ya...*

-Listos todos, pero no disparen nunca sin mi orden... ¿está claro...?

-*Comprendido...*

-Mantenme informado...

-*A la orden...*

El General Carmenate le informó a Ramiro que se encontraba ahí...

-¿Cuál es tu apreciación, General...?

-Lo que estábamos previendo, Comandante... quieren lanzar los paracaidistas y asegurar un aeropuerto... atrás viene la infantería... las tropas especiales...

-¿Qué aeropuerto puede ser...?

-No puede ser muy lejos... Holguín, Bayamo o Camagüey... Bayamo no les conviene, quedarían muy cerrados para cualquier maniobra...

-¿Tunas no puede ser...?

-No tienen nada ahí... necesitan los aviones, los MIG... yo pienso que cualquiera de los dos, o los dos a la vez... en Holguín quedarían muy cerca de mis tanques... yo podría aplastarlos si los ataco rápido... pero si logran avanzar, resuelven el problema más rápido... y podrían despegar los MIG...

pero también vienen para Camagüey, me la juego...
Se comunicó con el Jefe del Regimiento de Tanques.
-Guajiro, vete y *buldocea* Holguín como quedamos, ahora mismo...
-Enseguida...
Se comunicó con el Jefe del Regimiento de Tropas Especiales del MININT.
-Figueroa, ahora mismo *buldocea* Camagüey con tu gente de allí, como quedamos...
-A la orden...
-¿Vas a destrozar los aeropuertos, General...?
-No, a neutralizarlos... no quisiera tener que actuar violentamente... como le expliqué, tengo listos los Batallones de Tanques y los de Tropas Especiales para lanzarlos si hace falta, pero estoy tratando de lograr que se den cuenta que nunca podrán utilizar los aviones ni los helicópteros...
-¿Para que las *buldozas*...?
-Para atravesarlas en la pista... tres en cada pista... y les sacamos una estera... no pueden moverlas, se demoran mucho... si lanzan los paracaidistas, con la idea de asegurar el aeropuerto, siguen teniendo el problema de cómo usar los aviones con la pista bloqueada... o de cómo aterrizar otros aviones que vengan de La Habana, posiblemente con Tropas Especiales... pero yo tengo tiempo de mandar mis tanques y mis tropas especiales...
-¿Eso funciona, lo de las *buldozas*...?
-Eso fue lo que el Comandante en Jefe le ordenó a Tortoló que hiciera en Granada...
-Pero en Granada no funcionó...
-No fue culpa de las *buldozas*... el que no funcionó fue Tortoló...

CAPITULO VEINTIUNO

Tanque del Jefe del Tercer Regimiento de Tanques de la División Blindada, avanzando hacia Matanzas a veinticinco kilómetros por hora por la Autopista Nacional (8 Vías)
Dos y cincuenta y un minutos de la tarde

-*Guajiro...*
-¿Verocos?
-*¿Qué pasa, Quintana...?*
-¿Por qué me interfieres las comunicaciones...?
-*No te estoy interfiriendo... es la frecuencia de la cooperación... se supone que nosotros cooperamos...*
-Esta es vez es diferente...
-*¿Por qué es diferente, guajiro...? Cambiaste...*
-No jodas, Verocos, cambiaron ustedes...
-*¿Quiénes...?*
-Los traidores, los insubordinados...
-*Estás comiendo mierda, Quintana...*
-Te voy a desconectar...
-*No desconectes a tu socio, a tu hermano...*
-Ya no somos hermanos, ni socios, ni un carajo...
-*No me vayas a decir que somos enemigos...*
-Sí lo somos, Verocos, sí lo somos ahora...
-*Yo estoy de parte del Comandante en Jefe, guajiro... ¿de parte de quien tú te cambiaste...?*
-Yo si estoy de verdad con el Comandante en Jefe, Verocos, con la Revolución... no tú...
-*Guajiro, ¿cómo se llamaba la nica aquella, la nalgúa, que te tiraste en el Parque de las Piedrecitas, en Managua, lloviendo, mientras yo te cuidaba las espaldas...?*
-¿Eso que importa ahora...?
-*Mucho, cabrón... ¿no fui yo el que te cuidé...?*
-Eso era jodedera, no Revolución...
-*Jodedera es esto que tienes tú ahora, guajiro... ¿le vas a disparar a tus hermanos...?*
-Los hermanos no traicionan...
-*Estoy de acuerdo contigo... por eso no quiero que te dejes traicionar...*
-No hables más mierda, Verocos...

Consejo de Seguridad Nacional, La Casa Blanca, Washington, D.C.
Dos y cincuenta y un minutos de la tarde

El representante del Pentágono continuaba explicando:

-Posteriormente, Fidel Castro intervino de nuevo masivamente con tropas y recursos en el conflicto del cuerno africano, apoyando abiertamente a Etiopía frente a Somalia, a pesar de que al desatarse el conflicto el apoyo cubano, y la ayuda militar, estaba del lado somalí.

No puedo hacer historia, pero desde entonces, además de Angola y Etiopía, ha habido compromisos militares de relativa consideración en países como Mozambique, Yemen del Sur, Guinea Bissau, Congo-Brazaville y otros.

-Seis o siete países...

-En gran escala, pero en total más de quince países... de toda esta experiencia africana surgió ese grupo de oficiales que hoy son Generales y Coroneles de los ejércitos cubanos... no son ni 'históricos' ni 'burocracia', sino un grupo particular dentro de las fuerzas armadas... ese era el grupo donde se clasificaba el General Ochoa...

-Y es también, evidentemente, el grupo donde podemos clasificar a este Jefe del Ejército de Oriente que ha retado a Raúl Castro...

-Los Jefes de los tres Ejércitos de Cuba clasifican en este grupo, y también Jefes de Estados Mayores, de Divisiones y de Regimientos...

-¿Son los que tienen el verdadero poder en las fuerzas armadas cubanas...?

-Al menos son los que tienen las unidades militares más poderosas bajo su mando...

-¿Respondían a Castro, a Fidel Castro, incondicionalmente...?

-Si miramos hacia el otro lado cuando penamos en el General Ochoa, absolutamente incondicionales...

-¿Y sí no miramos hacia el otro lado pensando en Ochoa...?

-La respuesta es casi similar...

-¿Responden a Raúl Castro incondicionalmente...?

-Lo que estamos viendo hoy nos demuestra que no...ayer hubiéramos creído que sí, pero ya vemos lo que tenemos... lo que pueda estar pasando en estos mismos momentos, pasar esta noche o mañana, en estas circunstancias, con otros oficiales, es impredecible...

-Entonces, para resumir... ¿tenemos un General cubano de este grupo que llamamos 'africano' aliado con varios Comandantes 'históricos' de la Revolución cubana...?

-Correcto...

-¿Alianza táctica o estratégica...?

-Es muy pronto para decirlo... hay que ver como se balancean estas dos tendencias ahora que Fidel Castro no puede controlarlas...

Tanque del Jefe del Tercer Regimiento de Tanques de la División Blindada, avanzando hacia Matanzas a veinticinco kilómetros por hora por la Autopista Nacional (8 Vías)
Dos y cincuenta y cuatro minutos de la tarde

-Quintana, escúchame un minuto, después desconecta si te sale de los verocos, ¿está bien...?
-Acaba de desembuchar y vete al carajo...
-No quiero que me creas... pon el radio...
-Este no es momento para estar oyendo musiquita...
-No musiquita, noticias...
-¿Que noticia, Verocos, cual es el cuento...?
-Fidel está muerto, Quintana...
-Vete al carajo...
-Está muerto, guajiro, no te estoy mintiendo...
-Sí, y yo soy Elpidio Valdés...
-Guajiro, no seas bestia...
-Ya, Verocos, ya, no jodas...
-Dime una cosa, Guajiro... ¿Cuál es tu misión...? ¿descojonarme...?
-Ojala te aconsejes y no tenga que hacerlo...
-Guajiro, yo te ví en Angola con unos cuantos tanques darle por el culo a Holden Roberto y tirarlo pal Congo...
-Y me vas a ver darte por el culo a ti ahora con estos tanques...
-Guajiro, cojones, Fidel está muerto, y te lo puedo demostrar...
-Demostrar ni un carajo...
-Coño, déjame decírtelo...
-Ya me lo dijiste...
-Pero no me dejas explicarte... ¿que te importa oirme si me vas a descojonar de todas formas...?
-Habla, Verocos...
-El Comandante en Jefe está muerto...
-Ya me lo dijiste...
-Tu misión es atacarnos, descojonarnos, ocupar el Ejército, que se yo...
-Te vas a enterar ahorita...
-¿Porque estamos insubordinados...?
-Por eso mismo...
-Guajiro comemierda, tu crees que un grupo de soplatubos nos

insubordinamos y...
-Los Generales y los Coroneles no son soplatubos...
-... y el Comandante en Jefe tiene que mandarte a ti para descojonarnos...
-Para eso estamos...
-No, estamos para defender la Revolución, para defender al pueblo...
-Tú no lo estás haciendo...
-Bestia, si nosotros nos insubordinamos Fidel no necesita un Regimiento de Tanques... se para en el Parque Heredia, frente a la Biblioteca, y le dice a los matanceros... "Unos cuantos traidores se han insubordinado en el Ejército Central... generales, coroneles, y esa mierda... vayan a buscarlos y tráiganmelos amarraditos en lo que yo me tomo un café..." Y se acabó la insubordinación...
-Eso si es verdad...

Consejo de Seguridad Nacional, La Casa Blanca, Washington, D.C.
Dos y cincuenta y ocho minutos de la tarde

-Y hay que ver también si Raúl Castro logra o no logra controlarlas...
La representante del Departamento de Estado:
-No tiene la habilidad política de Castro...
-Pero según vimos ya, tiene el setenta por ciento de las Fuerzas Armadas bajo su control...
-Aproximadamente...
-Incluyendo la Fuerza Aérea...
-Incluyendo la Fuerza Aérea...
-Y los tanques, la División Blindada...
-Correcto...
El representante de la CIA:
-Eso le puede compensar a Raúl Castro sus habilidades políticas más limitadas que las de su hermano...
-Puede, como no... tal vez no pueda controlar esas tendencias inconvenientes para él, pero puede prevalecer si las destroza con los MIG...
-Entonces debemos preguntarnos cual será la conducta de Raúl Castro en esta situación creada...
-¿Usted se refiere a un perfil psicológico de Raúl Castro...?
El representante del Pentágono:
-No, yo me refiero más bien a un gobernante con todo ese poder de fuego a su disposición, que no se ha logrado consolidar todavía, se enfrenta a una insubordinación de esta naturaleza, y sabe que pierde el poder si no consigue

prevalecer...

-¿No está pensando en Freud, verdad, sino en Von Klausewitz...?

-En ninguno de los dos... esos dos son europeos, germanos... otro mundo... otra cultura... otra manera de razonar... aquí no son sajones, no son anglos... son latinos...

-¿Cómo usted considera que eso influye...?

-Es diferente... no es como nosotros...yo estoy pensando cómo actúan normalmente, casi siempre, los militares latinoamericanos en estas circunstancias...

Tanque del Coronel Julio 'Verocos', Cruz, Jefe del Regimiento Independiente de Tanques (La Paloma) del Ejército Central, avanzando hacia La Habana a veinticinco kilómetros por hora por el Circuito Sur
Tres de la tarde

-Entonces, guajiro, no habría que mandarte a ti, formar esta descojonación, gastar moto-recursos, arriesgarse a que nos entremos a cañonazos, a los muertos, a los heridos, si Fidel lo puede resolver así...

-Fidel sabe lo que hace...

-Ya no, Guajiro, está muerto, coño, se nos murió...

-Raúl sabe lo que hace...

-¿Nada más que Raúl...?

-¿Quién más va a saber...?

-Quintana, ¿tu crees que Almeida sabe lo que hace, que Ramirito sabe lo que hace, que Guillermo sabe lo que hace...?

-Supongo que deben saber...

-Los tres, guajiro, los tres Comandantes de la Revolución están de parte nuestra, de Bustelo, de Carmenate... no me lo creas, guajiro, pon el radio, entérate.... Antes que sea tarde, coño, te estás acercando demasiado... si esto empieza no hay quien lo pare... pon el radio, cojones, pon el radio...

-No me hace falta ponerlo, no me interesa...

-¿A que le tienes miedo...? tú más nunca vas a dormir tranquilo en tu vida si metes la pata hasta los verocos como estás haciendo ahora, y te das cuenta cuando sea muy tarde... pon el radio... no me creas, ponlo...

-Lo voy a poner, pero no me voy a parar...

-Pon el radio, ponlo...

-Déjame oir, te llamo ahora...

-No desconectes, yo te espero...

-Déjame oir, Verocos, yo te llamo...

Consejo de Seguridad Nacional, La Casa Blanca, Washington, D. C.
Tres y cinco minutos de la tarde

La Agencia de Inteligencia de la Defensa:
-Si lo vemos de esa manera lo más probable será que más tarde o más temprano choquen violentamente, que se desate una guerra civil...
-Si pasa eso las cosas se van a complicar demasiado...
El representante de la Agencia Central de Inteligencia intervino:
-Pero no podemos pensar que los cubanos se porten como si fueran suecos o australianos... antes de pensar en establecer negociaciones piensan en disparar y resolver las cosas con sus cañones y sus tanques... y tienen bastantes a su disposición en cada bando para crear una gran crisis...
-¿De que manera se podría evitar eso...?
-Tenemos que lograr que prevalezca la cordura...
-Vicealmirante Grover, la cordura debe ser el producto más escaso en el mercado cubano en estos momentos... más que la cordura tenemos que pensar en que se pueda imponer el pragmatismo...
La representante de la Fuerza Aérea preguntó:
-Estamos suponiendo que todo depende de los militares... ¿Qué papel le estamos asignando en esta crisis a otras instituciones poderosas como el Partido Comunista? No hablamos de este punto nunca...
-En Cuba no es como en la antigua Unión Soviética o Europa del Este... las fuerzas armadas cubanas no las controla el Partido...
-Más bien es al revés... los militares tienen control sobre el Partido... se puede ver claramente en la cantidad de militares que integran el Politburó... incluido el General *Carmenati* que está insubordinado...

Tanque del Jefe del Tercer Regimiento de Tanques de la División Blindada, avanzando hacia Matanzas a veinticinco kilómetros por hora por la Autopista Nacional (8 Vías)
Tres y siete minutos de la tarde

-Verocos, ¿qué coño es esto, qué está pasando...?
-Lo que yo te dije...
-¿Que golpe de estado es ese que dicen...?
-El que están dando en La Habana...

-Raúl Castro es el segundo, eso lo sabe toda Cuba...

-A esta hora, Guajiro, ya aquí no se sabe nada... hay que aclarar muchas cosas...

-Y mientras tanto me descojonan...

-Nadie te va a descojonar, guajiro... tienes mi palabra...

-Muy poco, Verocos, me hace falta algo más...

-Para lo tanques, Quintana, para los tanques... todavía hay tiempo...

-Para que me cojas mansito... mejor dime que te de el culo...

-Para la columna, Quintana, para la columna... ya en Matanzas están viendo el polvo que levanta la vanguardia... ahorita están aquí... si llegan tengo que tirar... y después que tire...

-Será tu responsabilidad por tirar primero...

-Que importa quien tiró primero después de la descojonación que se va a armar...

-¿Y qué tu quieres que haga...?

-Para los tanques...

-¿Y los tuyos...?

-Yo paro los míos, guajiro...los paro...

-Y Bustelo te fusila a ti en lo que Molina me fusila a mí...

-No, Bustelo me asciende si yo evito esta descojonación...

-Bustelo esta jodido... por insubordinación...

-No sigas con esa mierda de insubordinación... tantos Comandantes de la Revolución no pueden estar equivocados...

-Pero Molina me fusila a mí de todas formas...

-Yo te protejo, guajiro...

-No hables mierda, Verocos, lo que me echa arriba...

-Guajiro, tú vienes con un Regimiento...

-Reforzado, Verocos, cuatro batallones de tanques...

-Mejor, yo tengo tres batallones, mi Regimiento completo...

-¿Qué me dices con eso...?

-Que los unimos y somos más fuertes, siete Batallones... tenemos más tanques que ellos...

-Estás loco *pal'carajo...*

Consejo de Seguridad Nacional, La Casa Blanca, Washington, D. C.
Tres y ocho minutos de la tarde

-No perdamos tiempo buscando en el Partido, el Gobierno, la Asamblea Nacional o cualquier otra institución... siempre han sido apéndices de Fidel

Castro, parte de sus mecanismos para dirigir... el poder en Cuba se viste de verde olivo...

-En esta crisis es de pensar que muchas de estas instituciones están marginadas a papeles secundarios... cada vez que en Cuba ha habido una crisis verdaderamente profunda, han sido los militares quienes intervienen, agrupándose junto a Fidel Castro... los militares en activo y otros que ocupan posiciones claves en el gobierno civil, como el Ministro del Azúcar, el del Transporte, el de...

La Marina de Guerra:

-Los militares, como quiera que sea, suelen ser pragmáticos... están acostumbrados a analizar ambas partes del enfrentamiento, calcular recursos, medir correlación de fuerzas, y actúan en función de estos análisis...

-Y es verdad que son latinos y no nórdicos, y no tienden al acuerdo o el consenso fácilmente, pero sí saben perfectamente cuando están en condiciones de prevalecer en un enfrentamiento o cuando sería un suicidio lanzarse a combatir...

El Departamento de Seguridad Interior:

-Afortunadamente, no son europeos, pero tampoco fundamentalistas musulmanes, no son proclives al suicidio...

-De ninguna manera, si alguno de los bandos se da cuenta que no podrá prevalecer en un enfrentamiento es probable que traten, si no de negociar, por lo menos de demorar un choque hasta que las condiciones cambien...

Espacio aéreo cubano sobre la provincia de Cienfuegos
Tres y doce minutos de la tarde

-Delta Uno a Nido... Delta Uno a Nido...
-Delta Uno, aquí Nido...
-1458 Delta, 1458...
-Recibido...
-General Soler, los paracaidistas comenzaron a volar sobre Cienfuegos...
-Recibido... Nicasio, da la orden a los MIG de que despeguen...
-Enseguida, General...

Oficinas de Raúl Castro, MINFAR
Tres y doce minutos de la tarde

-Ministro, los paracaidistas alcanzaron la línea de Cienfuegos...
-Entonces los MIGs deben estar despegando... verifica eso, Julio... ponme a Soler al teléfono... Valdivieso, marca eso en el mapa...
-A la orden...

Base Aérea de Homestead, Florida
Tres y doce minutos de la tarde

-Los aviones cubanos están despegando de su Base en San Antonio, General
-Que salgan las flotillas de F-16...

Base Aérea McGill, Tampa, Florida
Tres y doce minutos de la tarde

-Los cubanos están despegando en la Base de San Antonio...
-Que salgan las flotillas de Falcons... no se puede esperar más...

Base Aérea Patrick, Melbourne, Florida
Tres y doce minutos de la tarde

-Los aviones cubanos están en el aire, Coronel...
-Que los nuestros hagan lo mismo, inmediatamente...

Base Naval de Guantánamo, Cuba
Tres y trece minutos de la tarde

-Almirante, ya sus aviones están despegando...
-General Brooke, mi portaviones va navegando a máxima velocidad en dirección Guantánamo... estoy dando la orden a los aviones para que despeguen... no demoran en estar allí...

Consejo de Seguridad Nacional, La Casa Blanca, Washington, D. C.
Tres y catorce minutos de la tarde

El Asesor de Seguridad Nacional del Presidente preguntó:
-¿Alguien puede tratar de resumir lo que tenemos...? Esto se está

prolongando demasiado...

-Bill, estamos más o menos en esta situación, permíteme explicarlo con el mapa...

El representante de la CIA se dirigió al mapa señalando las zonas con sus manos y dijo:

-Acá de este lado, al Este del país, están los líderes históricos y el Ejército de Carmenati... le hemos calculado más o menos un treinta por ciento del poder de fuego de los ejércitos cubanos... no tiene recursos para atacar al otro bando, pero tampoco está obligado a hacerlo... tiene condiciones para resistir, y el paso de las horas y los días le va a favorecer... ¿estamos de acuerdo en eso...?

-Básicamente, sí...

-Bien, del otro lado, en toda esta área, está Raúl Castro con el setenta por ciento de las fuerzas... no teme un ataque de Carmenati, porque sabe que él no tiene recursos para hacerlo... pero sabe que en la medida que el conflicto se prolongue su posición se va debilitando, y si no se consolida rápidamente está la incógnita del partido que pueden tomar los otros generales, fundamentalmente los llamados 'africanos'... y tiene recursos para atacar...

Tanque del Coronel Julio 'Verocos', Cruz, Jefe del Regimiento Independiente de Tanques (La Paloma) del Ejército Central, avanzando hacia La Habana a veinticinco kilómetros por hora por el Circuito Sur
Tres y catorce minutos de la tarde

-No estoy loco, Guajiro... no estoy loco...

-*¿Y por qué coño quieres unirte a mí...?*

-Para salvarnos...

-*¿Salvarnos de qué...?*

-Que no nos puedan joder... tú y yo con siete batallones de tanques, hay que tocarnos los verocos...

-*¿Para atacar a quién...?*

-A nadie, cojones, para atacar a nadie...

-*¿Unir los tanques para qué...?*

-Para pasar a la defensa, cojones, organizar una defensa circular, a ver si Molina quiere venir a buscarnos... o si puede...

-*Si fuera verdad, nos mandan los aviones...*

-Guajiro, en Siria estaba peor la cosa... y la pasamos...

-*Verocos, me la voy a jugar contigo... pero solo para aclarar toda esta*

mierda... más nada...
-Guajiro, para los tanques, evitamos el choque, ganamos tiempo... si te estoy engañando me jodes...
-¿Cómo te voy a joder...?
-Si tú paras los tanques, yo voy en mi jeep para tu Regimiento... a tomar café contigo en tu tanque...
-¿Tú solo...?
-Solito... desarmado... mi pistola nada más...
-¿Para que quieres traer pistola...?
-Coño, Guajiro, si tú quieres yo voy en guayabera... no jodas, yo no soy Supermán... Verocos y una pistola contra un Regimiento de tanques... y me tienes miedo...
-No jodas te voy a tener miedo...
-¿Ya paraste los tanques...?
-Los voy a detener, Verocos, pero no quiero mariconá...
-De a hombre, mi hermano, de a hombre... sin mariconá... páralos...
-Ya di la orden, Verocos...
-Eres un encojonado... voy para allá...
-Tu solo, coño, porque tiro...
-Yo solito, guajiro, yo solito...

Consejo de Seguridad Nacional, La Casa Blanca, Washington, D. C.
Tres y dieciséis minutos de la tarde

-Yo lo estoy viendo así... el General *Carmenati* necesita que el tiempo corra, Raúl Castro tiene prisa... más aún si esos líderes históricos están con *Carmenati*... *Carmenati* ni puede ni necesita atacar a Raúl Castro... Raúl Castro no puede esperar que las cosas se deterioren, y tiene fuerza para el ataque...
-Dímelo todo en una frase, Tom, en una sola frase...
-Si, Tom, vamos a resumirlo, a concentrarlo... dime
-Me parece no solamente posible, sino también probable, muy probable, que Raúl Castro lance un ataque contra *Carmenati*...
-¿Cuándo sería ese ataque...?
-Mientras más pronto, mejor... tal vez en este momento ya su Estado Mayor lo esté planeando...

Tanque del Jefe del Tercer Regimiento de Tanques de la División

Blindada, detenido con su columna a una orilla de la Autopista
Nacional (8 Vías), a seis minutos de Matanzas
Tres y diecisiete minutos de la tarde

-¿Y qué le digo a Molina...?

-*Le dices que se vaya al carajo...*

-Tú sabes que no le puedo decir eso...

-*Dile lo que tú quieras...*

-Se va a empingar, me manda a coger preso...

-*Que haga lo que quiera, somos tú y yo juntos... no nos vamos a matar entre cubanos...*

-¿Y que argumentos tenemos...?

-*Tenemos unos doscientos cincuenta argumentos de acero blindado, y además, transportadores blindados, cañones, y sobre todo, la conciencia limpia y un par de verocos bien puestos cada uno...*

-Ya los tanques pararon, todos...

-*Gracias, hermano, gracias... ya los míos se están arrimando a la vía para detenerse... le hemos hecho un gran bien a Cuba con esto... espérame, voy para allá...*

-¿Y si las cosas no son como tu dicen, Verocos, qué vamos a hacer...?

-*De a hombre, guajiro, me das media hora para salir de allí y venir pa'cá, arrancas tus tanques y yo los míos, y nos descojonamos... ¿de acuerdo...?*

-De acuerdo... media hora...

-*Voy pa'llá...*

-Te espero...

-*Prepara el café... o lo que sea... no vas a colar café dentro de un tanque...*

CAPITULO VEINTIDOS

Oficina del General Richard Myers, Jefe de la Junta de Jefes de Estado Mayor, Pentágono, Washington, D. C.
Tres y diecisiete de la tarde

-Señor Presidente, son dieciocho aviones MIG-29 volando a máxima velocidad hacia el oriente del país... en dirección a la Base Naval de Guantánamo...
-General, ¿podemos estar seguros que van contra la Base Naval...?
-No, no podemos precisar eso todavía, no podemos, no, señor Presidente...
-¿Puede ser contra la Base Naval, o puede ser contra otros objetivos en el este del país, de Cuba, en las zonas en rebeldía...?
-Puede ser, señor Presidente... hay mucha confusión en Cuba en estos momentos... todo es muy fluido...
-¿General, hasta cuando podemos esperar sin arriesgar nuestra seguridad y nuestra gente...?
-Hasta que estén a ciento cincuenta millas de la Base, Presidente... más o menos hasta que entren en la provincia de Oriente...
-¿Qué tiempo tendríamos para responder...?
-Dieciocho minutos, señor... es tiempo suficiente para interceptarlos y derribarlos sobre la Sierra Maestra, al sur de la provincia, lejos aún de la Base Naval...
-En caso de que no haya dudas de que el objetivo es la Base Naval...
-Correcto...
-O. K. General, tiene mi autorización... si no hay dudas que el objetivo es la Base Naval, si alcanzan ese límite de las ciento cincuentas millas, que nuestra Fuerza Aérea los derribe...
-Comprendido...
-Gracias, General Myers...
El Presidente George Bush se viró hacia un asesor...

Oficina Oval, La Casa Blanca, Washington, D. C.
Tres y dieciocho minutos de la tarde

-Quiero hablar con el departamento de Estado, urgente... y con el Senador, localicen al Senador, urgente...
-Usted se refiere al Senad...
-Claro, ¿a quien más me podría referir en este caso...?

Oficinas de Raúl Castro, MINFAR
Tres y veinte de la tarde

-General Soler, ¿por donde andan los paracaidistas…?
-Llegando al límite Cienfuegos - Sancti Spiritus, Ministro…
-¿En qué tiempo se están lanzando, General…?
- De veinticinco a treinta minutos…
-General Soler, ¿dónde están los MIG ahora…?
-Entrando sobre la provincia de Matanzas, Ministro…
-¿Cuánto tardan en alcanzar sus objetivos…?
-Unos veinticinco minutos…
-Muy bien… ¿en que dirección están volando…?
-San Antonio - Trinidad - Manzanillo - Holguín…
-¿Por todo el sur, entonces…?
-Sí, Ministro, como si fueran hacia la Base Naval… entran por Manzanillo a la Sierra y giran al nordeste para atacar a Carmenate…
-¿Cómo si fueran hacia la Base Naval…?
-Sí, pero cambian de dirección muy lejos, a unos doscientos kilómetros de la Base…
-Correcto… manténgame informado…
-A la orden…
-Coronel Azcuy, ¿cuántas millas son doscientos kilómetros…?
-Unas ciento veinticinco millas, Ministro, déjeme usar la calculadora y le digo con exactitud…
-No, está bien… no hace falta… es muy lejos de la Base… los yankis no tienen que preocuparse…

Puesto de Mando del Ejército Oriental, afueras de Holguín
Tres y veintidós de la tarde

El Jefe de Defensa Antiaérea del Ejército Oriental informó a Carmenate:
-General, en veinte minutos están aquí… parece una flotilla completa…
-¿Parece…?
-Por lo que tenemos en el radar son los MIG-29, volando muy rápido…
-¿Cuántos… diez o doce, quince o veinte…?
-Tenemos detectados dieciocho…
-No los pierdan…
Ramiro Valdés preguntó:
-¿En qué tiempo están aquí…?

-Veinte minutos, no más que eso...
-Carmenate, autorízame a chequear si todo el mundo está en los refugios...
-Por favor, Comandante, no tiene que preguntar eso... eso levanta la moral de las tropas... yo voy a chequear la defensa antiaérea...
-¿Puedo coger este casco...?
-El que usted quiera, Comandante...
-Andando, que así se quita el frío...
-Bueno, ahorita va a estar muy caliente... ardiendo...

Consejo de Seguridad Nacional, La Casa Blanca, Washington, D. C. Tres y veintiocho minutos de la tarde

-Si Raúl Castro ataca a los amotinados, ¿debemos recomendar que no se le condene por hacerlo, mantenernos callados y mirar hacia otro lado, Irán, Corea... o quizás debemos manifestar simpatías por los insubordinados del General *Carmenati*? ¿qué le vamos a proponer al Presidente...?
La representante del Departamento de Estado:
-En principio debemos manifestar que rechazamos cualquier tipo de solución violenta a esta situación... no podemos apoyar a Raúl Castro si lanzara un ataque... si desata la violencia...
El representante de la Agencia de Inteligencia de Defensa...
-Si lanza un ataque y prevalece, se consolida en el poder, establece su proyecto... pero no se le va a olvidar nunca si fuimos ambiguos en este momento o si condenamos su actuación... y entonces tenemos por delante nuevamente unas relaciones muy complejas con los cubanos... se nos habrá escapado esta oportunidad única por primera vez en tantos años...
La Agencia Central de Inteligencia:
-Pero si la facción de los orientales logra resistir y elimina a Raúl Castro, o si logra imponer algún arreglo sin combatir, van a sentir que no les respondimos cuando solicitaron apoyo moral...
La representación de la Agencia de Seguridad Nacional:
-Estamos casi como al comenzar esta mañana... me hace recordar aquellos días del Muro de Berlín y después cuando el desplome de la Unión Soviética... dábamos vueltas y más vueltas, pero en realidad no podíamos predecir quienes iban a ser los actores principales y mucho menos los que podrían prevalecer... estamos así...
El Asesor de Seguridad Nacional del Presidente intervino:
-Una decisión incorrecta puede ser mejor que una decisión no tomada...
-O peor, nunca sabemos...

-Vamos a resumir lo que tenemos… a las tres y cuarenta y cinco debemos haber resuelto eso, que tengo que informar al Presidente… los escucho, brevemente, por favor…

Miami, Florida
Tres y veintisiete minutos de la tarde

-Adelante, está en el aire…
-*Oye, tu sabes… lo que tenemos que hacer es organizar una Flotilla de la Libertad al revés…*
-¿Qué cosa quiere decir una Flotilla de la Libertad al revés…?
-*¿Tu te acuerdas de cuando Mariel…? Todas aquellas lanchas viniendo pa'cá con la gente… ahora hacerlo al revés… buscar todas las lanchas, los barcos, los botes, todo lo que tenemos, aquí en Hialeah y en todo Miami y arrancar pa'llá con comida, medicinas y esas cosas… se las damos a la gente allá y traemos pa'cá a todo el que quiera venir…*
-El gobierno de los Estados Unidos no puede autorizar una cosa así…
-*¿Por qué no…? Lo autorizó cuando el Mariel… este es el país de la libertad y los derechos humanos…*
-Pero eso no se puede hacer así… hay reglamentaciones, leyes, no pueden autorizar eso así a la loca…
-*Chico, pues si no lo autorizan nos vamos sin permiso y pal'carajo… al fin y al cabo, los que están allá son cubanos como nosotros… si a los americanos no les duele eso, a nosotros sí…*
-Bien, gracias por llamar… otra llamada, adelante…
-*Señor, boa tarde, eu sou brasileiro, mais gostaría comprimentar ao povo cubano por a vitoria da democracia na Cuba… e o Lula, sim gosta tanto de Castro para rendir visitas, pois pode ficar com Castro na Cuba, e si foise baixo a terra com ele, agora que murrio, pois melhor ainda… obrigado…*
-Obrigado… I mean, thank you… vaya, gracias… es brasileño el señor… vamos a otra llamada…

Tanque del Jefe del Tercer Regimiento de Tanques de la División Blindada, a una orilla de la Autopista Nacional (8 Vías), a seis minutos de Matanzas
Tres y veintiocho minutos de la tarde

-Oye, Verocos…

-*Dime, guajiro...*
-Margarita... se llamaba Margarita... la nica del Parque...
-*Yo me acordaba, guajiro...*
-¿Por qué me lo preguntaste...?
-*Tenía que entrarte por algún lado...*
-Hijoeputa... acaba de arrancar pa'cá...

Oficinas de Raúl Castro, MINFAR
Tres y veintinueve minutos de la tarde

-¿Cuánto falta para ponerle música a Carmenate...?
-Deben ser diecisiete minutos, Ministro...
-¿Diecisiete...?
- ¿San Lázaro...? a lo mejor termina como San Lázaro, con muletas, después que pasen los MIG, Ministro...
-¿Qué noticias tenemos del Regimiento de Tanques de la División Blindada...? Ya debían estar entrando en Matanzas a esta hora...
-Hay que precisarlo...
-Furry, llama a Molina a la División Blindada, que me reporte donde están los tanques en este momento...
-Enseguida...
-Y averigua bien que es lo que está haciendo Verocos con los tanques de La Paloma... si siguen acantonados, o que... y si los mueve, hacia donde es... no quiero un fenómeno con Verocos... es imprevisible...
-A la orden...
-Valdivieso, ¿esos mapas están actualizados hasta el último minuto...?
-Estoy en eso, Ministro...
-No pierdas tiempo... ponlos al día
-Estoy en eso...
-Julio, localízame a Soler...
-Enseguida...
-Ministro...
-¿Qué pasa, Azcuy...?
-Una llamada muy importante para usted...
-¿No será Alarcón con algún enredo con Lula a esta hora, ¿no...?
-No, no es Alarcón...
-En este momento lo único importante de verdad es esto que estamos haciendo aquí... ¿quién quiere hablar conmigo en este momento histórico que estamos viviendo...?

-Es el Comandante de la Revolución Juan Almeida, Ministro... llamando desde Santiago de Cuba...

CAPITULO VEINTITRES

Oficina del Primer Secretario del Comité Provincial del Partido Comunista de Cuba en Santiago de Cuba
Tres y treinta y cinco minutos de la tarde

-Negro, más de cincuenta años juntos y ahora te unes con Ramiro y Guillermo para traicionarme...
-No hables mierda, Raúl... nadie te ha traicionado
-¿Por que hiciste eso...? Ramiro, lo entiendo... no me soporta... está bien, tiene sentido... ¿pero por qué tú...?
-No hables mierda y escúchame...
-¿Qué quieres...?
-Primero que todo, que vires para atrás los aviones...
-No se de que me estás hablando...
-De los MIG que van a bombardear...
-¿De dónde sacaste esa locura...?
-Tú mismo lo dijiste... son más de cincuenta años juntos... te conozco...
-Puedes estar seguro que...
-No jodas, además de conocerte, tengo línea directa con la defensa antiaérea de Oriente... no queda mucho tiempo... mándalos a regresar de una vez por todas... todavía hay tiempo de salvar a la Revolución...
-¿Quién eres tú para hablarme a mí de la Revolución en estas circunstancias...?
-Tengo la misma autoridad que tú para hacerlo...
-No, porque tú...
-No hables más mierda... si una sola bomba, si un solo cohete se lanza sobre Oriente se acabó la Revolución...
-Las revoluciones no se acaban...
-Se acaban los revolucionarios que las hacen...
-Estamos en guerra...
-Estás en guerra tú solo, nadie te ha atacado ni te quiere atacar...
-¿Y esas arengas, esa cadena de emisoras...?
-La misma idea del Moncada... ¿te acuerdas...? si hubieras escuchado la arenga, si hubieras pensado un poco antes de agarrar el hacha de la guerra hubieras visto que no es contra ti...
-No es contra ti... manda cojones... me acusan de estar dando un golpe de estado en La Habana...
-No, a ti no... se denuncia un golpe de estado en La Habana, que no es lo

mismo...

-*¿No es lo mismo...?*

-No, no es lo mismo... ¿tú te has puesto a pensar que eso puede ser un golpe de estado contra ti también...?

-*No jodas...*

-Si ya no está Fidel, no están Guillermo y Ramiro, si no estoy yo, entonces ¿qué te queda de la Revolución...?

-*Y anunciando la muerte de Fidel...*

-Es la única manera de sacudir al país y que reaccionen... si no hacemos así, hay un cambio de poder tranquilito, agarran todo y al carajo la Revolución... espérate un momento... espérate... me están informando que los aviones llegan en ocho minutos... tienes tiempo todavía... cuando comencemos a matarnos entre nosotros...

-*Me acabas de decir que no tienes intención de...*

-De atacarte no, pero si esos aviones comienzan a bombardear...

-*¿Qué puedo hacer yo...?*

-Primero que todo, aguantar esos aviones, ordenarles que regresen...

-*¿Y después...?*

-Estamos viejos todos... comenzamos muy jóvenes, todos tenemos más de setenta años... tu, Guillermo, Ramiro, yo...

-*¿Qué tiene que ver eso...?*

-Nos van a comer los gusanos...

-*Los gusanos están todos presos ya, no te preocupes por eso...*

-Esos no, yo lo sé... te digo los gusanos de la tierra, los que se comen a todos más tarde o más temprano... civiles y militares, generales y doctores, burgueses y proletarios, mujeres y maricones, americanos y cubanos, a todos... ¿cuánto nos falta a nosotros para eso...?

-*Nadie lo puede saber...*

-Y entonces ¿por qué te interesa acelerarlo con los MIG...? aguántalos, coño... mándalos a virar, queda tiempo, quedan siete minutos... vamos a negociar...

Consejo de Seguridad Nacional, La Casa Blanca, Washington, D. C.
Tres y treinta y ocho minutos de la tarde

Entonces podemos resumir lo que tenemos hasta ahora en estos puntos:

- No tomar partido abiertamente por ninguna de las partes del conflicto cubano hasta que las cosas puedan aclararse más...
- Hacer una declaración muy general de rechazo del uso de la

violencia para resolver este conflicto, pero de manera que siempre quede una puerta de escape a Raúl Castro en caso de que lanzara un ataque y lograra prevalecer...
* Condenar las medidas represivas contra la población cubana y todas las detenciones arbitrarias que se han producido...
¿Es esto lo que recomendamos...?
-Debemos hacer énfasis, señor Asesor, en que esperamos que las detenciones sean temporales, en lo que se consolida el cambio de poderes, cualquiera que sea y que esperamos ver a todas esas personas en libertad lo más rápido posible...
-De acuerdo. Y finalmente:
* Dejar explícito que Estados Unidos no tiene ni interés ni intenciones de inmiscuirse en asuntos que solamente corresponde a los cubanos resolver.
-Muy bien ese punto...
-¿Estamos de acuerdo en este enfoque...? ¿Esto refleja nuestro criterio, nuestro consenso hasta este momento...?
Los participantes asintieron, verbalmente o con gestos. Estaba claro que habían llegado a algo, aunque fuera poco.
De acuerdo... damas y caballeros, muchas gracias. Voy a informar al Presidente...

Oficinas de Raúl Castro, MINFAR
Tres y treinta y ocho de la tarde

-¿Qué tú quieres negociar...?
-*Una solución aceptable...*
-Dime cómo...
-*Tú no eres Fidel, tú no eres el Comandante en Jefe...*
-Cojones, otra vez...
-*¿Qué dices...?*
-Nada, sigue...
-*Tú tienes que delegar para poder dirigir el país...*
-Yo tengo la autoridad para delegar solamente lo que me interesa delegar... esa autoridad me la dio Fidel...
-*¿Tú te refieres al Plan 'Corazón'...?*
-¿Qué coño sabes tú de eso...? ¿Qué coño sabes tú de eso...?
-*Yo lo sé...*
-¿Quién me traicionó...? ¿Furry...?
-*No te pongas paranoico, nadie te ha traicionado...*

-Tiene que ser, más nadie sabía de eso...
-*Lo sabía Fidel...*
-No te lo puede haber dicho...
-*¿Por qué no...? ¿Tú crees que Fidel no confiaba en mí...?*
-Eso era estrictamente secreto... estrictamente secreto... solamente lo sabíamos dos personas, además de Fidel...
-*¿A ti no te parece, Raúl, que si solamente lo conocían Fidel, tú y Furry... a Fidel le preocupaba que ninguno de sus Comandantes de la Revolución lo supiera...?*
-¿Qué te dijo Fidel...? ¿Cuándo...?
-*Cuando ustedes lo actualizaron, a los pocos días de la caída de la tribuna...*
-¿Qué te dijo...?
-*Hablamos él y yo solos... inclusive mandó a alejarse a los segurosos para que no escucharan...*
-¿Qué dijo...?
-*Que él estaba convencido que si no cambiaban las cosas, al morirse él, tú y Ramiro iban a terminar descojonándose... y que Guillermo y yo teníamos que impedir eso...*
-¿Por qué...?
-*Me dijo que porque a pesar de todas las mierdas y la descojonación que había en el país, si nosotros seguíamos unidos podíamos enderezarlo, si manteníamos el control y traíamos gente nueva, gente joven, que supiera hacer las cosas, pero que si ustedes se fajaban entre ustedes entonces todos estos cincuenta años habrían sido la gran mierda...*
-El promovió mucha gente nueva...
-*Sí, pero me dijo que en eso no le salieron bien las cosas... no es suficiente que sean jóvenes, Raúl... hay que buscar gente capaz, gente inteligente, no comemierdas como ese Hassan Pérez o el otro idiota de la mesa redonda... gente que sirva...*
-¿Por qué no me dijo esas cosas a mí y te las dijo a ti...?
-*Porque tú no lo hubieras entendido, porque estás rodeado de gente que no piensa así... burócratas, inmovilistas, reaccionarios, es lo que son en definitiva... te quedan menos de cinco minutos para aguantar los aviones, menos de cinco minutos para tomar la decisión más importante de tu vida, más que cuando decidiste ir al Moncada...*

*Oficina Oval de La Casa Blanca, Washington, D. C.
Tres y cuarenta y tres minutos de la tarde...*
-*Fue casi un milagro, Presidente, estábamos a menos de dos minutos de*

chocar cuando los MIG cubanos giraron hacia el nordeste... se alejaron de
la Base Naval...
-Entonces es el problema interno de ellos...
-Sí, es entre ellos, deben estar al comenzar a bombardear sus propios
Ejércitos...
-¡Que locura...! Pero ahí no podemos hacer nada nosotros... que Dios
proteja a los cubanos... gracias, General Myers, manténgame informado...
-*Seguro, señor Presidente...*
El Presidente estaba sentado en su buró, frente al Asesor de Seguridad
Nacional, el encargado de Prensa Scott McClellan y el Senador.
-Bueno, gracias a Dios se evitó una primera tragedia por lo menos... no
sabemos que es lo que puede pasar en Cuba en los próximos minutos... otra
tragedia, que tal vez no hay manera de evitar... hay que seguir eso de
cerca... vamos a ver ahora las recomendaciones que me trae mi Asesor de
Seguridad Nacional en este asunto de los cubanos...
-Señor Presidente, estuvimos analizando bastante todas las opciones y
propuestas de cursos de acción concretos y esto es lo que traemos.
El Asesor de Seguridad Nacional del Presidente le presentó resumidamente
las conclusiones del Consejo Nacional de Seguridad obtenidas unos minutos
antes de venir a la Oficina Oval.
El Presidente replicó:
-Bueno, realmente no es mucho lo que me presentas. Sí, son opciones
conservadoras, nos cubren bien las espaldas, pero hubiera preferido un poco
más. Tengo la impresión de que tenemos que analizar más profundamente
para entender de verdad como son las cosas en Cuba... salirnos de algunos
esquemas... entender más...
-De acuerdo, señor Presidente...
-Senador, tu no participas en las reuniones del Consejo de Seguridad
Nacional, pero conoces muy bien este tema. Dime tu punto de vista...
-Presidente, este es el dilema de Stalingrado...
-¿Que es eso de dilema de Stalingrado...?
-Un concepto psico-sociológico... en la Segunda Guerra Mundial en
Stalingrado combatían comunistas y nazis... para los intereses de Estados
Unidos, como tercera parte, la victoria de ninguno de los bandos era algo
deseable, ni la derrota tampoco, pues vencía la otra parte... Estados Unidos
tenía que esperar pasivamente el desenlace para definir su estrategia...
-Algo parecido a lo que tenemos ahora en Cuba con esta situación de los
militares...
-Exactamente... ninguna de las dos opciones sería mejor para los cubanos
que la democracia y la economía de mercado, que un cambio verdadero...

la muerte de Castro es una condición necesaria, pero no basta para resolver todos los problemas… así no van a llegar a la democracia…
-Estoy de acuerdo, Senador, pero ¿cuál tú crees que sea la preferencia de los cubanos en este caso…? los cubanos de Cuba…no los de Miami…
-Raúl Castro representa la continuidad, los otros son una ruptura… ruptura incierta, incertidumbre, pero al menos algo que puede ser diferente… no se sabe como… pero las cosas están tan difíciles para los cubanos, que el riesgo de la incertidumbre es menor que el riesgo de la certeza con Raúl Castro…
-¿Entonces tú crees que preferirían arriesgarse con la otra opción…
-Con cualquier opción que no sea la que tienen…
El Asesor del Presidente intervino:
-Cuba está viviendo en Opción Cero…
-No, Cuba está viviendo con Cero Opción desde hace mucho…
-¿Y qué es lo más conveniente para Estados Unidos, señores…?
Al Asesor de Seguridad Nacional habló al Presidente:
-Estamos un poco como dijo el Senador… con Raúl Castro sabemos qué esperar, con los otros no… pueden ser mejores, pueden ser peores…
El Presidente decidió:
-Bueno, vamos a esperar a ver como se van a desarrollar los acontecimientos en las próximas horas… no veo suficiente información segura para decidir en este momento… de todas formas yo creo que cualquiera de los dos que prevalezca en este dilema de Stalingrado…¿es así, Senador, no…?
Así mismo…
-Cualquiera de los dos, decía, va a salir mucho más débil que lo que era Cuba con Castro, con Fidel Castro… y podremos ejercer presión para que haya cambios profundos y se encaminen a la democracia…
Le dijo al Senador:
-Localiza a los Congresistas cubanos y a Otto Reich… vamos a reunirnos a las seis de la tarde aquí mismo… veinte minutos solamente, no tengo más tiempo, pero quiero oírlos a ellos…
Y le ordenó al Secretario de Prensa:
-Scott, vamos a preparar una declaración… no simpatizamos nunca con soluciones violentas… los cubanos deben encontrar su camino por sí mismos… y no vayas a mostrar simpatía por ninguna de las partes…
-O. K., comprendido, señor Presidente…
El Presidente pensó por unos segundos y dijo:
-Pero, mira, Scott… mejor que salga por el Departamento de Estado, no por nosotros… no sea que esta noche o mañana por la mañana tengamos que decir todo lo contrario…
Oficina del Primer Secretario del Comité Provincial del Partido

Comunista de Cuba en Santiago de Cuba
Tres y cuarenta y dos minutos de la tarde

-¿Cuál es tu propuesta...?
-Tú eres el Presidente y el Primer Secretario del Partido... nadie te discute eso...
-Ya lo soy ahora, sin negociar...
-Pero no así... así no vas a lograr nada... yo voy a ser el Ministro de las Fuerzas Armadas... yo me encargo de los generales y los coroneles... sin divisiones, sin tensiones, sin enfrentamientos...
-¿Qué más...?
-Guillermo será el Segundo Secretario del Partido... sin purgas, sin persecuciones, sin tronaderas... para hacer una organización más pequeña, pero fuerte, que resuelva problemas, no la caterva de burócratas que hay ahora, que se meten en todo y no resuelven nada...
-¿Qué más...?
-Eso es lo básico...
-Juan Almeida, tu propuesta está corta...
-Dime lo que le falta, Raúl Castro...
-Los generales insubordinados... Carmenate y Bustelo tienen que ir para los tribunales...
-Ni cojones... son los que nos han ayudado a salvar todo esto... no van a ningún tribunal...
-Ni un carajo ayudado...no acepto eso... tienen que ir a los tribunales... lo que me han hecho...
-Esto no puede ser personal, Raúl... yo soy el Ministro de las FAR y los quiero en el mando de los Ejércitos...
-Así no nos entendemos...
-Seis meses, Raúl, a los seis meses se retiran... yo propongo los nuevos Jefes, tu los apruebas, eres el Presidente...
-Eso es más aceptable...
-Pero se retiran todos... Carmenate, Bustelo, Pérez Márquez, Molina, el Moro, Soler, Isalgué...
-Me quieres dejar solo, con Furry, Julio Casas y Valdivieso...
-Valdivieso sí, de acuerdo... Furry y Julio Casas se retiran también...
-En seis meses...
-Sería mejor hoy, Raúl...
-En seis meses...
-De acuerdo... aguanta los aviones, quedan tres minutos...
-Vamos a debilitar el Ejército con todos esos retiros...

-Podemos hacerlo más pequeño y más efectivo, Raúl... y encontrar una manera de convivir con los americanos...

-*Eso hay que verlo con más calma, ahora no...*

-De acuerdo, lo vemos más adelante... para los aviones...

-*Dime primero otras cosas... ¿Ramiro que...?*

-Lo que sabe hacer de verdad... Ministro del Interior...

-*Sabe ni un carajo...*

-¿No te sacó las emisoras del aire...? Es el que te va a garantizar que no te lo vuelvan a hacer...

-*No me hace mucha gracia, pero está bien... lo acepto por ti, no por él... ¿eso es todo...?*

-Machado Ventura...

-*¿Cuál es tu propuesta...?*

-Plan Payama, no hay otra...

-*Coño, negro, tú me quieres joder...*

-¿Quitarte a Machado y darte a Guillermo es quererte joder...?

-*Así como lo dices...*

-¿Vas a aguantar los aviones de una vez...?

-*No puedo decidir tan rápido...*

-Demóralos... aunque sea demóralos, demóralos, antes que sea muy tarde...

-*Espérate... Valdivieso, Valdivieso, dile a Soler que demore el ataque con los MIG...*

-¿Qué los demore, Ministro...?

-*Que los demore diez minutos más... rápido... que los demore...*

-¿Los paracaidistas también...?

-*También, todo... las tropas Especiales, los aviones, los paracaidistas, los tanques, todo...*

-¿Demoramos todo el asalto diez minutos...?

-*Todo, todo, que lo demore, que espere diez minutos...*

-A la orden...

-Ya te escuché, Raúl... menos mal... lo que mandaste para acá no era juego...

-*Ya los aguanté diez minutos... no me estoy comprometiendo a más nada ahora...*

-Bueno, tenemos diez minutos más para pensar...

-*Tenemos no, quiero pensar solo, no que me laves el cerebro...*

-Como usted quiera, compañero Presidente...

-Te llamo en unos minutos...

-¿Antes de que lleguen los aviones, o después...?

-*Antes que los aviones, no jodas...*

-Sin mariconá...

-Sin mariconá...

-Bueno, piensa bien, medita... o nos eliminas a nosotros y sigues con esa gente, o nos unimos nosotros para enderezar el país... traemos gente que sepa para sacar al país de la crisis... busca a Betancourt, ahí está Soberón, llama si quieres a Humberto Pérez otra vez... gente que sepa, que hagan propuestas... no para meterles el pie, para que nos digan lo que hay que hacer...

-Eso lo vemos después... no ahora...

-Está bien, después...

-Oye, Almeida, dime una cosa, un momentico, antes de colgar... ¿por qué Fidel habló eso contigo si ya había aprobado otra cosa distinta en el Plan 'Corazón' conmigo...?

-Me imagino que previendo que se formara algo como lo que se formó... a él siempre le preocupaba tu relación con Ramiro... y quien sabe si estaba previendo que algún general se pusiera majadero...

-¿Tenía alguna preocupación con los Generales...?

-No me dijo nada de eso... pero de todas formas, esto no es de Generales... esto es asunto de Comandantes...

-Pero lo que te dijo a ti fue todo lo contrario de lo que me dijo a mí...

-¿Por qué te sorprendes...? no fue la primera vez... ¿cuantas veces lo hacía así...? casi siempre... siempre... era su estilo... varias versiones, una para cada uno de nosotros... una para el Gobierno... una para el público... pero la definitiva, la de él, la de verdad, esa nada más que la sabía él... coño, tu sabes que desde el Moncada siempre fue así... nunca cambió...

-Y siempre estábamos perdidos, no sabíamos cual era la de verdad hasta que él la soltaba...

-Del carajo, pero a pesar de eso lo seguíamos siempre...

-Coño, pero hasta el último momento fue igual... fíjate que terminó dando órdenes hasta para después de haberse muerto...

-Es la genética, Raúl... el gato aunque esté muy viejo caza ratones...

Raúl Castro pensó en silencio por varios segundos. Después dijo:

-Yo te llamo...

-Espero tu llamada, Presidente...

ANEXOS

IMPRESCINDIBLES

LOS PROTAGONISTAS

PERSONAJES REALES, CARGOS REALES

Comandante en Jefe Fidel Castro
Primer Secretario del Partido Comunista de Cuba, Presidente de los
Consejos de Estado y de Ministros
General de Ejército Raúl Castro
Segundo Secretario del Partido Comunista de Cuba, Presidente de los
Consejos de Estado y de Ministros, Ministro de las Fuerzas Armadas
Revolucionarias
Comandante de la Revolución Juan Almeida
Comandante de la Revolución Ramiro Valdés
General de Cuerpo de Ejército Abelardo Colomé, "Furry"
Miembro del Buró Político del Partido Comunista de Cuba, Ministro del
Interior
Carlos Lage
Miembro del Buró Político del Partido Comunista de Cuba, Secretario del
Comité Ejecutivo del Consejo de Ministros, Vicepresidente del Consejo de
Estado
José Ramón Machado Ventura
Miembro del Buró Político del Partido Comunista de Cuba, Secretario de
Organización
Ricardo Alarcón
Miembro del Buró Político del Partido Comunista de Cuba, Presidente de la
Asamblea Nacional del Poder Popular
General de Cuerpo de Ejército Julio Casas
Miembro del Buró Político del Partido Comunista de Cuba, Viceministro
Primero de las FAR
Carlos Valenciaga
Ayudante Personal del Comandante en Jefe Fidel Castro
Felipe Pérez Roque
Ministro de Relaciones Exteriores, Miembro del Comité Central del Partido
Comunista de Cuba
Lázaro Barredo
Responsable de Relaciones Exteriores de la Asamblea Nacional del Poder
Popular
Vladimir Putin, *Presidente de Rusia*

Hu Jintao, *Presidente de la República Popular China*
Hugo Chávez, *Presidente de Venezuela*
Miguel Ángel Moratinos
Ministro de Relaciones Exteriores de España
Daniel Ortega, *ex Presidente de Nicaragua*
Tomás Borge, *ex Ministro del Interior de Nicaragua*
James Carlson
Jefe de la Sección de Intereses de EEUU en La Habana
George W. Bush, *Presidente de Estados Unidos*
Richard 'Dick' Cheney, *Vicepresidente de Estados Unidos*
Donald Rumsfeld, *Secretario de Defensa de Estados Unidos*
General Richard Myers
Jefe de la Junta de Jefes de Estado Mayor de las Fuerzas Armadas de Estados Unidos
Scott McClellan, *Secretario de Prensa del Presidente de EEUU*
Lincoln Díaz-Balart
Congresista Federal, Representante al Congreso de Estados Unidos por La Florida
Otto Reich, *ex Sub Secretario de Estado de Estados Unidos, Asesor del Presidente George W. Bush*
Randy Alonso
Comentarista del Programa Mesa Redonda de la TV cubana
Hebe de Bonaffini
Argentina, dirigente del Movimiento de las Madres de la Plaza de Mayo.

PERSONAJES REALES MENCIONADOS (NO APARECEN)

Mijail Gorbachov
Ex Secretario General del Partido Comunista de la Unión Soviética, ex Presidente de la Unión Soviética
Comandante de la Revolución Guillermo García
Esteban Lazo
Miembro del Buró Político del Partido Comunista de Cuba, Secretario Ideológico
José R. 'El Gallego' Fernández
Vicepresidente del Consejo de Ministros
Francisco Soberón
Presidente del Banco Nacional de Cuba
Luiz Ignacio da Silva (Lula), *Presidente de Brasil*
General Raúl Baduel, *Fuerza Armada de Venezuela*
José Luis Rodríguez Zapatero
Presidente del Consejo de Ministros de España
Ileana Ross-Lethinen
Congresista Federal, Representante al Congreso de Estados Unidos por La Florida
Mario Díaz-Balart *Congresista Federal, Representante al Congreso de Estados Unidos por La Florida*
Bob Menéndez *Congresista Federal, Representante al Congreso de Estados Unidos por New Jersey*
Jaime Ortega Alamino, *Cardenal de la Ciudad de La Habana*
Hassan Pérez
Presidente de la Federación de Estudiantes Universitarios
Armando Pérez Roura, *Director 'Radio Mambí', Miami*
Jorge Rodríguez, *Director de 'La Poderosa', Miami*
Holden Roberto, *Frente de Liberación Nacional de Angola*
Muamar el-Khadafi, *Jefe de Gobierno de Libia*
Santiago Álvarez, *Cineasta cubano, fallecido*
General Arnaldo Ochoa, *fusilado*
General José Abrahantes, *fallecido en prisión*
General Patricio de La Guardia, *detenido*
General Diocles Torralba, *inactivo*
General Pascual Martínez 'Pascualito', *inactivo*

PERSONAJES Y DATOS BIOGRAFICOS FICTICIOS

General de Cuerpo de Ejército Dagoberto Carmenate
Jefe del Ejército Oriental
General de Cuerpo de Ejército Benito Bustelo ('Falka')
Jefe del Ejército Central
General de Cuerpo de Ejército José Pérez Márquez ('Pepito')
Jefe del Ejército Occidental
General de División Cecilio Zamora (El Moro')
Jefe de la Guarnición de La Habana
Coronel Azcuy, *Ayudante del Ministro de las FAR*
General Francisco Soler, *Jefe de la DAAFAR*
General Antonio Molina, *Jefe de la División Blindada*
Almirante Isalgué, *Jefe de la Marina de Guerra Revolucionaria*
Dr. Arturo Cancela
Neurocirujano, amigo del General Dagoberto Carmenate, Jefe del Ejército Oriental
Coronel Jacinto Castillo
Jefe de Inteligencia Militar del Ejército Oriental
General Marcelo Fernández Cuesta
Jefe de la Brigada Fronteriza de las FAR
Coronel Marcos Castaño
Jefe de Contrainteligencia Militar de la Brigada Fronteriza
General Lorenzo Mejías
Jefe de Estado Mayor del Ejército Oriental
Coronel Julio 'Verocos' Cruz
Jefe del Regimiento de Tanques del Ejército Central ("La Paloma")
General de División Alberto Rodríguez Gómez
Viceministro Primero del Ministerio del Interior, encargado de los órganos de Seguridad del Estado
General de División Ramón Menéndez, 'Ramoncito'
Jefe de la Dirección General de Contrainteligencia del MININT
General de División José Manuel Borges
Jefe de la Dirección de Contrainteligencia del MINFAR
Coronel Adrián Quintero, *Delegado del MININT en Matanzas*
General (USA) Fred Brooke
Jefe de la Base Naval de Guantánamo
General Jefe de Tropas Especiales
Héctor Gual

Primer Secretario del Partido Comunista en Holguín
Coronel Médico Dr. Eligio Salazar
Jefe del Equipo Médico del Comandante en Jefe
Coronel Mario Pedroso
Jefe de la Escolta del Comandante en Jefe
Teniente Coronel Pita
Segundo Jefe de Inteligencia Militar del Ejército Oriental
Coronel (retirado) Facundo Cabrera 'Cabrerita'
Ex delegado del MININT en Holguín
Coronel Roberto Quintana
Jefe del Tercer Regimiento de Tanques de la División Blindada
Coronel Demetrio Colás, *Jefe de Artillería del Ejército Central*
General Cuétara
Jefe de la División de Infantería Mecanizada de Cárdenas
General Miguel Téllez
Segundo Jefe de la Contrainteligencia Militar
Coronel Florentino Cisneros
Servicio de Inteligencia de España
Domingo Peguero, *agente de la Inteligencia cubana en EEUU*
El Senador
Coronel Leonardo Pereda
Jefe de Unidad de Inteligencia Independiente del MININT en Venezuela
Luis Manuel del Campo
Jefe de la escolta de Hugo Chávez
General Míguez
Segundo Jefe del Estado Mayor General del MINFAR
Teniente Coronel Freddy Valdés
Segundo Jefe de Inteligencia Militar del MINFAR
Sargento Vladimir de Jesús Escalona
Balsero cubano, sargento de comunicaciones USA en la Base Naval de Guantánamo
Gonzalo Norniella, *empresario cubano de Coral Gables, Florida*
Cuaothemox Cadenas, *político mexicano*
Lazarito Cadenas, *hijo de Cuaothemox Cadenas*
Danilo Pantoja, *asistente de Cuaothemox Cadenas*
Katimaghi Vanbaratumitai, *buzón-relevo para la DGI cubana*
Patricia, *esposa de Carmenate*
'El Chino', *ayudante-piloto del Comandante Ramiro Valdés*
Segundo Jefe Sección Política Ejército Oriente
Bonifacio Domínguez, *Delegado del ICRT en Holguín*

Mr. Perk, *asistente del Senador*
Larry D. *Jenks, Consejo Nacional de Seguridad, EEUU*
William Bartle, *asistente de Larry D. Jenks*
Sofía Castaño, *trabajadora civil, Cafetería Oficiales MINFAR*
Manolo, *esposo de Sofía Castaño, el agente "Candela"*

PERSONAJES FICTICIOS DE INSTITUCIONES FICTICIAS

Gilberto Santana
Centro de Estudios Estratégicos de Transiciones y Reformas,   Hialeah, Florida

Dra. Silvia Nogueras Ibarguengoitía
Concertación Feminista Libertaria Cubana, Miami, Florida

MUY SECRETO

**ESTRUCTRURA ORGANIZATIVA DEL MINFAR
(COMO FUNCIONA EN ESTE DOCUMENTO)**

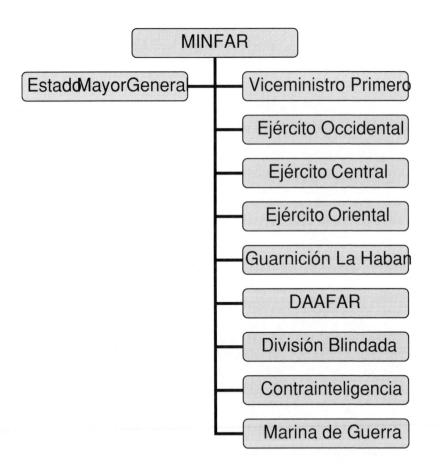

MUY SECRETO

ESTRUCTURA ORGANIZATIVA DEL MININT
DURANTE EL PLAN 'CORAZON'
(COMO FUNCIONA EN ESTE DOCUMENTO)

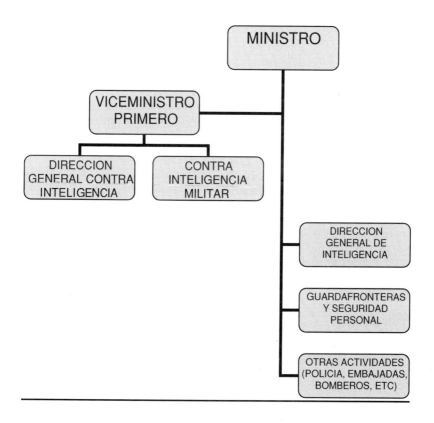

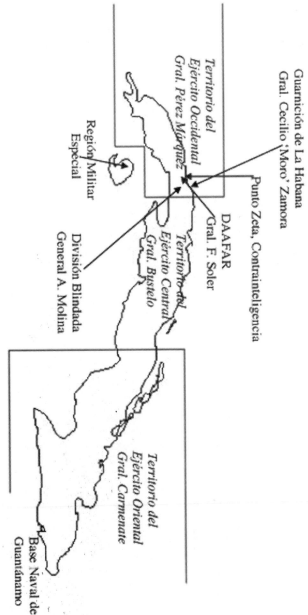

MAPA # 1
APROBADO: COMANDANTE EN JEFE   MUY SECRETO
UBICACION DE LOS EJERCITOS Y TIPOS DE FUERZAS ARMADAS

Guarnición de La Habana
Gral. Cecilio 'Moro' Zamora

Territorio del
Ejército Occidental
Gral. Pérez Márquez

Región Militar
Especial

Punto Zeta, Contrainteligencia

DAAFAR
Gral. F. Soler

Territorio del
Ejército Central
Gral. Bustelo

División Blindada
General A. Molina

Territorio del
Ejército Oriental
Gral. Carmenate

Base Naval de
Guantánamo

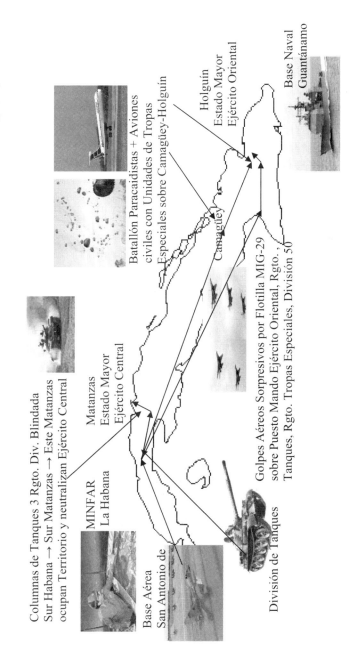

APROBADO: MINISTRO FAR   MAPA # 2   MUY SECRETO
IDEA DE MANIOBRA DEL ESTADO MAYOR GENERAL DE LAS FAR

Columnas de Tanques 3 Rgto. Div. Blindada
Sur Habana → Sur Matanzas → Este Matanzas
ocupan Territorio y neutralizan Ejército Central

MINFAR
La Habana

Matanzas
Estado Mayor
Ejército Central

Base Aérea
San Antonio de

División de Tanques

Batallón Paracaidistas + Aviones
civiles con Unidades de Tropas
Especiales sobre Camagüey-Holguín

Camagüey

Holguín
Estado Mayor
Ejército Oriental

Base Naval
Guantánamo

Golpes Aéreos Sorpresivos por Flotilla MIG-29
sobre Puesto Mando Ejército Oriental, Rgto. ,
Tanques, Rgto. Tropas Especiales, División 50

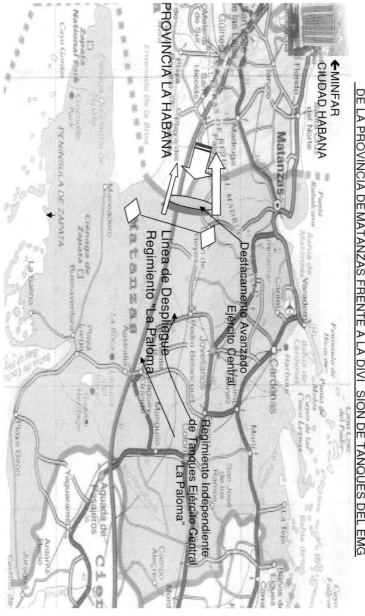

MAPA # 3

DECISION DEL JEFE DEL EJÉRCITO CENTRAL PARA LA DEFENSA DEL FLANCO SUROESTE DE LA PROVINCIA DE MATANZAS FRENTE A LA DIVISION DE TANQUES DEL EMG

← MINFAR
CIUDAD HABANA

PROVINCIA LA HABANA

Destacamento Avanzado
Ejército Central

Línea de Despliegue
Regimiento "La Paloma"

Regimiento Independiente
de Tanques Ejército Central
"La Paloma"

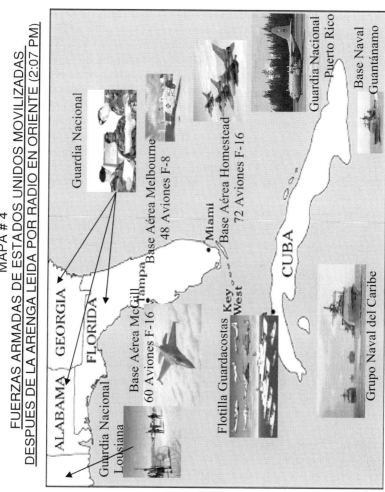

MAPA # 4
FUERZAS ARMADAS DE ESTADOS UNIDOS MOVILIZADAS
DESPUES DE LA ARENGA LEIDA POR RADIO EN ORIENTE (2:07 PM)

Guardia Nacional

Guardia Nacional
Puerto Rico

Base Naval
Guantánamo

Base Aérea Melbourne
48 Aviones F-8

Base Aérea Homestead
72 Aviones F-16

Miami

ALABAMA   GEORGIA

FLORIDA

CUBA

Base Aérea McGill
Tampa
60 Aviones F-16

Guardia Nacional
Lousiana

Flotilla Guardacostas   Key
West

Grupo Naval del Caribe

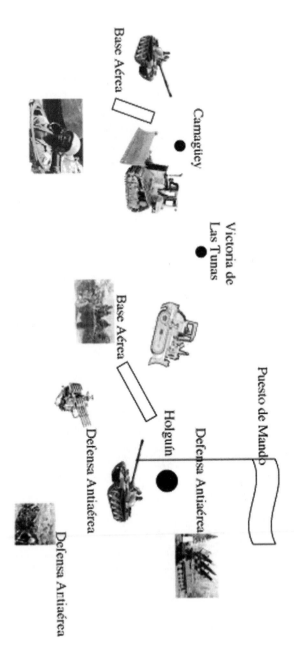

MAPA # 5

IDEA DE MANIOBRA DEL JEFE DEL EJERCITO ORIENTAL
PARA LA DEFENSA DEL PUESTO DE MANDO DEL EJÉRCITO

Base Aérea

Camagüey

Victoria de
Las Tunas

Base Aérea

Puesto de Mando

Holguín

Defensa Antiaérea

Defensa Antiaérea

Defensa Antiaérea